Frissons interdits

Lisa
KLEYPAS

Frissons interdits

ROMAN

*Traduit de l'américain
par Daniel Garcia*

Titre original
WHERE DREAMS BEGIN

Published by Avon Books, an imprint of
HarperCollins Publishers, New York

© Lisa Kleypas, 2000

Pour la traduction française
© Éditions J'ai lu, 2002

Ce livre est dédié à mes éditrices, qui ont su me réconforter après l'inondation qui a détruit ma maison. Elles m'ont appris que l'amitié n'était pas un vain mot.

Je le dédie également à Nancy Richards-Akers, une belle et talentueuse jeune femme, disparue trop tôt, alors qu'elle avait encore beaucoup de merveilleux romans à écrire. Son amitié me manque.

1

Londres, 1830

Il fallait qu'elle s'échappe.

Le bourdonnement des conversations oiseuses, l'éclat aveuglant des lustres qui laissaient tomber des gouttes de cire chaude sur les danseurs et le fumet entêtant du somptueux souper qu'on s'apprêtait à servir, tout cela étourdissait lady Holland Taylor. C'était une erreur d'avoir accepté cette invitation si peu de temps après la mort de George. Bien sûr, rares sont les gens qui oseraient dire qu'une trentaine de mois sont «peu de temps». Lady Holly avait passé sa première année de deuil réglementaire sans pratiquement sortir de chez elle, sauf pour de petites promenades dans les jardins de la ville avec sa fille, Rose. Et à chacune de ces sorties, elle était entièrement vêtue de noir, avec un voile qui lui dissimulait les cheveux et le haut du visage, pour signifier son retrait du monde. Chez elle, où presque tous les miroirs avaient été recouverts d'un crêpe noir, lady Holly avait la plupart du temps pris ses repas seule et passé ses loisirs à écrire des lettres sur du papier bordé d'un liseré gris, afin que nul n'ignore le chagrin qui la frappait.

La deuxième année, lady Holly avait continué de s'habiller en noir, mais elle avait renoncé progressivement au voile. Puis, au début de la troisième année, elle avait commencé de porter des toilettes grises ou mauves. Et elle avait repris quelques activités sociales, essentiellement féminines, comme prendre le thé chez ses plus proches amies.

À présent, la période de deuil de Holly était officiellement terminée. Mais après une si longue retraite, le monde, avec son brillant et ses faux-semblants, ne lui paraissait plus aussi familier. Certes, la jeune femme reconnaissait les visages et les lieux, mais George n'était plus à ses côtés, et cela faisait toute la différence. Holly se sentait terriblement exposée en affichant ainsi sa nouvelle solitude. Comme la plupart des gens, elle avait toujours considéré les veuves comme des femmes un peu pathétiques, engoncées dans le manteau invisible de leur tragédie, quelque effort qu'elles fassent pour paraître attrayantes. Maintenant, Holly comprenait pourquoi les veuves qu'elle avait croisées naguère dans des réceptions semblables à celle-ci donnaient toujours l'impression de vouloir être ailleurs. Les gens l'approchaient avec un air de compassion, lui chuchotaient des paroles de réconfort puis la quittaient avec soulagement, comme s'ils s'étaient acquittés d'une corvée, avant de pouvoir profiter pleinement des festivités. Dans le passé, Holly elle-même s'était conduite pareillement avec des veuves à qui elle souhaitait prodiguer de l'affection sans toutefois se laisser affecter par le chagrin qu'elle lisait dans leurs yeux.

Cependant, jamais elle n'aurait imaginé éprouver une telle solitude au milieu de tant de monde. Le vide créé par l'absence de George lui semblait aussi vertigineux qu'un abîme. Holly se sentait comme la moitié de quelque chose qui avait été autrefois un tout. Et sa présence solitaire à ce bal lui rappelait avec encore plus d'acuité la perte de son époux chéri, emporté par la fièvre typhoïde.

Le visage triste et le cœur glacé, lady Holly quitta la salle de bal pour regagner le grand salon. La musique, loin de la réconforter, comme l'avaient suggéré ses amies, l'anéantissait au contraire un peu plus en lui rappelant toutes les fois où elle avait dansé dans les bras de George. Ils semblaient faits l'un pour l'autre et la synchronisation parfaite de leurs mouvements leur valait de nombreux sourires admiratifs. Et puis, George était si beau, avec ses yeux d'un bleu intense, ses cheveux couleur d'ambre et son formidable appétit de vivre.

Oh, George, quelle chance j'ai eue de t'avoir ! Et quel bonheur nous avons connu, ensemble ! Mais comment vais-je te survivre ?

Des amies bien intentionnées avaient insisté pour qu'elle vienne à ce bal, lui assurant qu'il était temps qu'elle reprenne sa place dans le monde. Mais Holly ne se sentait pas encore prête. Du moins, pas ce soir. Et peut-être même jamais.

Balayant le salon du regard, Holly reconnut dans la foule plusieurs parents de George. Son frère aîné, lord William Taylor, entraînait son épouse vers la salle de bal, où un quadrille s'annonçait. Lord et lady Taylor formaient un couple bien assorti, mais l'affection qu'ils se portaient n'était pas comparable à l'amour passionné que George et Holly avaient partagé. Toute la famille de son défunt mari – ses parents, ses frères et leurs épouses – semblait s'être parfaitement remise de sa disparition. Holly ne leur en voulait pas d'avoir recommencé à rire et à s'amuser. En fait, elle les enviait même. Si seulement elle pouvait se débarrasser de cette chape de chagrin qui lui écrasait les épaules ! S'il n'y avait pas eu Rose, elle aurait passé ses journées à pleurer.

— Holly… murmura soudain une voix dans son dos.

La jeune femme se retourna, pour se trouver nez à nez avec Thomas, le frère cadet de George. S'il avait les mêmes cheveux et les mêmes yeux, Thomas ne possédait cependant pas le charisme de son frère. Après la mort de George, il avait consacré beaucoup de temps à consoler Holly.

— Thomas ! s'exclama celle-ci en se forçant à sourire. Appréciez-vous votre soirée ?

— Pas vraiment, répondit le jeune homme. Mais je suppose que vous l'appréciez encore moins. Vous avez mauvaise mine, ma chère belle-sœur.

— C'est vrai, admit Holly, qui sentait un début de migraine la gagner.

Elle n'avait jamais été sensible aux maux de tête, autrefois. Mais depuis la mort de George, il n'était pas rare qu'elle éprouve de violentes migraines qui l'obligeaient parfois à rester deux ou trois jours au lit.

— Voulez-vous que je vous raccompagne à la maison ? proposa Thomas. Je suis sûr que Linda n'en prendra pas ombrage.

— Non, merci, Thomas. Profitez donc de ce bal avec votre femme. Je suis en état de rentrer chez moi toute seule. En fait, je préfère.

— Comme vous voudrez.

Thomas s'inclina en souriant et sa ressemblance avec George serra un peu plus le cœur de la jeune femme.

— Permettez-moi au moins de vous appeler la voiture.

— Volontiers. Je vais attendre dans le hall.

Thomas secoua la tête.

— J'ai peur que cela ne prenne plusieurs minutes. Les attelages sont littéralement pressés les uns contre les autres tout le long de la rue. Allez plutôt attendre dans le petit salon qui se trouve à gauche de l'escalier. Vous y serez au calme.

— Thomas, murmura Holly en lui étreignant furtivement le bras, que deviendrais-je sans vous ?

— Vous n'avez pas à me remercier. Je ferais n'importe quoi pour la femme de George. Et le reste de la famille pense de même. Nous prendrons toujours soin de Rose et de vous.

Holly aurait dû être réconfortée par de telles paroles. Cependant, elle ne pouvait s'empêcher de se considérer comme un fardeau pour les Taylor. La pension annuelle dont elle bénéficiait depuis la mort de son mari était si ridicule qu'elle avait été obligée de vendre

10

la grande maison à colonnades où ils avaient vécu ensemble pour venir habiter les deux pièces que les Taylor avaient mises à sa disposition dans leur maison de famille. Holly leur était reconnaissante de leur générosité : elle avait vu tant de veuves jetées à la rue ou obligées de se remarier rapidement pour ne pas sombrer dans la misère. Les Taylor au contraire la traitaient comme une invitée de marque ou, plus exactement, comme le souvenir vivant de la mémoire de George.

Holly quitta le grand salon de réception pour traverser le hall, à la recherche de la pièce indiquée par Thomas. L'hôtel particulier de lord Bellemont, comte de Warwick, était l'une des plus imposantes demeures de la ville. Et lady Bellemont avait la réputation d'être une parfaite hôtesse, capable de réunir avec bonheur aristocrates, politiciens et artistes lors de ses soirées. Et sa demeure était assez grande pour offrir un peu d'intimité à ceux de ses invités qui le souhaitaient.

Le hall, de forme circulaire, était flanqué de deux grands escaliers aux courbes majestueuses. Holly obliqua vers celui de gauche. À chaque pas qui l'éloignait de la foule, la jeune femme sentait son malaise décroître. Sa robe de soie bleu nuit bruissait doucement autour d'elle.

Holly pénétra dans le petit salon. La pièce était plongée dans la pénombre, mais la clarté lunaire qui s'infiltrait par les hautes ouvertures était suffisante pour se passer d'un chandelier. Elle referma la porte derrière elle et soupira de soulagement.

— Enfin seule, murmura-t-elle.

Depuis trois ans, elle s'était tellement habituée à la solitude que le monde la mettait mal à l'aise. Autrefois, elle menait une vie sociale très active. Mais George était là. Et le fait d'être son épouse lui donnait une confiance dont elle manquait cruellement aujourd'hui.

La jeune femme s'avança dans la pièce. L'épais tapis recouvrant le parquet étouffait ses pas. Deux fauteuils français de style Louis XVI trônaient de chaque côté d'un guéridon. Holly se dirigeait vers l'un d'eux lorsqu'elle sentit tout à coup un courant d'air sur ses épaules dénudées. Elle s'aperçut alors que la pièce donnait sur un petit jardin intérieur et qu'une porte-fenêtre était restée ouverte. La jeune femme voulut la refermer, mais au moment de poser sa main sur la poignée, elle hésita, assaillie par un étrange sentiment.

C'était comme si elle s'était soudain trouvée au bord d'un précipice. Elle faillit reculer et fut même tentée de s'enfuir pour retrouver la foule rassemblée dans le grand salon. Se ressaisissant, la jeune femme ouvrit un peu plus la porte-fenêtre.

Frissonnante, Holly décida de surmonter sa poltronnerie et fit un pas en avant. Soudain, une silhouette masculine se dressa devant elle. Holly sursauta sous l'effet de la surprise. Peut-être n'était-ce que Thomas venu l'informer que l'attelage était prêt ? Cependant la silhouette était trop imposante pour être celle de son beau-frère.

Avant qu'elle ait pu dire un mot, l'inconnu lui attrapa le bras et la tira dans le jardin. Laissant échapper un petit cri, Holly se retrouva brusquement plaquée contre le torse de l'homme. Il était si grand et si fort qu'elle se sentait aussi désarmée qu'un petit chat.

— Attendez… commença-t-elle.

Le torse de l'inconnu avait la dureté de l'acier et sa bouche exhalait un mélange de tabac et de brandy, typiquement masculin, qui lui rappelait George. Cela faisait bien longtemps que la jeune femme n'avait été enlacée ainsi. Au cours de ces trois dernières années, elle n'avait voulu le réconfort d'aucun homme, pour ne pas altérer le souvenir de la dernière fois où George l'avait serrée dans ses bras.

Là, c'était différent. Elle n'avait pas le choix. Alors qu'elle tentait de se débattre, l'inconnu se pencha vers elle.

— Vous avez mis bien du temps à venir, milady, lui chuchota-t-il d'une voix profonde et ensorcelante.

Holly réalisa que l'inconnu la prenait pour une autre. Sans le vouloir, elle s'était immiscée dans un rendez-vous galant.

— Mais je… je ne suis pas…

Elle n'eut pas le temps de terminer sa phrase que l'inconnu l'embrassa. Holly se figea, à la fois surprise et horrifiée. Cet homme venait de lui voler le souvenir du dernier baiser de George ! Mais à cette pensée fugitive succéda très vite un déluge de sensations. Les lèvres de l'inconnu étaient à la fois terriblement impérieuses et sensuelles. Jamais Holly n'avait été embrassée de cette manière. Elle tourna la tête pour se soustraire à son assaillant, mais il accompagna son mouvement et leurs lèvres se retrouvèrent pressées plus intimement encore. Le cœur battant la chamade, la jeune femme laissa échapper un gémissement angoissé.

C'est alors que l'inconnu prit conscience de son erreur. Holly s'en aperçut à la façon dont il se raidit brusquement, abandonnant soudain ses lèvres. Maintenant, il allait la relâcher, songea-t-elle. Mais après un instant d'hésitation, l'inconnu resserra son étreinte, plaquant la main sur la nuque de la jeune femme.

Holly avait été mariée et se considérait comme une femme d'expérience. Étrangement, cet inconnu l'embrassait comme jamais elle n'avait été embrassée. Sa bouche exigeante était si persuasive qu'elle finit par se détendre et accepta la tendre intrusion de sa langue, se surprenant même à lui rendre son baiser. Était-ce la soudaineté de leur rencontre, ou l'anonymat de la nuit, ou encore le fait qu'ils étaient deux inconnus l'un pour l'autre, toujours est-il que Holly s'abandonna bel et bien entre les bras de cet homme. Pis, même : spontanément, elle se pelotonna contre lui et glissa les doigts dans ses cheveux.

Il ne fut pas insensible à ce contact, car son souffle s'accéléra. C'est alors qu'elle retrouva sa lucidité. Horrifiée, elle laissa retomber sa main avec un gémissement étouffé et l'inconnu, devinant sans doute son trouble, la relâcha. Aussitôt, Holly voulut s'enfuir. Tâtonnant dans la pénombre, elle prit la mauvaise direction et se retrouva devant un mur, toute retraite coupée. Elle fit volte-face. L'inconnu l'avait suivie. Il ne tenta pas de la reprendre dans ses bras, mais il s'était arrêté si près d'elle que la jeune femme pouvait presque sentir la chaleur de son corps.

— Oh... murmura-t-elle, les bras étroitement croisés, comme si elle cherchait à contenir les sensations qui continuaient d'affluer en elle. Oh...

Il faisait trop sombre pour qu'ils puissent se dévisager, mais la silhouette de l'homme était vaguement éclairée par le clair de lune. Il portait un habit de soirée, preuve qu'il faisait probablement partie des invités du bal. Mais son allure évoquait plutôt celle d'un homme habitué à travailler de ses mains que celle d'un gentleman habitué à l'oisiveté. Les aristocrates possédaient rarement une musculature aussi développée. Ils en tiraient d'ailleurs fierté, le fait de ne pas être obligé de gagner sa vie par un travail physique constituant à leurs yeux une marque de distinction.

La voix de l'inconnu – si délicieusement suave – n'avait pas non plus cette inflexion typique qui signait l'appartenance à l'aristocratie, et Holly était convaincue qu'il était issu des classes laborieuses. Mais alors, comment avait-il pu se retrouver à une réception comme celle-ci ?

— Vous n'êtes pas la dame que j'attendais, lâcha-t-il finalement, avant d'ajouter, un rien amusé, et parce qu'il savait pertinemment qu'il était de toute façon trop tard pour s'excuser : Je suis désolé.

— Cela n'a rien de dramatique, répliqua Holly, d'une voix moins glaciale qu'elle ne l'aurait souhaité. Étant donné la pénombre, votre erreur est compréhensible.

La jeune femme sentit que sa réponse surprenait l'inconnu. Il s'était probablement attendu à une volée de bois vert.

14

— Ma foi, reprit-il avec un petit rire, je ne suis pas si désolé que cela, après tout.

Voyant qu'il faisait un pas en avant, Holly crut qu'il voulait de nouveau la prendre dans ses bras.

— Ne me touchez pas ! siffla-t-elle en reculant jusqu'à toucher le mur.

L'inconnu posa les mains sur le mur, de chaque côté du visage de la jeune femme, et se pencha vers elle. Holly avait l'impression d'être emprisonnée dans une cage de muscles.

— Et si nous nous présentions ? suggéra-t-il.

— Il n'en est pas question.

— Dites-moi au moins si vous êtes prise ?

— Prise ? répéta Holly, interloquée.

— Mariée, précisa-t-il. Ou fiancée. Enfin, liée à un homme, quoi.

— Oui, je suis liée à un homme, répondit Holly.

Bien qu'elle fût veuve, elle se sentait toujours mariée à George. Sinon à lui-même, du moins à sa mémoire. Et le fait de penser à George lui fit soudain prendre conscience de l'incongruité de la situation présente. Pourquoi diable discutait-elle dans le noir avec un étranger qui l'avait pratiquement violentée ?

— Pardonnez-moi, dit-il sans se départir de son amabilité. J'avais rendez-vous avec une dame qui, manifestement, n'a pas tenu sa promesse. Quand je vous ai vue ouvrir la porte, je vous ai prise pour elle.

— Je... je cherchais un coin tranquille en attendant que mon attelage soit prêt.

— Vous quittez déjà le bal ? Après tout, vous avez raison. Ces soirées mondaines sont assommantes.

— Oh, non, pas toujours ! s'écria Holly, qui se rappelait les bals où elle avait dansé avec George jusqu'au vertige. Tout dépend des circonstances. Avec le cavalier idéal, une réception comme celle-ci peut être inoubliable.

L'inconnu avait dû percevoir sa soudaine mélancolie, car il lui effleura doucement la joue. À son propre étonnement, la jeune femme ne chercha pas à le repousser.

Elle était comme hypnotisée par le contact sensuel de ses doigts sur son visage.

— Vous avez une peau d'une douceur extraordinaire, murmura-t-il à son oreille. Qui êtes-vous ? Dites-moi votre nom.

Holly voulut s'écarter du mur, mais elle n'avait nulle part où aller. La silhouette imposante de l'inconnu semblait remplir l'espace vital de la jeune femme et, sans le vouloir, elle se dirigea droit dans ses bras.

— Je dois partir, balbutia-t-elle d'une voix tremblante. Le cocher m'attend sûrement.

— Laissez-le attendre et restez avec moi.

L'inconnu avait glissé une main dans le dos de la jeune femme et avait posé l'autre sur sa taille. Holly ne put réprimer l'onde de volupté qui lui parcourut le corps.

— Avez-vous peur ? demanda-t-il.

— Non… non.

Elle aurait dû protester énergiquement, et même tenter de lui échapper, mais Holly était sous le charme insidieux de l'inconnu. Elle eut un rire mal assuré.

— Tout cela est pure folie. Vous feriez mieux de me lâcher.

— Je ne vous retiens nullement. Vous êtes parfaitement libre de vos mouvements.

Et cependant, Holly ne trouva pas la force de bouger. Ils restèrent encore un moment ainsi, le souffle court, conscients de l'attraction qui les poussait l'un vers l'autre. Par la porte-fenêtre ouverte du salon leur parvenaient les échos assourdis de la musique. Le bal semblait appartenir à un autre monde.

— Embrassez-moi encore, chuchota l'inconnu.

— Comment osez-vous…

— Personne n'en saura rien.

— Vous ne comprenez pas, se défendit Holly. Cela ne me ressemble pas. Je ne suis pas du genre à…

— Nous sommes deux étrangers dans la nuit, la coupa-t-il. Et nous ne nous reverrons sans doute jamais. Alors profitons pleinement de l'instant présent.

16

Le timbre rauque de sa voix faisait frissonner Holly. La situation commençait à échapper totalement à son contrôle. Jusqu'à ce soir, elle n'avait jamais compris pourquoi certaines femmes étaient prêtes à tout – y compris à briser leur mariage – pour courir après le plaisir physique. Mais à présent, elle révisait son opinion. Jamais aucun homme ne l'avait autant troublée que celui-ci. Elle venait à peine de le rencontrer, et pourtant elle brûlait d'envie de se jeter à son cou. Pire, elle était frustrée de ne pouvoir assouvir son désir sur-le-champ.

Se montrer vertueuse n'avait pas été difficile dès lors qu'elle était restée à l'écart de toute tentation. Mais maintenant, Holly prenait conscience de sa faiblesse. Elle avait beau s'obliger de penser à George, elle n'arrivait même pas à visualiser son visage. Tout ce qu'elle voyait, c'était la voûte étoilée sur laquelle se découpait la silhouette tellement réelle de l'inconnu.

La jeune femme tourna involontairement la tête, si bien que leurs lèvres se frôlèrent. L'homme n'eut pas besoin d'un autre encouragement pour s'en emparer. Dieu qu'il embrassait bien ! Holly se laissa aller contre lui. Cela faisait si longtemps qu'elle n'avait pas éprouvé le moindre plaisir physique, sans parler d'un si voluptueux abandon.

L'inconnu se fit plus fougueux et Holly répondit à son baiser avec la même ardeur. Curieusement, ce déluge de sensualité la bouleversa ; une larme solitaire roula sur sa joue.

L'homme s'en aperçut et la cueillit du bout de la langue.

— Douce créature, murmura-t-il à son oreille, dites-moi pourquoi un simple baiser vous fait pleurer ?

— Je... je suis désolée, bredouilla Holly. Laissez-moi partir. Je n'aurais jamais dû...

Elle s'écarta de lui, traversa le petit salon en courant avant d'émerger dans le hall, soulagée de voir qu'il n'avait pas essayé de la suivre.

Mais Holly avait beau fuir, elle savait qu'elle n'oublierait pas cette soirée de sitôt. À la honte se mêlerait la nostalgie d'un plaisir coupable, dont le souvenir flamboyant la poursuivrait jusqu'à la fin de ses jours.

Malgré ses quarante-cinq ans, lady Bellemont gloussait comme une collégienne tandis que l'homme follement séduisant l'attirait dans l'embrasure d'une fenêtre de son propre salon. Lady Bellemont était très belle et donc habituée à recevoir les hommages des gentlemen de sa caste. Mais celui-ci était différent car il semblait traiter pareillement une comtesse et une soubrette. Il avait empoigné son hôtesse par le bras, sans se soucier du fossé social qui les séparait. Cependant, lady Bellemont l'appréciait. Malgré les froncements de sourcil de son mari et la désapprobation de ses amies – ou peut-être, à cause de cette hostilité –, elle s'était liée d'amitié avec lui. Après tout, un peu de piment dans l'existence ne nuisait pas.

— Bien, dit-elle à l'homme, avec un soupir amusé. Montrez-moi donc celle qui vous intéresse tant.

Ils observèrent ensemble la file ininterrompue d'attelages qui s'étirait devant la maison et le ballet empressé des valets qui accouraient au-devant de leurs maîtres.

Lady Bellemont sentit son compagnon retenir son souffle.

— Là, murmura-t-il. Celle avec la robe bleu nuit. Dites-moi son nom.

Lady Bellemont n'eut aucune peine à reconnaître lady Holland Taylor, qu'elle connaissait depuis longtemps. Par chance, le chagrin causé par son veuvage n'avait nullement altéré la beauté de la jeune femme, comme cela arrivait si souvent. Au contraire, sa silhouette avait gagné en finesse et ses boucles auburn relevées en un strict chignon mettaient en valeur ses yeux d'ambre clair et la régularité de ses traits. Depuis la disparition de son mari, lady Holland, autrefois si vive, si gaie, semblait plongée dans une tranquille mélancolie. Elle affichait en permanence une expression absorbée, distante, tristement lointaine. Mais qui aurait pu la blâmer de sa tristesse, quand on savait ce qu'elle avait perdu ?

Les hommes étaient attirés par cette jeune veuve séduisante comme des abeilles par un champ de fleurs. Lady Holland restait de marbre et toute son attitude signifiait : « Ne me touchez pas. » Lady Bellemont l'avait maintes fois observée à la dérobée, durant la soirée, curieuse de voir si son invitée n'essaierait pas de se dénicher un nouveau mari. Mais lady Holland avait décliné toutes les invitations à danser et n'avait même pas paru prêter attention aux regards braqués sur elle. De toute évidence, elle ne cherchait pas à se remarier. Ni maintenant ni sans doute jamais.

— Mon cher, répondit lady Bellemont à son voisin, pour une fois, vous faites preuve d'un goût très sûr. Mais cette dame n'est pas pour vous.

— Elle est mariée, répliqua l'homme, et c'était plus une affirmation qu'une question.

— Non, lady Holland est veuve.

Il regarda lady Bellemont d'un air qui se voulait détaché – mais celle-ci ne s'y trompa pas.

— Je ne l'avais encore jamais vue.

— Cela n'a rien d'étonnant. Le mari de lady Holland nous a quittés voilà trois ans, juste avant que vous ne fassiez votre apparition. Et ce bal est la première réception à laquelle se rend sa veuve depuis qu'elle a quitté le deuil.

L'homme fixait l'attelage de lady Holland et il le suivit des yeux jusqu'à ce que l'arrière de la voiture ait disparu de son champ de vision. Il rappelait à lady Bellemont un chat épiant un oiseau hors d'atteinte. Décidément, cet homme lui était sympathique et elle comprenait parfaitement son ambition. Il passerait sa

19

vie à courir après des choses que sa naissance lui interdisait de posséder.

— George Taylor était un gentleman exemplaire, reprit-elle. Beau, intelligent et d'une naissance irréprochable. C'était l'un des trois fils du vicomte Taylor.

— Taylor, répéta l'homme d'une voix songeuse, comme s'il entendait ce nom pour la première fois.

— George ne se contentait pas d'être un parfait aristocrate. Il avait aussi beaucoup de charme. Je suis convaincue que toute femme qui le croisait en tombait un peu amoureuse. Mais il adorait son épouse et ne s'en cachait pas. Leur couple était exceptionnel, en totale harmonie. Je doute fort que Holly se remarie un jour. De toute façon, elle ne pourra sans doute plus jamais rien connaître de comparable à ce qu'elle a vécu avec George.

— Holly… murmura l'homme.

— C'est le diminutif dont se servent tous ses proches, expliqua lady Bellemont, avant d'ajouter, s'inquiétant de voir son voisin porter tant d'intérêt à lady Holland : Vous savez, mon cher, il y a ici ce soir nombre de ladies parfaitement charmantes et… disponibles. Laissez-moi vous en présenter quelques-unes.

— Dites-moi tout ce que vous savez sur lady Holland, lui intima l'homme en la regardant droit dans les yeux.

Lady Bellemont exhala un soupir théâtral.

— Si vous y tenez… Venez me voir demain, à l'heure du thé, et je vous…

— Non, tout de suite.

— En plein milieu du bal que je donne chez moi ? Il y a un temps pour chaque…

Lady Bellemont n'eut pas le temps de terminer sa phrase. Son compagnon l'avait poussée vers un sofa. Elle éclata de rire.

— Mon cher, j'apprécie vos qualités masculines, mais je vous trouve parfois un tantinet trop autoritaire…

— Dites-moi tout, insista-t-il avec un sourire irrésistible. S'il vous plaît.

Lady Bellemont décida finalement que ses responsabilités de maîtresse de maison pouvaient attendre. Elle passerait le restant de sa soirée, s'il le fallait, à dire à son compagnon tout ce qu'il désirait savoir.

Holly franchit le seuil de l'hôtel particulier des Taylor tel un petit lapin se réfugiant dans la sécurité de son terrier. Quoique les Taylor ne fussent pas assez riches pour entretenir cette maison comme elle l'aurait mérité, Holly aimait son élégance un peu désuète, ses tapisseries fanées, ses tapis d'Aubusson usés qui appartenaient à la famille depuis des générations.

Et puis, c'était là que George avait grandi et qu'il avait vécu toute sa jeunesse. Holly l'imaginait sortant en courant de sa chambre – celle que Rose occupait désormais – et dévalant le grand escalier du hall pour se précipiter dans le jardin.

Elle ne regrettait pas que la ravissante maison où elle avait vécu avec George le temps de leur mariage ait été vendue. Au contraire. L'endroit renfermait trop de souvenirs, à la fois merveilleux et atroces. Elle y avait été heureuse avec George, mais elle l'y avait aussi vu mourir. Holly préférait habiter cette demeure, qui n'avait conservé que la mémoire de George enfant. Il y avait plusieurs tableaux le représentant petit garçon, des endroits où il avait gravé son nom dans le bois et des malles entières remplies des jouets qui avaient occupé ses journées. Il y avait aussi sa famille – sa mère, ses deux frères et leurs femmes, sans parler des domestiques qui étaient là depuis des années –, et l'affection que tous ces gens avaient vouée à George se reportait maintenant sur sa fille et sur elle. Holly se voyait bien finir ses jours ici, dans le petit univers protégé que les Taylor lui offraient.

Parfois, cependant, la jeune femme trouvait trop lourde sa réclusion volontaire. Parfois, en plein milieu de ses travaux d'aiguille, par exemple, elle se surprenait à avoir des pensées bizarres, presque scandaleuses. À d'autres moments, elle était en proie à des émotions violentes qu'elle ne parvenait pas à exprimer. Elle aurait voulu faire quelque chose de choquant, comme hurler dans une église, sortir dans les rues habillée d'une robe rouge vif odieusement décolletée et danser dans une taverne, ou... embrasser un inconnu.

— Doux Jésus! murmura Holly à haute voix, réalisant tout à coup qu'il y avait quelque chose de pervers en elle qu'il était urgent de réprimer.

L'origine en était sans doute ce manque physique, bien légitime, que devait éprouver toute veuve lorsqu'elle n'avait plus de mari pour l'honorer. Les caresses de George manquaient affreusement à la jeune femme. Mais elle n'avait osé confier son problème à personne, consciente que la société n'autorisait pas une femme à avoir des désirs. Les femmes étaient supposées incarner la vertu et ne servir qu'à assouvir les vils instincts de l'homme. En d'autres termes, elles devaient subir les assauts de leur mari, mais en aucun cas les encourager, et encore moins manifester le moindre appétit physique.

Holly fut distraite de ses pensées par l'arrivée de sa femme de chambre. Maud poussa joyeusement la porte du petit appartement, composé d'un boudoir et d'une chambre, que les Taylor avaient mis à disposition de la jeune femme.

— Comment était le bal, milady? Vous êtes-vous bien amusée? Avez-vous dansé?

— Le bal était somptueux, mais je n'ai pas dansé, répondit Holly, s'obligeant à sourire.

Maud était la seule domestique qu'elle avait pu garder après la mort de George. Les autres avaient été contraints de trouver un emploi ailleurs, car Holly n'avait plus les moyens de les payer. Maud était une jeune femme bien en chair, d'un tempérament gai, et débordante d'énergie. Même sa chevelure était exubérante, avec ses boucles blondes qui s'échappaient de son chignon.

— Comment va Rose ? voulut savoir Holly, qui s'était approchée de la cheminée et tendait les mains devant l'âtre pour les réchauffer. Elle n'a pas eu de mal à s'endormir ?

Maud pouffa.

— Oh, que si ! Elle n'a pas arrêté de babiller au sujet du bal et de votre jolie robe bleue.

Après avoir récupéré la pelisse de sa maîtresse qu'elle plia sur son bras, la domestique ajouta :

— C'est vrai que votre robe est belle, mais si vous me permettez, elle évoque encore trop le deuil. Ce bleu est presque noir. J'aurais préféré vous voir porter une robe de ce vert qui est tellement à la mode cette saison.

— Je n'ai porté que du noir ou du gris pendant trois ans, rétorqua Holly, tandis que Maud entreprenait de déboutonner sa robe. Je ne me vois pas me vêtir tout à coup de couleurs vives. Il me faut un peu de temps.

— Vous pleurez encore votre pauvre mari, milady, décréta Maud, tandis que la robe glissait sur les épaules de sa maîtresse. Et vous voulez le montrer au monde entier. En particulier aux gentlemen qui seraient tentés de vous faire la cour.

Les joues de Holly s'empourprèrent et ce n'était pas à cause du feu dans la cheminée. Heureusement, Maud se tenait dans son dos et ne s'en aperçut pas. Mais le commentaire de sa domestique lui avait brutalement rappelé qu'il y avait au moins *un* homme qu'elle n'avait même pas essayé de repousser. Pour être tout à fait honnête, elle l'avait même encouragé à l'embrasser une seconde fois. Et encore maintenant, le souvenir de ces baisers continuait de hanter sa mémoire. Cette rencontre inattendue dans le jardin de lady Bellemont avait suffi à transformer ce qui n'était alors qu'une soirée banale en une étrange et... délicieuse aventure.

À peine avait-elle quitté l'inconnu qu'elle n'avait cessé de se demander qui il était et à quoi il pouvait ressembler. Il n'était pas impossible qu'elle le croise de nouveau, en plein jour cette fois, et qu'elle ne sache même pas qu'elle avait en face d'elle l'homme qui l'avait embrassée au bal de lady Bellemont.

En revanche, elle était sûre de reconnaître sa voix. Elle n'oublierait jamais ce timbre à la fois grave et sensuel qui l'avait fait frissonner chaque fois qu'il ouvrait la bouche. *Douce créature, dites-moi pourquoi un simple baiser vous fait pleurer...*

— Vous devez être épuisée, milady, reprit Maud, ramenant tout à coup Holly à la réalité. C'était votre premier bal depuis trois ans. D'ailleurs, vous êtes rentrée très tôt.

— En fait, je suis partie parce que je commençais à avoir mal à la tête et...

Holly suspendit sa phrase et se massa les tempes, interloquée.

— Comme c'est bizarre! murmura-t-elle. Ma migraine s'est envolée. Pourtant d'habitude, cela dure des heures et des heures.

— Voulez-vous que je vous apporte le remède conseillé par le docteur, au cas où?

Holly secoua la tête.

— Non, merci. Je ne pense pas que j'aurai mal à la tête ce soir.

Sa robe gisait sur le sol à ses pieds, telle une corolle de soie bleue. Songeuse, la jeune femme l'enjamba. Se pouvait-il que sa rencontre avec l'inconnu ait suffi à dissiper sa migraine, comme par enchantement? «Quel étrange antidote!» songea-t-elle.

Maud l'aida à enfiler sa chemise de nuit avant de se retirer. Holly revêtit une robe de chambre et prit la direction de la nursery, une chandelle à la main.

Une chaise d'enfant recouverte de velours rose à franges occupait un angle de la pièce, derrière une petite table sur laquelle était posé un service à thé miniature. Une collection de flacons de parfums remplis d'eau colorée remplissait les étagères près de la fenêtre et une bonne douzaine de poupées étaient disséminées un peu partout. L'une était assise sur la chaise, une autre perchée sur un cheval à bascule qui avait autrefois appartenu à George et une troisième dans les bras de Rose.

Holly s'approcha du petit lit, un sourire attendri aux lèvres. L'enfant dormait paisiblement, la bouche légèrement entrouverte. La jeune femme s'agenouilla devant le lit et caressa la main de sa fille, s'amusant d'y voir des taches de couleur dont le savon n'était pas venu à bout. Rose adorait peindre et dessiner.

— Précieuses mains, souffla Holly, avant d'embrasser celle qu'elle avait caressée.

Puis elle se releva, sans cesser de contempler sa fille. Lorsque Rose était née, tout le monde – y compris Holly – avait trouvé qu'elle ressemblait aux Taylor. Mais aujourd'hui, à quatre ans, la fillette était pratiquement devenue la réplique de sa mère, arborant la même chevelure sombre et les mêmes yeux dorés. De son père, elle avait hérité l'intelligence et le charme inné.

« Si seulement tu pouvais la voir, mon chéri », se dit Holly, le cœur lourd.

La première année après l'arrivée de Rose – mais la dernière que George avait encore à vivre –, Holly et George avaient souvent contemplé ensemble la fillette dans son sommeil. Peu d'hommes auraient montré autant d'intérêt pour leur enfant, tant était répandue l'idée que la maternité était une affaire de femmes. Cependant, George avait été littéralement fasciné par sa fille, passant des heures auprès d'elle, à la grande joie de Holly. Il éprouvait une fierté sans bornes devant sa fille.

— Cette enfant nous a liés à jamais, Holly, avait-il dit un soir, alors qu'ils venaient de déposer le bébé dans son berceau.

Trop émue pour répondre, Holly l'avait embrassé en guise de remerciement.

— Quel père merveilleux tu as perdu ! ma chérie, murmura-t-elle dans la pénombre.

C'était un déchirement de savoir que Rose grandirait sans la protection d'un père. Mais jamais aucun homme ne pourrait remplacer George.

2

Zachary Bronson avait besoin d'une épouse. Il avait soigneusement observé le genre de ladies auxquelles étaient mariés les gentlemen les plus fortunés : c'étaient chaque fois des femmes pondérées, à la voix douce et aux manières affectées, mais qui savaient parfaitement s'occuper d'une maison. Dans une demeure bien tenue, les domestiques semblaient réglés comme les mécanismes d'une horloge. C'était tout le contraire de sa propre maisonnée. Un jour, ses domestiques travaillaient à merveille, mais le lendemain, tout tournait à l'envers. Les repas étaient plus souvent servis en retard qu'à l'heure et le garde-manger était soit vide, soit débordant de provisions.

Zachary avait congédié quantité de gouvernantes, avant de finir par comprendre que même la meilleure d'entre elles avait besoin de recevoir des ordres d'une maîtresse de maison. Malheureusement, sa mère était incapable de remplir ce rôle. La pauvre femme ignorait comment s'adresser ne serait-ce qu'à une domestique autrement qu'en lui demandant timidement si elle serait bien assez aimable pour lui apporter une tasse de thé ou l'aider à s'habiller.

— Ce sont des serviteurs, maman, lui avait répété Zachary une bonne centaine de fois. Ils sont payés pour que tu leur donnes des ordres. C'est leur métier. Alors, cesse de prendre cet air contrit quand tu leur demandes quelque chose et tire le cordon de la sonnette avec énergie.

Mais sa mère lui répondait chaque fois qu'elle détestait déranger les gens, même s'ils étaient payés pour cela. Zachary avait fini par en conclure que sa mère avait trop longtemps vécu humblement pour apprendre à commander le personnel de maison.

Pour ne rien arranger, la plupart de ses serviteurs l'étaient de fraîche date, tout comme sa propre fortune, du reste. Les vrais gentlemen héritaient de maisonnées pourvues de domestiques expérimentés, qui, bien souvent, étaient à leur service depuis des années. Zachary, lui, avait été obligé de recruter tout son monde très rapidement. Quelques-uns de ses serviteurs étaient nouveaux dans le métier, les autres avaient été renvoyés de leur emploi précédent pour différentes raisons. En d'autres termes, il hébergeait sans doute sous son toit la plus mauvaise domesticité de tout Londres.

Des amis lui avaient assuré qu'une bonne épouse parviendrait pourtant à faire des prodiges dans ce domaine, laissant Zachary libre de consacrer son temps à ce qu'il réussissait le mieux : gagner de l'argent. Aussi, pour la première fois de sa vie, Zachary commençait-il à trouver la perspective du mariage intéressante, sinon attrayante. Mais le plus difficile serait de trouver la femme idéale et de la convaincre d'accepter de l'épouser. Car Zachary avait des idées très précises sur ce que devait être une bonne épouse.

D'abord, elle devrait avoir du sang bleu, afin de lui ouvrir l'accès aux plus hautes sphères de la société, ainsi qu'il en rêvait depuis toujours. Considérant que lui-même ne comptait pas la moindre once de noblesse parmi ses ancêtres, il lui fallait une épouse dont la lignée remontait à Guillaume le Conquérant. Mais il ne fallait pas que sa haute naissance la rende trop orgueilleuse : Zachary ne supporterait certes pas qu'elle le regarde avec condescendance. Par ailleurs, ce devrait être une femme indépendante, qui ne prendrait pas ombrage de ses fréquentes absences et saurait ne pas l'importuner inutilement. Zachary était déjà bien assez occupé comme cela.

Il ne voulait pas d'une femme pendue à ses basques qui lui gâcherait ses rares moments de temps libre.

La beauté était un élément accessoire. À vrai dire, Zachary ne souhaitait pas une épouse trop belle, qui attirerait les regards concupiscents de tous les gentlemen qu'elle croiserait. En revanche, une bonne santé physique et mentale était impérative, car il voulait que sa femme lui donne de beaux enfants, solides et intelligents. Enfin, ce devrait être une femme très introduite dans la bonne société, pour que Zachary puisse profiter de ses nombreuses relations haut placées.

Zachary savait pertinemment que nombre d'aristocrates le méprisaient à cause de ses origines modestes. Ils prétendaient que sa fortune, si rapidement acquise, ne remplacerait jamais le raffinement, l'élégance et le style qui étaient la marque des gens biens nés. Ils n'avaient pas tort. Zachary, lui-même, avait conscience de ses limites. Mais il prenait un malin plaisir à constater que personne n'osait se moquer de lui ouvertement. Les aristocrates de plus haute lignée étaient obligés de s'incliner devant lui car il était très fortuné. Zachary avait investi son argent dans tous les secteurs : les banques, la terre, la grande industrie… si bien que ses intérêts et ceux des plus grandes familles du pays étaient étroitement liés.

D'ordinaire, la noblesse ne confiait pas ses précieuses filles à de simples roturiers. Le sang bleu se mariait avec le sang bleu, on n'appariait pas un animal à pedigree avec un vulgaire corniaud. Sauf si ledit corniaud était assez riche pour s'acheter tout ce qu'il désirait – y compris l'héritière d'un grand nom.

C'est dans ce but que Zachary avait organisé une entrevue avec lady Holland Taylor. Il était vraisemblable que la famille et les amis de la jeune veuve tenteraient de la dissuader d'accepter, mais Zachary avait parié sur la curiosité de lady Holland. Et il avait eu raison : lady Holland n'avait pas refusé son invitation, elle viendrait donc pour le thé.

Zachary vint se planter devant une des fenêtres de sa bibliothèque, l'une des plus vastes pièces de sa nouvelle demeure. L'architecte lui avait dit s'être inspiré « du style des cathédrales gothiques ». Zachary le soupçonnait d'en rajouter pour se faire payer plus cher, mais il devait admettre que le résultat était à la hauteur. La maison était sinon admirée, du moins très remarquée par la bonne société londonienne. Zachary avait donc atteint son but : faire étalage de son opulence.

La bâtisse comptait plus d'une vingtaine de pièces, deux tours d'angle, un jardin intérieur, une serre et des portes-fenêtres en grand nombre. Le terrain, très vaste dans cette zone située à la périphérie de Londres qui commençait seulement à s'urbaniser, avait été aménagé en un grand parc agrémenté de pièces d'eau. Il y avait même un petit lac artificiel, et des chemins qui serpentaient entre les bosquets, pour inciter à la promenade.

Zachary se demandait ce que penserait lady Holland d'une telle propriété. Peut-être, en parfaite lady habituée à la mesure, jugerait-elle l'ensemble trop voyant. Mais Zachary nourrissait un penchant avoué pour le clinquant et tout ce qui pouvait prouver qu'il ne manquait de rien.

Le carillon de la grande horloge du hall lui rappela soudain l'heure. Il tourna le regard vers l'allée gravillonnée par laquelle arrivaient les attelages des visiteurs.

— Lady Holland, murmura-t-il, je vous attends.

Malgré les objections des Taylor, Holly avait décidé d'accepter l'invitation inattendue de M. Zachary Bronson à prendre le thé chez lui. En fait, elle avait besoin de divertissement. Depuis le soir du bal, la vie avait tranquillement repris son cours, mais le cocon douillet de la maison Taylor ne satisfaisait plus complètement la jeune femme. Elle était lasse de ces travaux de couture qui l'avaient occupée trois ans durant. C'était moins le bal qui l'avait troublée que le baiser échangé avec l'inconnu dans le jardin, bien sûr. Cet incident avait bouleversé son train-train et Holly souhaitait qu'il se passe enfin quelque chose dans sa vie.

C'est alors que la lettre énigmatique de M. Bronson était arrivée :

> *Quoique je n'aie jamais eu l'honneur de faire votre connaissance, il m'est apparu que votre aide me serait d'un grand secours pour résoudre certains problèmes concernant ma maison...*

Comment un homme tel que le célèbre M. Bronson pouvait-il avoir besoin de *son* aide ?

La famille Taylor au grand complet avait jugé l'invitation déplacée, faisant remarquer que nombre de ladies refusaient d'être présentées à cet homme. Dans ces conditions, même un simple thé pouvait devenir source de scandale.

— De scandale ? avait répété Holly, éberluée.

— M. Bronson n'est pas un homme ordinaire, ma chère, avait tenté de la convaincre William, le frère aîné de George. C'est un nouveau riche. Un parvenu. Il est de basse extraction et ses manières sont vulgaires. J'ai entendu dire des choses sur lui qui m'ont fait frémir, et pourtant je ne suis pas un enfant de chœur. Ne vous exposez pas inutilement au danger, Holly. Répondez à M. Bronson que vous refusez.

Devant l'assurance de William, Holly avait songé un moment à décliner l'invitation de M. Bronson. Mais sa curiosité avait été la plus forte. La jeune femme tenait à savoir pourquoi l'un des hommes les plus fortunés du royaume voulait la rencontrer.

— Je me crois capable de résister à sa détestable influence au moins une heure ou deux, avait-elle répondu à William d'un ton léger. Et s'il se conduit vraiment trop mal, je partirai, voilà tout.

Le regard de William – George avait les yeux du même bleu que lui – avait exprimé sa désapprobation.

— George n'aurait pas toléré que vous rendiez visite à un tel personnage.

La remarque avait ébranlé la jeune femme. Elle avait baissé la tête, songeant qu'elle s'était juré de vivre jusqu'à la fin de ses jours comme George l'aurait souhaité. Son mari l'avait toujours protégée et Holly avait une totale confiance en son jugement.

— Mais George n'est plus là, avait-elle murmuré, avant de redresser la tête et d'ajouter, les yeux pleins de larmes : Je dois apprendre à me fier à moi-même, désormais.

— Mais si votre jugement se révèle mauvais, je me sentirai obligé, par égard pour la mémoire de mon frère, de m'en mêler, avait répliqué William.

Holly avait souri tristement. Elle s'était rendu compte tout à coup que, depuis sa naissance, il y avait toujours eu quelqu'un pour la guider. D'abord, ses parents, puis George, et maintenant, la famille de George.

— Permettez-moi de commettre quelques erreurs, William. Il me faut apprendre à diriger ma vie. Pour mon bien, comme pour celui de ma fille.

William avait tenté de dissimuler son exaspération.

— Holly, que pourriez-vous gagner à rendre visite à un homme tel que Zachary Bronson ?

Holly ne le savait pas elle-même. En revanche, elle était certaine de vouloir s'échapper un peu de l'ambiance oppressante de la maison Taylor.

— J'espère le découvrir bientôt.

Déçus de ne pas avoir réussi à convaincre Holly de refuser l'invitation de M. Bronson, les Taylor enrôlèrent leurs amis pour tenter de faire revenir la jeune femme sur sa décision. Si bien que Holly ne tarda pas à tout savoir de cet homme qui défrayait la chronique londonienne.

Zachary Bronson était considéré comme un roi du commerce – ce qui, dans certaines bouches, n'avait rien d'un compliment – et sa fortune colossale n'avait d'égale, disait-on, que sa vulgarité.

Bronson semblait moins attiré par l'argent que par le pouvoir qu'il conférait. Mais quand il s'agissait d'accroître sa fortune, tous les moyens étaient bons. Il se conduisait en corsaire de la finance, exploitant la moindre faille de son adversaire. D'ailleurs, on racontait qu'il avait commencé sa carrière en s'illustrant dans des combats de rue. Puis il s'était enrôlé dans la marine marchande et n'avait pas tardé à devenir capitaine de vaisseau. Chaque *penny* gagné avait été aussitôt réinvesti dans une affaire qui lui avait rapporté davantage. Aujourd'hui, Bronson possédait d'immenses plantations en Amérique et en Inde, il avait également investi dans la mine, dans la banque et même dans ces fameux «chemins de fer», où des véhicules à vapeur tractaient des wagons sur des rails. Il était peu probable que ce nouveau mode de locomotion supplante un jour les bons vieux chevaux, mais la présence de M. Bronson dans le capital des premières sociétés de chemin de fer avait beaucoup contribué à leur crédibilité.

— Bronson est un homme dangereux, avait décrété lord Avery, un vieil ami des Taylor qui siégeait au conseil d'administration de plusieurs banques, venu souper chez eux le soir même du jour où l'invitation était parvenue à Holly. Chaque jour, avait-il repris, je constate qu'une partie de la richesse accumulée par les plus grandes familles du royaume tombe entre les mains d'opportunistes comme ce Bronson. S'il devait un jour être considéré comme l'un des nôtres, simplement parce qu'il a amassé une fortune colossale, eh bien je n'ai pas peur de dire que c'en serait fini du monde tel que nous le connaissons.

— Mais n'est-il pas juste que sa réussite soit récompensée ? avait demandé prudemment Holly, tout en sachant pertinemment qu'une dame ne devait pas se mêler de discussions financières ou politiques. Après tout, M. Bronson a travaillé dur pour en arriver là. Ne pourrions-nous pas saluer son courage en l'accueillant parmi nous.

— Bronson n'appartiendra jamais à notre monde, ma chère, avait répondu Avery avec emphase. Le raffinement, l'aisance, l'éducation qui caractérisent la noblesse sont le résultat de plusieurs générations. Personne ne peut *acheter* sa place dans le grand monde, contrairement à ce que Bronson veut croire.

Inutile de préciser que les Taylor approuvaient ces propos.

— Je vois, avait murmuré Holly.

Elle avait reporté son attention sur son assiette, tout en songeant qu'elle avait perçu de l'envie dans les propos de lord Avery. M. Bronson n'avait peut-être pas beaucoup d'éducation, mais quel talent il avait pour gagner de l'argent ! N'importe qui, à cette table, aurait bien voulu posséder un pareil talent. Et les propos désagréables qu'on tenait à son sujet n'avaient absolument pas dissuadé Holly de faire sa connaissance. Au contraire, elle était plus que jamais curieuse de rencontrer cet homme.

3

Holly n'avait jamais rien vu de comparable à la propriété de Zachary Bronson dont l'opulence évoquait quelque palais florentin. Le hall d'entrée, immense, était pavé de marbre et ceinturé de colonnes, de marbre également. Un immense lustre de cristal à pendeloques était suspendu au plafond à caissons. L'éclat de ses chandelles devait donner, le soir, un relief particulier aux toiles de maîtres et aux somptueuses tapisseries accrochées aux murs. Chaque porte ouvrant sur le hall était gardée par deux demi-colonnes couronnées d'un grand vase en malachite garni de feuilles de palmier. Cette accumulation ostentatoire de richesses était du plus mauvais goût, mais pareille décoration avait dans son excès un côté spectaculaire qui amusa Holly.

Un majordome – très jeune pour un emploi d'ordinaire réservé à des domestiques blanchis sous le harnais – escorta la visiteuse jusqu'à la bibliothèque. Holly pénétra dans une pièce tendue de velours vert, aux murs tapissés d'étagères surchargées de livres reliés de cuir.

— Je n'avais encore jamais vu de bibliothèque aussi grande ! s'exclama la jeune femme, admirative.

Le majordome restait impassible, mais son regard trahissait un mélange d'amusement et de fierté.

— Ce n'est que l'antichambre de la bibliothèque, milady. La pièce principale est derrière.

Holly le suivit dans la seconde pièce, mais s'immobilisa sur le seuil, médusée. Elle avait peine à imaginer qu'une telle bibliothèque puisse appartenir à un particulier.

— Combien de livres y a-t-il donc ?

— Près de vingt mille volumes, je crois, milady.

— M. Bronson doit beaucoup aimer lire.

— Oh non, milady ! Notre maître lit rarement. Mais il aime les livres.

Se retenant de rire, Holly s'avança dans la pièce. Le parquet étincelant dégageait une délicieuse odeur de cire qui se mêlait au parfum des reliures de vieux cuir. Et les quelques légers relents de tabac qui flottaient dans l'air conféraient à l'ensemble une atmosphère très masculine. Comme la pièce précédente, celle-ci regorgeait de livres. Mais les murs étaient également ornés de portraits d'hommes et de femmes en habit, dont l'accumulation évoquait une prestigieuse lignée d'ancêtres.

Tout au bout de la pièce trônait un bureau d'acajou si imposant que son transport nécessitait sans doute une douzaine de bras. Un homme était assis derrière. Il se leva quand le majordome lui annonça sa visiteuse.

Confiante à son arrivée, Holly se sentait à présent légèrement nerveuse. Peut-être à cause de la réputation de M. Bronson, ou des splendeurs qui l'entouraient. En tout cas, elle ne regrettait pas d'avoir choisi l'une de ses plus belles tenues – une robe en soie crème, aux manches bouffantes – pour rencontrer Zachary Bronson.

« Il est bien jeune », se dit-elle immédiatement. Elle avait imaginé un homme entre quarante et cinquante ans, or il ne devait pas en avoir beaucoup plus de trente. Mais en dépit de sa mise soignée – pantalon gris, chemise blanche et veste noire impeccables –, il ne possédait pas cette élégance innée des aristocrates. Le nœud de sa cravate, par exemple, était trop lâche, comme s'il avait inconsciemment tiré dessus, et ses cheveux de jais un peu rebelles auraient dû être disciplinés avec de la pommade.

Ses traits avaient une certaine rudesse et son nez semblait avoir été cassé – sans doute dans un de ces combats de rue que lord Avery avait mentionnés –, mais cela n'empêchait pas Zachary Bronson d'être un très bel homme à la carrure athlétique. Holly ne put retenir un mouvement de recul en croisant son regard, si pénétrant qu'il semblait voir à l'intérieur d'elle-même. Le diable devait avoir les mêmes yeux, à la fois perçants et… irrésistibles.

— Bienvenue, lady Holland. Je n'étais pas certain que vous viendriez.

Sa voix ! Holly se sentit vaciller. La pièce se mit à tournoyer autour d'elle et la jeune femme dut lutter pour garder l'équilibre, au bord de la panique. Elle connaissait cette voix, l'aurait reconnue n'importe où. C'était celle de l'inconnu qui l'avait embrassée avec une incroyable sensualité le soir du bal. Rouge de honte et de confusion, Holly gardait les yeux rivés sur le sol, ne se sentant pas la force de regarder son hôte en face. Comme le silence s'éternisait, elle fut bien obligée de répondre.

— On a essayé de m'en dissuader, souffla-t-elle.

Oh, si seulement elle avait écouté les conseils des Taylor ! Elle serait restée bien tranquillement à la maison.

— Puis-je savoir ce qui a fait pencher la balance en ma faveur ?

Il semblait si formel, si distant, que la jeune femme, intriguée, se risqua à relever la tête. Elle ne décela aucune trace de moquerie dans son regard. C'est donc qu'il ne l'avait pas reconnue, conclut-elle, soulagée. S'humectant les lèvres, elle tenta de converser normalement.

— Je… je l'ignore, répondit-elle. La curiosité, sans doute.

Il sourit.

— C'est une raison qui en vaut une autre.

Il lui serra la main, ses longs doigts enserrant complètement ceux de la jeune femme. Aussitôt, le souvenir de son corps puissant contre le sien, de ses lèvres fermes et chaudes traversa l'esprit de Holly.

Elle retira prestement sa main.

— Voulez-vous vous asseoir ? proposa Bronson en lui désignant une paire de fauteuils Louis XV placés de part et d'autre d'un guéridon.

— Oui, volontiers, répondit Holly, qui craignait que ses jambes ne la trahissent.

Dès qu'elle se fut installée, Bronson prit le fauteuil opposé.

— Servez le thé, Hodges, ordonna-t-il au major-dome, avant de reporter son attention sur sa visiteuse, qu'il gratifia d'un sourire désarmant.

— J'espère que vous ne serez pas trop déçue, milady. Prendre le thé chez moi, c'est un peu comme de jouer à la roulette.

— La roulette ? répéta Holly, qui n'avait jamais entendu ce mot.

— C'est un jeu de hasard, expliqua Bronson. Un jour, ma cuisinière fait des prodiges, le lendemain, vous risquez fort de vous casser les dents en mangeant l'un de ses gâteaux.

Holly éclata de rire et sa nervosité s'envola d'un coup en constatant que Bronson se plaignait de ses domestiques, comme tout le monde.

— Convenablement dirigée… commença-t-elle, avant de s'interrompre brutalement en réalisant qu'elle se permettait de donner un conseil sans avoir été sollicitée.

— Le problème de cette maison, c'est précisément qu'elle n'est pas dirigée du tout. D'ailleurs, je compte bien vous en parler tout à l'heure.

Était-ce pour cela qu'il l'avait invitée chez lui ? se demanda la jeune femme. Pour recueillir son avis sur la manière de diriger une maison ? Évidemment, non. Donc, il devait la soupçonner d'être la femme qu'il avait embrassée au bal de lady Bellemont. Et il s'amusait avec elle en laissant dériver la conversation sur des sujets anodins.

Si c'était bien le cas, la meilleure défense étant l'attaque, mieux valait tout déballer tout de suite. Holly lui expliquerait qu'il l'avait tellement surprise, l'autre soir, qu'elle avait eu un comportement tout à fait inhabituel de sa part.

— Monsieur Bronson, commença-t-elle, la gorge sèche, je… je voudrais vous dire quelque chose.

— Oui ?

Il la fixait de son regard intense, attendant la suite.

Holly avait du mal à réaliser qu'elle ait pu embrasser cet homme avec qui elle conversait aujourd'hui. Pendant les quelques minutes qu'avait duré leur rencontre, elle avait été plus proche de lui que d'aucun autre homme, excepté George.

— Vous… vous…

Les mots restaient coincés dans sa gorge. Maudissant sa lâcheté, Holly renonça : cette confession était impossible.

— Vous… avez une très belle demeure.

Il sourit.

— J'aurais plutôt pensé qu'elle n'était pas à votre goût ?

— C'est un peu vrai. Mais sa décoration remplit parfaitement son but.

— Et quel est-il, s'il vous plaît ?

— Eh bien, euh… montrer à tout le monde que vous êtes arrivé.

Bronson la regardait avec intérêt.

— C'est exact. La semaine dernière, un petit baron prétentieux m'a traité d'arriviste. Je comprends mieux ce que cela signifiait.

Tentant d'atténuer la dureté des propos du baron, elle expliqua :

— Il voulait dire que vous êtes nouvellement arrivé dans la bonne société.

— Oh, je sais très bien que ce n'était pas un compliment de sa part, répliqua-t-il tranquillement.

Holly éprouva soudain de la sympathie pour cet homme, qui avait dû essuyer tant de rebuffades. Ce n'était quand même pas sa faute s'il était né dans le ruisseau. Mais l'aristocratie anglaise détestait ceux qui cherchaient à s'élever. Les serviteurs devaient rester des serviteurs, les ouvriers des ouvriers. Holly pensait au contraire qu'il fallait encourager l'ambition de tous, et qu'un homme comme Bronson ne méritait pas l'ostracisme dont il était l'objet. Elle se demandait si George aurait été de son avis, mais, à vrai dire, elle n'en avait aucune idée.

— À mes yeux, votre réussite est digne d'admiration, monsieur Bronson. Alors que la plupart des nobles se contentent d'hériter du patrimoine de leurs ancêtres, vous avez bâti seul votre fortune, et cela demande beaucoup d'intelligence et de volonté. Ce baron avait tort de vouloir vous déprécier en vous traitant d'arriviste.

Il la dévisagea un long moment, songeur.

— Merci, marmonna-t-il finalement.

Holly, médusée, l'avait vu légèrement rougir. Elle en conclut qu'il n'était pas habitué à de tels compliments, mais elle ne voulait surtout pas qu'il s'imagine qu'elle cherchait à le flatter.

— Vous savez, monsieur Bronson, c'était juste le fond de ma pensée.

Il sourit.

— Je l'avais compris.

Deux servantes arrivèrent chargées de plateaux. La première, qui amenait des petits-fours secs et quelques toasts, semblait fébrile et disposa sur le guéridon le contenu de son plateau d'une main malhabile. L'autre faillit se prendre les pieds dans le tapis et manqua de renverser la théière en la posant.

Holly se garda de tout commentaire, mais elle était étonnée de voir à quel point les domestiques de Bronson manquaient d'expérience. Elle avait toujours appris qu'un bon domestique ne devait jamais se faire remarquer devant ses maîtres.

Quand les servantes se furent retirées, Holly entreprit d'ôter ses gants. Elle suspendit un instant son geste en constatant que M. Bronson la contemplait fixement. Dénuder sa main devant un gentleman n'avait rien que de très ordinaire, mais on aurait juré, à la façon dont la regardait cet homme, qu'elle déboutonnait sa robe.

Pour masquer son trouble, la jeune femme aborda le premier sujet de conversation qui lui passait par la tête.

— Votre bibliothèque est ornée d'une belle galerie de portraits.

— Je les ai achetés dans le commerce, répondit-il avec une ironie un peu mordante. Ce sont des ancêtres anonymes. Les miens n'étaient pas du genre à pouvoir se payer leur portrait.

Holly savait que c'était une pratique courante chez les nouveaux riches que d'accrocher à leurs murs de faux portraits d'ancêtres, pour donner l'illusion d'appartenir à une lignée. Mais Zachary Bronson était sans doute l'un des seuls à n'en pas faire mystère.

— Vous habitez seul, monsieur Bronson ?

— Non. Ma mère et Elizabeth – ma sœur cadette – vivent avec moi.

Holly sentit sa curiosité piquée.

— J'ignorais que vous aviez une sœur ?

— J'attends le bon moment pour introduire Elizabeth dans le monde, expliqua Bronson.

Et, semblant peser ses mots, il ajouta :

— Les circonstances étant ce qu'elles sont, je crains… que les choses ne soient pas faciles pour elle. Elle n'a pas grandi comme une jeune lady.

— Je vois, répondit Holly, qui avait compris le dilemme de Bronson.

Le grand monde pouvait vite se révéler sans pitié pour une malheureuse jeune fille qui en ignorait les codes. Sans parler du fait que la pauvre Elizabeth risquait d'être la proie des coureurs de dot.

— Avez-vous songé à l'envoyer dans un pensionnat ? Si vous le souhaitez, je pourrais vous recommander…

— Elle a vingt et un ans, coupa Bronson. Elle serait beaucoup plus âgée que les autres élèves. Et de toute façon, elle refuse cette idée. Elizabeth préfère habiter ici.

— Je comprends.

Holly souleva le couvercle de la théière, pour s'assurer que le thé avait suffisamment infusé. Puis elle se chargea de faire le service.

— Combien de sucres dans votre thé, monsieur Bronson?

— Trois, s'il vous plaît. Sans lait.

— Vous aimez le sucré!

— C'est mal?

— Pas du tout. Vous me faites penser à ma fille, Rose, qui prend aussi toujours trois sucres dans son thé.

— Alors, je m'entendrai bien avec Rose.

Holly ne comprenait pas très bien ce qu'il sous-entendait par là, mais cette familiarité implicite la mit mal à l'aise. Elle préféra reporter son attention sur le thé. Après avoir ajouté les trois sucres de Zachary Bronson dans son breuvage, elle se servit à son tour et termina par un nuage de lait.

— Ma mère commence toujours par le lait, fit remarquer Bronson, qui ne quittait pas la jeune femme des yeux.

— Vous devriez lui suggérer de changer d'habitude. Les aristocrates ont tendance à cataloguer socialement tous ceux qui commencent par le lait. Le fait est que c'est une pratique courante chez les domestiques, les nurses et…

— Les gens de mon espèce, compléta Bronson, avec flegme.

Holly se força à croiser son regard.

— En effet. Il circule même une formule à ce propos. Quand la lignée d'une femme est jugée insuffisante, on dit d'elle qu'elle est du genre « lait d'abord ».

Même si cela partait d'un bon sentiment, Holly avait parfaitement conscience que sa démarche pouvait être jugée présomptueuse, voire offensante. Pourtant, Bronson l'accueillit favorablement.

— J'en parlerai à ma mère, répondit-il. Merci.

Se sentant déjà mieux, Holly attrapa un petit-four. Il était doré à souhait et délicieux.

— La cuisinière est dans un de ses bons jours, commenta-t-elle.

Bronson éclata d'un rire sonore, irrésistible.

— Dieu soit loué !

L'intermède avait complètement détendu l'atmosphère. Holly s'étonnait de se trouver aussi à son aise avec un homme qui n'était ni un parent ni même une proche connaissance. Mais tandis que la conversation roulait sur des sujets anodins, la jeune femme était de plus en plus fascinée par Zachary Bronson. C'était un personnage extraordinaire, doté d'une ambition et une énergie peu communes. Par comparaison, les hommes qu'elle connaissait lui paraissaient de faibles créatures passives.

Tout en sirotant son thé, Holly l'écoutait lui décrire les dernières expérimentations en matière de chemin de fer comme l'aurait fait un ingénieur. Bientôt, prédisait-il, les locomotives ne se contenteraient pas de transporter des marchandises : elles conduiraient des passagers, et des rails sillonneraient toute la campagne anglaise. Holly était sceptique, mais elle n'en perdait pas une miette. D'ordinaire, les hommes n'évoquaient jamais de tels sujets devant une lady, car ils considéraient que les femmes n'étaient bonnes qu'à discourir sur la famille ou la religion. Mais Holly trouvait rafraîchissant d'entendre parler d'autre chose que des derniers potins londoniens, et son hôte réussissait à aborder des sujets techniques avec des mots qu'elle comprenait.

Zachary Bronson appartenait à un monde tellement différent du sien. Un monde constitué d'inventeurs, d'entrepreneurs… Jamais il ne serait complètement à sa place parmi les aristocrates, mais il était déterminé à se faire une place dans la société et Holly plaignait ceux qui se risqueraient à se mettre en travers de son chemin.

Ce devait être épuisant de vivre à son rythme, et la jeune femme se demandait comment sa mère et sa sœur s'accommodaient de son énergie débordante et de son incroyable appétit de vivre. Cet homme avait tant de sujets d'intérêt, avait-il seulement le temps de dormir ? En cela, il était l'exact opposé de George, qui n'avait rien tant aimé dans la vie que les longues promenades à la campagne ou les après-midi d'hiver tranquilles, à lire au coin du feu, tandis que la pluie crépitait sur le toit. Holly s'imaginait mal Zachary Bronson goûtant à des moments d'oisiveté.

Insensiblement, la conversation roula sur des sujets plus personnels, et Holly se surprit à raconter son existence chez les Taylor et les circonstances de son veuvage. D'habitude, quand elle parlait de George, c'était toujours devant quelqu'un qui l'avait connu et elle ne pouvait s'empêcher d'avoir la gorge nouée et les larmes aux yeux. Mais avec Bronson, c'était différent. Il n'avait jamais rencontré son mari et Holly trouvait plus facile d'évoquer sa mémoire devant un étranger.

— George n'était jamais malade, expliqua-t-elle. Pas même de migraines ou de maux de gorge. Il était toujours en pleine forme. Mais un matin, il s'est plaint d'être fatigué, d'avoir les articulations douloureuses et de manquer d'appétit. Le docteur diagnostiqua les symptômes de la typhoïde. Je savais que c'était une fièvre très dangereuse, mais beaucoup de gens en réchappaient et je me suis persuadée qu'avec des soins appropriés et du repos, George s'en sortirait.

La jeune femme contempla un instant sa tasse vide, et fit distraitement glisser son doigt sur le rebord, avant de reprendre :

— Mais jour après jour, je l'ai vu décliner. Puis la fièvre a tourné au délire. Il est mort au bout de deux semaines.

— Je suis désolé, dit Bronson.

Les gens disaient toujours la même chose. *Je suis désolé*. Sans doute parce qu'il n'y avait rien d'autre à dire. Mais le regard chaleureux de Bronson trahissait une sympathie sincère, et Holly comprit qu'il avait pris la mesure de son chagrin.

Il y eut un long silence, qui menaçait de s'éterniser, quand Bronson reprit la parole :

— Appréciez-vous de vivre chez les Taylor, milady ?

Holly esquissa un sourire.

— La question ne se pose pas en ces termes. Je n'avais pas d'autre choix.

— Vous-même, vous n'avez pas de famille ?

— Mes parents élèvent encore mes trois sœurs et leur cherchent des maris. Je ne voulais pas ajouter à leur fardeau en revenant chez eux avec ma fille. Et puis, en habitant chez les Taylor, je me sens toujours un peu proche de George.

Bronson hocha la tête, contempla un moment sa tasse, avant de se lever brusquement et de tendre sa main à la jeune femme.

— Venez marcher avec moi.

Déroutée par la soudaine tournure des événements, Holly obéit sans réfléchir. Elle accepta la main de Bronson, mais sentit sa gorge se serrer au contact de sa paume solide et chaude.

Sans lui lâcher la main – une intimité que la jeune femme n'aurait même pas tolérée de la part des frères de George –, Bronson l'entraîna hors de la pièce.

La bibliothèque ouvrait sur une galerie de peinture dont les fenêtres qui occupaient tout un mur laissaient voir le parc. Les autres murs étaient couverts de toiles de maîtres. Holly admira ces chefs-d'œuvre : la collection privée qu'elle avait devant les yeux était sans doute l'une des plus importantes du pays. Elle reconnut un Rembrandt, un Titien, un Botticelli... La plupart des grands peintres de la Renaissance étaient représentés.

— Il ne manque qu'un Léonard de Vinci, murmura la jeune femme, plus pour elle-même que pour son hôte.

Mais Bronson avait entendu.

— Vous pensez que je devrais en acheter un ?

— Non, non, je disais cela comme ça. Votre collection est parfaite. De toute façon, les toiles de Vinci sont absolument hors de prix.

Bronson ne répondit rien, mais parut songeur. Holly se décida à lui poser la question qui la taraudait depuis son arrivée :

— Monsieur Bronson, si vous m'expliquiez pourquoi vous m'avez invitée à prendre le thé ?

Bronson s'approcha d'un buste en marbre posé sur un piédestal et essuya un peu de poussière avec son pouce, avant de couler un regard vers sa visiteuse.

— On vous a décrite comme une parfaite lady, dit-il. Maintenant que je vous ai rencontrée, je sais qu'on ne m'avait pas menti.

Holly faillit rougir en songeant qu'il n'aurait pas porté un tel jugement s'il s'était douté qu'elle était l'inconnue qui avait répondu avec tant d'ardeur à son baiser, l'autre nuit.

— Votre réputation est irréprochable, reprit Bronson. Vous êtes reçue partout et votre éducation a fait de vous une parfaite maîtresse de maison. C'est exactement ce dont j'ai besoin. Aussi, aimerais-je vous embaucher comme une sorte de... guide moral.

Holly écarquilla les yeux, médusée.

— Monsieur, je ne cherche pas à travailler, répondit-elle, quand elle fut revenue de sa surprise.

— Je sais.

— Alors, vous comprendrez que je refuse...

Il l'arrêta d'un geste de la main.

— Écoutez-moi d'abord jusqu'au bout.

Holly acquiesça, par pure courtoisie, car elle savait qu'elle n'accepterait de toute façon pas son offre. Elle n'était pas dans une situation financière telle qu'elle fût obligée de travailler. Du reste, la famille de George continuerait à subvenir à ses besoins aussi longtemps que cela serait nécessaire. Accepter un emploi serait déjà pour la jeune femme un signe de déchéance sociale. Mais si en plus elle devait travailler pour Zachary Bronson, beaucoup de portes se fermeraient devant elle.

— Vous savez d'où je viens et comment j'ai réussi, expliqua son hôte. Mais à présent, j'ai besoin d'aide pour gravir les derniers échelons de l'échelle sociale. Il me manque de belles manières, des introductions. Et cela vaut aussi pour Elizabeth. J'aimerais… eh bien… qu'elle vous ressemble. Apprenez-lui à se conduire en parfaite lady. Elle aura alors toutes les chances de faire un beau mariage.

— Monsieur Bronson, je suis sincèrement flattée par votre demande et je serais ravie de vous aider. Mais il existe beaucoup d'autres jeunes femmes qui pourraient mieux que moi…

— Je ne veux personne d'autre que vous.

— Désolée, monsieur Bronson, mais c'est impossible. J'ai déjà à m'occuper de ma fille. C'est une responsabilité importante.

— En effet, il y a Rose, acquiesça Bronson.

Plongeant les mains dans ses poches, il regarda Holly droit dans les yeux.

— Il est difficile d'aborder ce sujet avec délicatesse, aussi je préfère aller droit au but, lady Holland. Qu'avez-vous prévu pour l'avenir de votre fille ? J'imagine que vous aimeriez l'inscrire dans un pensionnat coûteux, l'envoyer en Europe, la vêtir à la dernière mode et bien sûr lui assurer une dot capable d'attirer les meilleurs partis. Sans dot, Rose ne pourra pas prétendre à un grand mariage. En revanche, une belle dot, conjuguée à sa naissance, lui ouvrirait toutes les portes de la gentry. C'est sans doute ce dont aurait rêvé son père pour elle.

Holly l'écoutait, médusée. Maintenant, elle comprenait pourquoi Bronson avait si bien réussi en affaires.

Rien ne l'arrêtait quand il poursuivait un but. Il essayait de se servir de sa fille comme d'une arme pour arriver à ses fins.

— J'estime que j'aurais besoin de votre concours pendant environ un an, reprit-il. Nous pourrions signer un contrat qui officialiserait tout cela. Et si vous vous apercevez que vous n'aimez pas travailler pour moi, ou que pour une raison ou pour une autre vous souhaitez mettre un terme prématuré à notre arrangement, vous partirez quand même avec la moitié de la somme dont nous aurons convenu.

— Et qui se chiffrerait à combien ? s'entendit demander Holly, curieuse de savoir à quel montant il évaluait ses services.

— Vingt mille livres. Pour un an.

C'était plus de cent fois ce que pouvait espérer gagner une gouvernante pendant la même période. Avec cette somme, Holly pourrait offrir une belle dot à sa fille et même s'offrir une petite maison, avec des domestiques. La perspective d'avoir sa propre maison faisait rêver la jeune femme. Mais à l'idée de conclure un arrangement avec un tel homme, sans parler des réactions de sa famille et de ses amis…

— Non, répondit-elle finalement. Je suis désolée, monsieur Bronson. Votre offre est très généreuse, mais je vous suggère de chercher quelqu'un d'autre.

Il ne sembla pas étonné par son refus.

— Réfléchissez encore, lady Holland. Vingt mille livres… Ne me dites pas que vous rêvez de passer votre vie chez les Taylor comme vous avez déjà passé ces trois dernières années. Vous êtes une femme intelligente. Vous valez mieux que de perdre votre temps à des travaux d'aiguille.

Consciemment ou non, il avait touché un point sensible. Holly commençait effectivement à trouver son quotidien chez les Taylor d'une monotonie affligeante. Et puis, l'idée de ne plus dépendre d'eux, ni de personne d'autre…

Bronson avait maintenant croisé les bras. Il enfonça le clou.

— Dites oui, lady Holland, et je place tout de suite l'argent sur un compte qui sera ouvert au nom de votre fille.

Holly réfléchit. Accepter l'offre de Bronson reviendrait à mettre un pied dans l'inconnu. La refuser, c'était se condamner à une vie tranquille mais chiche. Surtout pour Rose. En revanche, leurs relations mondaines continueraient de les recevoir. Alors que dire oui risquait de déclencher un scandale qui mettrait des années à s'effacer. Mais du moins, Rose aurait-elle un avenir plus radieux !

Holly aurait pu tergiverser encore longtemps. Mais un élément l'aida à se décider : depuis la mort de George elle sentait, très profondément ancré en elle, un besoin de changement, de renouveau. Pour tout dire, d'aventure.

Elle cessa de s'interroger.

— J'accepte si vous montez votre offre à trente mille livres, lâcha-t-elle finalement, surprise par sa propre audace.

Bronson ne cilla pas, cependant Holly perçut sa satisfaction – celle d'un fauve contemplant une proie à sa merci.

— Trente mille livres, répéta-t-il, feignant de trouver la somme élevée. Je pensais que vingt mille suffisaient largement pour le genre de travail que je souhaitais vous confier.

— Vingt pour Rose, dix pour moi, répliqua Holly sans se démonter. La respectabilité sociale est comme l'argent : une fois dépensée, elle ne se regagne pas facilement. D'ici un an, j'ai peur d'avoir perdu beaucoup de mon crédit dans la bonne société. Il y aura des rumeurs, des ragots. Il se peut même qu'on aille jusqu'à insinuer que je suis…

— … ma maîtresse, termina-t-il à sa place. Mais ce sera faux, n'est-ce pas ?

Holly s'empourpra et lâcha d'une traite :

— Personne ne fera la différence entre la rumeur et la réalité. C'est pourquoi je voudrais dix mille livres pour moi. Que je vous demanderais d'investir en mon nom.

Bronson haussa les sourcils.

— Vous ne préférez pas confier cet argent à lord Taylor ?

Holly secoua la tête en songeant à William. C'était un garçon intelligent et responsable, mais très frileux en matière d'investissements. Comme la plupart des hommes de son milieu, il considérait qu'un patrimoine devait surtout se conserver, plutôt que croître.

— Je préfère que vous vous en chargiez. À condition que vous n'investissiez pas cet argent dans des entreprises que je pourrais juger immorales.

— Je verrai ce que je peux faire, répondit Bronson, une lueur amusée dans le regard.

Holly retint son souffle.

— Cela signifie-t-il que vous êtes d'accord pour trente mille ? Et si je quittais mon emploi avant terme, je garderais quand même la moitié ?

— Je suis d'accord. Mais puisque vous exigez une somme supérieure à celle que je vous ai offerte, je vais à mon tour vous demander une concession.

Holly se sentit blêmir.

— Ah ?

— Je veux que vous habitiez ici. Avec ma famille et moi-même.

Holly secoua fermement la tête.

— Non, c'est impossible.

— Vous et votre fille disposerez de vos propres appartements. Vous aurez aussi un attelage et le droit d'aller et venir à votre guise. Venez même avec vos domestiques, si vous le souhaitez. Je prendrai leurs salaires à mon compte durant toute l'année à venir.

— Je ne vois pas en quoi il serait nécessaire que…

— Apprendre aux Bronson à se conduire comme de vrais membres de la gentry est un emploi à temps plein. Quand vous nous connaîtrez mieux, vous en serez convaincue.

— Monsieur Bronson, je…

— Les trente mille livres sont à vous, lady Holland. Mais uniquement si vous consentez à quitter le domicile des Taylor.

— Dans ce cas, je préfère moins d'argent et ne pas habiter ici.

Bronson eut un large sourire.

— Le marchandage est terminé, milady. Vous venez vivre dans cette maison pendant un an en échange de trente mille livres, ou nous en resterons là.

— Alors, j'accepte, lâcha Holly dans un souffle. Mais je veux que l'attelage dont vous avez parlé figure également au contrat.

— D'accord.

Bronson lui serra la main, pour sceller leur entente. Mais il garda la main de la jeune femme dans la sienne un peu plus longtemps que nécessaire.

— Vos mains sont froides, milady. Auriez-vous peur?

C'était déjà ce qu'il lui avait demandé dans le jardin de lady Bellemont le soir où il l'avait embrassée. Cette fois, Holly était effectivement effrayée, car elle n'aurait jamais imaginé, encore une heure plus tôt, que son destin s'apprêtait à basculer.

— Oui, avoua-t-elle. Je me demande si je ne fais pas une erreur.

— Tout ira bien, la rassura Bronson d'une voix douce. J'imagine que votre famille réagira brutalement, mais surtout, gardez courage et ne lâchez pas prise.

— Bien sûr que non, répliqua Holly, piquée dans son honneur. Vous avez ma parole que je respecterai notre engagement.

— Parfait, murmura-t-il, une agaçante lueur de victoire dans le regard.

De retour dans la bibliothèque, Zachary regarda par la fenêtre le landau de lady Holland s'éloigner dans l'allée. Il ne laissa retomber le coin du rideau que lorsque l'attelage eut disparu derrière les arbres du parc. Il se sentait fébrile, comme chaque fois qu'il venait de conclure un marché à son avantage. Lady Holland allait vivre sous son toit, avec sa fille. C'était presque inespéré.

Qu'est-ce qui, chez elle, le troublait donc tant ? Aucune femme ne l'avait jamais fasciné à ce point. Zachary avait été sous le charme dès l'instant où elle était entrée dans la pièce. Et le moment où elle avait retiré ses gants, pour dévoiler la blancheur parfaite de ses mains délicates, lui avait paru d'un érotisme inégalé.

Pourtant, Zachary pouvait se targuer d'avoir connu nombre de très belles femmes, et pas seulement en paroles. Ce qui rendait d'autant plus incompréhensible l'effet que cette petite veuve produisait sur lui. Était-ce parce qu'il sentait intuitivement le feu couver sous la glace ? Lady Holland était une authentique lady, mais sans les manières et la prétention si répandues chez les femmes de sa caste. Elle irradiait littéralement. Et il avait aimé la franchise avec laquelle elle lui avait parlé, comme s'ils étaient égaux socialement.

Oui, Zachary se sentait troublé. Les mains enfoncées dans les poches de son pantalon, il arpentait sa bibliothèque, n'accordant que des regards distraits aux livres et aux œuvres d'art qu'il y avait entassés. Depuis l'enfance, il était animé d'un perpétuel appétit de conquête qui le laissait sans cesse sur sa faim. Il y avait toujours un nouveau défi à relever ou une nouvelle montagne à escalader qui l'empêchait de goûter enfin au bonheur.

Mais en présence de lady Taylor, il s'était soudain senti un homme ordinaire, capable d'apprécier l'instant présent. Durant l'heure qu'ils avaient passée ensemble, il avait éprouvé un sentiment de plénitude inconnu jusqu'alors. Et c'était si agréable qu'il était impatient de connaître à nouveau cela.

Zachary voulait lady Holland sous son toit, mais il la voulait aussi dans son lit. Il se remémora, un sourire aux lèvres, l'instant précis où elle avait réalisé qu'il était l'inconnu qui l'avait embrassée au bal de lady Bellemont. Elle avait rougi et, l'espace d'un instant, il s'était même demandé si elle n'allait pas s'évanouir. Pour un peu, il l'aurait souhaité, car cela lui aurait au moins donné une bonne excuse pour la tenir dans ses bras. Mais la jeune femme s'était reprise bien vite et n'avait rien dit, espérant sans doute que de son côté il ne se doutait de rien.

Lady Holland possédait encore une innocence qu'en général les femmes mariées avaient perdue depuis longtemps. Maintenant, Zachary comprenait pourquoi elle avait versé une larme quand il l'avait embrassée pour la seconde fois. Il était convaincu que personne ne l'avait embrassée, ni même touchée, depuis la mort de son mari.

Un jour, songea-t-il, elle pleurerait de nouveau dans ses bras. Mais cette fois, ce serait de plaisir.

4

Durant le trajet qui la ramenait chez les Taylor, Holly ne cessa de maudire son impulsivité. À mi-chemin, tandis que l'attelage tressautait dans les rues mal pavées, elle décida qu'elle écrirait à M. Bronson dès son arrivée à la maison, pour lui expliquer qu'elle s'était décidée trop vite et qu'il n'était pas dans son intérêt, ni dans celui de Rose, de bouleverser ainsi sa vie. Quelle mouche l'avait donc piquée pour qu'elle accepte de venir vivre chez un homme qui lui était socialement inférieur et dont la réputation en faisait un mercenaire sans scrupules?

— J'ai été folle, résuma la jeune femme pour elle-même.

Cependant, l'anxiété dans laquelle la plongeait cette affaire était contrebalancée par sa répugnance croissante à reprendre la morne existence qui était la sienne depuis trois ans. Curieusement, la maison qui lui avait paru si longtemps un havre de paix et de sécurité lui évoquait maintenant une prison dont les Taylor auraient été les geôliers. Elle avait beau savoir que c'était pure ingratitude de sa part, elle ne pouvait désormais s'empêcher de voir les choses ainsi.

Tout se passera bien, lui avait murmuré M. Bronson, juste avant qu'elle ne le quitte. Il s'était probablement douté qu'elle reconsidérerait sa décision sitôt franchies les portes de son domaine et que même la petite fortune qu'il lui avait offerte ne suffirait plus à la convaincre d'accepter de travailler pour lui, sauf si...

Zachary Bronson avait dû percevoir le désir de changement de sa visiteuse. Car c'était indéniable : Holly mourait d'envie d'échapper à la monotonie quotidienne, de prendre Rose et Maud avec elle et de faire un saut dans l'inconnu.

Après tout, que risquait-elle ? Au pire la réprobation sociale ? Ce n'était pas si grave. La seule personne dont le jugement aurait vraiment compté pour elle n'était plus là. La réaction des Taylor l'angoissait un peu, mais elle leur expliquerait – et c'était vrai, du reste – qu'elle ne voulait pas rester indéfiniment à leur charge. Quant à Rose, Holly se faisait fort de la persuader de prendre tout cela comme une aventure. Et puis, il y avait cette histoire de dot, à ne pas négliger. Avec l'argent de M. Bronson, Rose pourrait prétendre plus tard épouser un excellent parti.

Plus elle se rapprochait de la maison, plus Holly comprenait qu'elle n'écrirait pas à M. Bronson pour lui annoncer son revirement. Car elle avait de plus en plus envie de travailler pour lui.

Quoique toute la maisonnée des Taylor – y compris les domestiques – semblât avide d'apprendre ce qui s'était passé au cours de ce thé chez M. Bronson, Holly se montra particulièrement discrète. Assaillie d'une foule de questions, elle se contenta de dire que M. Bronson s'était conduit en parfait gentleman, que sa propriété était immense et que la conversation s'était révélée tout à fait plaisante. Plutôt que d'annoncer sur-le-champ son prochain départ, Holly jugea plus sage d'en avertir d'abord les frères de George, à charge pour eux d'en avertir ensuite les autres. Après le dîner, elle demanda donc à William et à Thomas de s'entretenir en privé avec eux. L'un et l'autre marquèrent leur surprise devant cette requête inhabituelle, mais ils suivirent la jeune femme dans la bibliothèque sans broncher.

Holly s'assit dans un fauteuil près du feu. Thomas prit un siège à côté d'elle, tandis que William restait debout, un coude nonchalamment posé sur le manteau de la cheminée.

— Eh bien, Holly, commença William, quand les domestiques eurent apporté du porto pour les deux frères et un thé pour la jeune femme. Que voulait donc M. Bronson ? Le suspens a assez duré.

Devant ces deux hommes qui ressemblaient tellement à George, Holly sentit sa tasse trembler dans sa main. Décidément, elle était contente de quitter cette maison. La vie serait sans doute plus simple quand elle n'aurait plus constamment sous les yeux le portrait vivant de son défunt mari. « Pardonne-moi, mon amour », murmura-t-elle intérieurement, au cas où George la regarderait en cet instant.

La jeune femme expliqua posément comment Bronson lui avait proposé de lui enseigner les bonnes manières durant un an.

Pendant quelques secondes, les deux frères Taylor la fixèrent, interdits. Puis Thomas partit d'un grand éclat de rire.

— C'est trop drôle ! Il s'imagine pouvoir employer l'aristocratie, maintenant ! Je suppose que vous avez répondu sans détour à cet arrogant personnage que vous aviez mieux à faire que de lui enseigner le savoir-vivre. Quand les membres de mon club sauront cela…

— Combien vous a-t-il offert ? demanda William, qui ne semblait pas partager l'hilarité de son frère.

Plus perspicace que Thomas, il avait noté chez Holly une réserve qui l'inquiétait.

— Une fortune, avoua la jeune femme.

— Cinq mille livres ? Dix mille ? insista William.

Il avait abandonné son verre sur le manteau de la cheminée pour se planter devant sa belle-sœur.

Holly secoua la tête. Elle se refusait à dévoiler le montant de la transaction.

— Plus de dix mille livres ? s'étrangla William, incrédule. Vous lui avez dit que vous n'étiez pas à vendre, j'espère ?

— Je lui ai dit...

Holly s'interrompit pour boire une gorgée de thé, avant de poser sa tasse sur le guéridon. Puis elle croisa les mains sur ses genoux et se lança, sans oser regarder les deux frères de George en face :

— Cela fait maintenant trois ans que je vis ici et vous connaissez mon inquiétude à l'idée d'être un fardeau pour vous...

— Vous n'êtes pas un fardeau, la coupa William. Nous vous l'avons déjà répété cent fois.

— Je sais, et j'apprécie votre générosité à son juste prix. Toutefois...

Comme elle s'était de nouveau interrompue, pour chercher ses mots, les deux frères comprirent en même temps ce qu'elle cherchait à leur dire.

— Non ! lâcha William d'une voix étouffée. Vous n'avez quand même pas accepté son offre !

La jeune femme hocha timidement la tête.

— Si.

— Bonté divine ! s'exclama-t-il. N'avez-vous donc pas écouté ce que disait lord Avery à son sujet ? Ce Bronson est un prédateur, Holly. Un véritable loup. Devant lui, vous serez aussi désarmée qu'une fragile brebis. Et pensez donc à Rose !

— C'est justement parce que j'ai pensé à Rose que j'ai accepté, répliqua Holly. L'un et l'autre, vous avez une femme et des enfants à vous occuper. Moi je n'ai plus de mari, aucune fortune personnelle pour subvenir à mes besoins et je n'ai pas non plus envie de dépendre de vous jusqu'à la fin de mes jours.

William paraissait blessé.

— Est-ce donc si terrible de vivre ici ? J'ignorais que notre compagnie vous était si désagréable.

Holly soupira de frustration.

— Mais non, ce n'est pas ce que j'ai voulu dire. Je vous serai éternellement reconnaissante de la façon dont vous m'avez traitée depuis la mort de George… Mais je dois penser à l'avenir.

La jeune femme coula un regard vers Thomas, qui n'avait pas ouvert la bouche. Elle espérait l'avoir pour allié, mais comprit qu'il partageait l'avis de son frère.

— Je n'arrive pas à y croire! lâcha-t-il finalement. Holly, dites-moi comment mettre fin à cela. Je sais que vous n'avez pas agi par cupidité. Vous ne courez pas après l'argent. Alors, quoi? Est-ce que cela vient de nous? Quelqu'un, dans cette maison, vous aurait-il manqué de respect ou laissé penser que vous n'étiez plus la bienvenue sous notre toit?

— Non, s'empressa de répondre Holly, qui se sentait soudain pleine de remords. Rien de tout cela. C'est simplement que je…

— Bronson exigera de vous plus que des leçons d'étiquette, l'interrompit William d'un ton glacial. Je suppose que vous l'avez déjà compris.

Holly se tourna vers lui, médusée.

— Je trouve votre remarque parfaitement déplacée, William.

— Cet homme n'est pas un gentleman, insista-t-il. Vous devez savoir à quoi vous attendre en vivant sous son toit.

— Je ne suis plus une enfant.

— Non, mais vous êtes une jeune veuve qui vient de passer trois années sans connaître les attentions d'un homme, rétorqua William, si brutalement que Holly en eut le souffle coupé. Autant dire que vous serez très vulnérable face à Bronson. Si vous avez à ce point besoin d'argent, nous trouverons un moyen d'augmenter votre pension. Mais je vous interdis d'accepter un seul shilling de ce bâtard de Bronson. Je ne le tolérerai pas.

— Ne sois pas si dur, William, intervint Thomas. Elle a besoin de compréhension, pas d'une leçon de morale.

— Ne vous inquiétez pas, Thomas, le rassura Holly. Je comprends que William se soucie de ma sécurité et qu'il redoute que je ne commette une erreur. J'ai eu le privilège d'être protégée par vous deux depuis la disparition de George et je ne l'oublierai jamais. Mais à présent, je veux mener seule ma barque. Et je revendique même le droit de faire quelques erreurs.

Thomas secoua la tête d'un air incrédule.

— Je ne comprends pas. Pourquoi faites-vous cela, Holly ? Je ne me serais jamais douté que l'argent avait tant d'importance pour vous.

Avant que la jeune femme ait pu répondre, William ajouta, d'une voix glaciale :

— C'est bien la première fois que je suis presque content que George soit mort. Au moins, il n'aura pas à assister à votre déchéance.

Holly avait blêmi. Cependant, elle était décidée à leur tenir tête. Abandonnant son siège, elle les regarda tour à tour.

— Il me semble inutile de continuer cette conversation, déclara-t-elle. Ma décision est irrévocable. Je serai partie dans moins d'une semaine. Et j'aimerais emmener Maud avec moi.

— Prenez Maud, si cela vous chante, répondit William. Mais Rose ? Consentirez-vous à nous la laisser, ou comptez-vous l'emmener aussi, pour qu'elle voie sa mère devenir la catin d'un crésus ?

Jamais personne n'avait insulté Holly de la sorte. Venant d'un étranger, de tels propos lui auraient semblé inadmissibles, mais proférés par le propre frère de George, ils lui parurent carrément insupportables. Se retenant de fondre en larmes, la jeune femme se dirigea vers la porte.

— Je n'abandonnerai Rose sous aucun prétexte, lança-t-elle avant de sortir.

Tandis qu'elle refermait la porte derrière elle, elle entendit les deux frères se quereller. Thomas reprochait à William sa cruauté, et William se défendait du ton de quelqu'un qui cherche à contenir sa colère. Holly se demanda ce que George lui-même aurait voulu qu'elle fasse ? La réponse s'imposa sans peine : il aurait évidemment souhaité qu'elle reste sous la protection de sa famille.

La jeune femme s'arrêta devant l'une des fenêtres du couloir. La peinture du rebord était marquée de petites griffures et une servante lui avait expliqué un jour que George, lorsqu'il était petit, venait souvent s'amuser avec ses soldats de plomb devant cette fenêtre.

— Je te demande pardon, mon chéri, murmura-t-elle. Dans un an, je reprendrai la vie dont tu aurais rêvé pour moi. Mais je dois penser à l'avenir de Rose. Il ne s'agit que d'une année, ensuite, je tiendrai mes promesses.

5

Depuis le perron de sa maison, Zachary regardait lady Holly descendre du landau, aidée d'un valet, avec un sentiment de profond contentement. Enfin, elle était là. Et parfaite, comme il l'espérait. La taille fine, le port gracieux d'une princesse, ses mains gantées et sa longue chevelure rassemblée sous un chapeau orné d'une voilette. Zachary était tenté de mettre du désordre dans cette façade irréprochable. Il aurait volontiers ôté son chapeau à la jeune femme, pour libérer ses boucles auburn, et même déboutonné le haut de sa robe de velours marron.

Du marron ! Lady Holly continuait à se parer de couleurs sombres, même si officiellement elle avait renoncé au gris et au noir. Zachary n'avait encore jamais rencontré de femme ayant porté le deuil aussi longtemps. Même sa propre mère, qui avait pourtant sincèrement aimé son père, avait abandonné les vêtements sombres au bout d'un an, et Zachary n'avait pas songé un instant à l'en blâmer. Aucune femme n'était obligée d'enterrer son bonheur de vivre avec son mari, même si la société les encourageait en ce sens.

Les veuves extrêmement dévotes étaient en effet montrées en exemple. Toutefois, Zachary était convaincu que si lady Holly continuait à porter le deuil, ce n'était pas pour susciter l'admiration, mais bien parce qu'elle pleurait toujours sincèrement son époux. Et Zachary se demandait quel genre d'homme avait bien pu inspirer une telle passion.

Une domestique et une fillette descendirent à leur tour de l'attelage. Zachary ne put retenir un sourire. Rose était la réplique miniature de sa mère, mêmes cheveux, mêmes yeux. La fillette semblait vaguement anxieuse, elle serrait très fort quelque chose de brillant dans ses bras en regardant la maison, qui devait lui paraître gigantesque.

Zachary songea qu'il aurait peut-être dû rester à l'intérieur et se contenter d'accueillir lady Holly et sa fille dans le hall. Mais maintenant qu'il était sorti, il était trop tard. Il descendit les marches à la rencontre de ses invitées en songeant que de toute façon, s'il avait commis un faux pas, lady Holly se chargerait de le lui signifier, puisque c'était désormais sa tâche.

Il la rejoignit alors qu'elle donnait des instructions au valet pour descendre les bagages. Elle se tourna vers lui, un sourire aux lèvres.

— Bonjour, monsieur Bronson.

Zachary s'inclina pour la saluer. En se redressant, il remarqua combien elle était pâle. Elle avait les yeux cernés de quelqu'un qui a mal dormi depuis plusieurs nuits. Il en devina aussitôt la raison : les Taylor avaient dû lui mener une vie d'enfer.

— Ça s'est si mal passé que cela ? demanda-t-il. Ils ont dû tenter de vous convaincre que j'étais un suppôt de Satan.

— Ils auraient préféré que je travaille pour le diable en personne.

Il rit.

— Comme ils ont dû être déçus !

Lady Holly posa la main sur l'épaule de la fillette.

— Je vous présente ma fille, Rose, dit-elle avec une fierté toute maternelle.

Zachary salua la fillette, qui esquissa une courbette.

— Alors c'est vous, monsieur Bronson ? Nous sommes venues vous apprendre les bonnes manières.

Zachary échangea un sourire avec Holly.

— J'ignorais, quand nous avons conclu notre marché, que j'embauchais deux professeurs pour le prix d'un.

Rose s'était rapprochée de sa mère.

— C'est là que nous allons vivre, maman ? Il y aura une chambre pour moi ?

Zachary se pencha vers la fillette, avec un grand sourire.

— Oui. Je crois savoir qu'on t'a préparé une chambre juste à côté de celle de ta mère.

Et, avisant l'étrange objet que la fillette serrait toujours contre elle, il ajouta :

— Qu'est-ce que c'est que ça ?

— Ma collection de boutons, expliqua-t-elle fièrement en dévoilant une série de boutons reliés entre eux par une cordelette.

Il y en avait de toutes les tailles, sculptés ou non, et dans toutes sortes de matériaux.

— C'est très beau, déclara Zachary.

— Mais je n'en ai pas des comme ça, répondit la fillette, en désignant les boutons dorés qui ornaient la veste de Zachary.

— Dans ce cas, permets-moi d'en ajouter un à ta collection.

Il sortit de sa poche un petit canif qu'il ouvrit pour couper les fils retenant le bouton.

— Oh, merci, monsieur Bronson ! s'exclama Rose, aux anges, quand il lui tendit le bouton. Merci beaucoup !

Mais sa mère ne l'entendait pas de cette oreille.

— Rose, tu dois tout de suite rendre ce bouton à M. Bronson. Il est beaucoup trop luxueux et cher pour ta collection.

— Mais il me l'a donné ! protesta la fillette, qui serrait le bouton dans sa petite main.

— Rose, j'insiste…

— Laissez-la, intervint Zachary, qui s'amusait de la réaction de la jeune femme. Ce n'est qu'un bouton, milady.

— Il me semble qu'il est en or massif et…

— Suivez-moi, la coupa-t-il en lui offrant son bras. Ma mère et ma sœur nous attendent à l'intérieur.

Holly accepta son bras, mais elle n'en avait pas terminé avec cette histoire de bouton.

— Monsieur Bronson, reprit-elle d'une voix tendue, je m'efforce d'élever ma fille pour qu'elle ne soit ni gâtée ni…

— Et vous avez raison, l'interrompit-il de nouveau, tout en l'entraînant vers le perron, tandis que Rose les suivait avec la servante. Votre fille est ravissante.

— Merci. Mais je n'ai aucune envie que Rose ait une vie extravagante. Et je tiens à ce que mes instructions la concernant soient suivies à la lettre.

— Cela va de soi, répondit Bronson.

Les inquiétudes de Holly ne furent pas calmées quand, pénétrant dans le hall, elle fut de nouveau confrontée à l'opulence des lieux. Bonté divine ! songea-t-elle. Comment feraient des gens ordinaires pour vivre ici ?

Elle se retourna vers Maud, qui contemplait bouche bée l'immense lustre de cristal.

Rose, elle, était enchantée.

— Écoute, maman ! s'écria-t-elle en frappant dans ses mains. Il y a de l'écho, ici.

— Chut, Rose ! la tança sa mère, consciente que M. Bronson se retenait de rire.

Une femme corpulente d'une quarantaine d'années surgit soudain d'une porte et se présenta comme la gouvernante, Mme Burney. L'air passablement étonnée, Maud suivit Mme Burney à l'étage, pour superviser le déballage des malles de sa maîtresse.

Pendant ce temps, Holly, tenant Rose par la main, emboîtait le pas à Zachary Bronson. Ils entrèrent dans un petit salon tendu de velours vert et or, et meublé à la française, dans le style Louis XV. Deux femmes les y attendaient, qui se levèrent à leur entrée, l'une et l'autre visiblement nerveuses. La plus jeune, grande et séduisante avec sa longue chevelure brune épinglée en chignon, s'avança.

— Bienvenue, lady Holland, dit-elle avec un large sourire.

— Ma sœur, Elizabeth, annonça Bronson.

— Je n'en ai pas cru mes oreilles quand Zach nous a annoncé que vous veniez vivre ici ! s'exclama la jeune fille. C'est très louable de votre part de vous intéresser à nous. Soyez assurée que nous ferons de notre mieux pour ne pas vous peser.

— Ne vous inquiétez pas, répondit Holly, qui aimait déjà la jeune fille. J'espère en tout cas que je vous serai utile.

— Oh, ça oui ! s'amusa Elizabeth. Nous avons bien besoin d'un guide pour nous orienter dans le grand monde !

La ressemblance entre Bronson et sa sœur était frappante. Ils avaient les mêmes cheveux noirs, les mêmes yeux perçants et le même sourire irrésistible. Et comme son frère, Elizabeth semblait débordante d'énergie. Holly était persuadée qu'elle n'aurait aucun mal à s'attirer des soupirants. Le tout serait de trouver le bon.

— Zach rêve pour moi d'un grand mariage avec un aristocrate, expliqua crûment Elizabeth, comme si elle avait deviné les pensées de la jeune femme. Mais je préfère vous prévenir : je ne partage pas exactement ses vues sur la question du mari idéal.

— Votre frère m'ayant déjà exposé son point de vue sur le sujet, je suis encline à prendre votre défense, mademoiselle Bronson, répondit Holly.

La jeune fille rit de bon cœur.

— Oh, c'est gentil, milady ! s'exclama-t-elle, puis, se tournant vers la fillette qui attendait sagement à côté d'Holly : Je suppose que tu es Rose, ajouta-t-elle d'une voix douce. Je n'avais encore jamais vu de petite fille aussi jolie.

Rose, conquise, s'empressa de montrer sa collection de boutons à Elizabeth. Holly en profita pour s'intéresser à l'autre femme, qui n'avait encore rien dit et semblait vouloir se faire toute petite dans son coin. Il s'agissait de la mère de Bronson et elle éprouva immédiatement de la sympathie pour elle lorsque son hôte la lui présenta tant elle paraissait mal à l'aise.

De toute évidence, Paula Bronson avait été ravissante dans sa jeunesse. Mais des années de dur labeur et de soucis l'avaient fanée avant l'âge. Cependant, elle gardait fière allure et son regard était chaleureux.

— Milady, dit-elle, répondant au salut d'Holly, mon fils a un don pour entraîner les gens là où ils ne souhaitaient pas forcément aller. J'espère que vous n'êtes pas ici contre votre gré.

— Maman ! s'écria Zachary en feignant d'être fâché. À t'entendre, j'aurais amené lady Holland enchaînée. Je te rappelle que je n'oblige jamais les gens à faire quoi que ce soit. Je leur laisse toujours le choix.

Holly lui jeta un regard sceptique, avant de serrer la main de sa mère.

— Madame Bronson, dit-elle avec chaleur, je vous assure que j'avais très envie de venir chez vous. Je me réjouis déjà à l'idée de pouvoir vous être utile. Je sors de trois ans de deuil et je...

Comme Holly cherchait ses mots, Rose décida d'intervenir, pour tout expliquer :

— Mon papa ne viendra pas habiter ici avec nous, parce qu'il est au paradis, maintenant. C'est ça, hein, maman ?

Il y eut un silence. Holly regarda furtivement Zachary Bronson, mais son visage demeurait indéchiffrable.

— Oui, c'est cela, ma chérie, acquiesça-t-elle.

L'évocation de George Taylor avait jeté un léger froid et Holly cherchait quoi dire pour réchauffer l'atmosphère. Mais plus le silence s'éternisait, plus il devenait difficile de le rompre. Holly ne pouvait s'empêcher de penser que si George vivait encore, elle ne serait pas contrainte d'accepter de travailler pour un homme tel que Zachary Bronson.

Ce fut finalement Elizabeth qui brisa la glace.

— Et si je te montrais ta nouvelle chambre, Rose ? proposa-t-elle à la fillette. Figure-toi que mon frère a dévalisé une boutique entière de jouets rien que pour toi. Il y a la plus grande maison de poupée que tu verras jamais.

Tout excitée, la petite fille s'empressa de suivre Elizabeth. Après leur départ, Holly se tourna vers Bronson, furieuse :

— Une boutique entière de jouets ?

— Pas du tout, se défendit Bronson. Elizabeth a toujours tendance à exagérer.

Et, quémandant du regard le secours de sa mère, il ajouta :

— N'est-ce pas, maman ?

— Eh bien, commença Paula, le fait est que tu as quand même…

— Je suis sûr que lady Holland aimerait faire le tour du propriétaire en attendant que ses bagages soient déballés, la coupa Bronson. Si tu lui faisais visiter la maison ?

Mme Bronson était beaucoup trop timide pour cela. Elle préféra s'éclipser discrètement, laissant Holly seule avec son fils.

Zachary tenta aussitôt de désamorcer la colère de la jeune femme.

— Quel mal y a-t-il à lui avoir acheté quelques jouets ? Sa chambre était aussi inhospitalière qu'une prison. J'ai pensé que quelques poupées rendraient la pièce plus attrayante et…

— Primo, l'interrompit Holly, je doute qu'aucune pièce de cette maison ressemble à un cachot. Secundo, je refuse que ma fille soit pourrie par votre penchant à l'excès.

— Très bien. Dans ce cas, je renverrai une partie de ces foutus jouets au magasin.

— Et tertio, ne dites pas de mots grossiers en ma présence, répliqua Holly, avant de soupirer, fataliste : Comment voulez-vous renvoyer les jouets, maintenant que Rose les a vus ? Vous n'avez pas l'air de connaître grand-chose aux enfants.

— C'est exact. Je ne sais que les soudoyer.

Cette fois, Holly ne put s'empêcher de sourire.

— Rose n'a pas besoin d'être soudoyée, ni moi non plus d'ailleurs. Je vous ai donné ma parole que je ne romprais pas notre contrat.

Bronson plongea les mains dans ses poches de pantalon en hochant la tête.

— Fort bien. Je vous promets de ne pas gâter Rose. Et de ne plus jurer en votre présence. Y a-t-il autre chose, dans mon comportement, qui vous déplaise ?

— Oui, répliqua Holly sans réfléchir, avant d'hésiter en croisant le regard de Bronson.

Il lui semblait tout à coup étrange de donner des ordres à un tel homme, physiquement si impressionnant. Mais après tout, Bronson l'avait engagée pour cela.

— Il ne faut pas mettre vos mains dans vos poches, reprit-elle. C'est mal élevé.

— Pourquoi ? demanda-t-il en sortant ses mains.

— Parce que c'est une attitude trop relâchée, expliqua Holly en s'approchant de lui. De même, essayez toujours de vous tenir droit et de ne pas faire de grands gestes.

— Je comprends maintenant pourquoi les aristocrates sont toujours raides comme des cadavres, marmonna Bronson.

Holly se retint de rire.

— Saluez-moi encore, s'il vous plaît. Quand vous l'avez fait, tout à l'heure, j'ai remarqué quelque chose qui clochait.

Bronson jeta un coup d'œil vers la porte du salon, pour s'assurer que personne ne les observait.

— Pourquoi ne pas attendre demain pour commencer les leçons ? Je suis sûr que vous préféreriez vous familiariser avec votre nouvelle demeure…

— Il ne faut jamais remettre au lendemain ce qu'on peut faire le jour même, répliqua Holly d'une voix sentencieuse. Inclinez-vous pour me saluer.

Bronson grommela quelques mots incompréhensibles, mais s'exécuta.

— Voilà ! s'exclama Holly. Vous l'avez encore fait.

— Qu'est-ce que j'ai fait ?

— Quand vous vous courbez, vous devez garder votre regard sur la personne que vous saluez. Vos yeux ne doivent jamais se baisser, même une seconde. Seulement les domestiques et les personnes de condition inférieure saluent en regardant le sol. Si vous l'oubliez, vous vous trouverez à votre désavantage.

Bronson hocha la tête, signe qu'il avait pris la remarque très au sérieux, comme Holly l'espérait. Il s'inclina de nouveau, mais cette fois en la regardant droit dans les yeux. La jeune femme retint son souffle, fascinée par ces prunelles sombres comme des puits sans fond...

— C'est beaucoup mieux, réussit-elle à dire. Je vais, dès aujourd'hui, dresser une liste des points qu'il nous faudra aborder en priorité. Savez-vous danser, monsieur Bronson ?

— Assez mal, en vérité.

— Dans ce cas, nous nous occuperons de cela également. Je connais un excellent maître de ballet qui pourra vous enseigner les subtilités de la valse ou du quadrille.

— Pas question, répliqua Bronson. Je n'ai aucune envie qu'un dandy me prenne dans ses bras pour m'apprendre à danser. Envoyez-le plutôt à Elizabeth. Elle ne sait pas mieux danser que moi.

Holly s'obligea à la patience.

— Mais alors qui vous apprendra ?

— Vous.

La jeune femme secoua la tête en riant.

— Monsieur Bronson, je ne suis pas qualifiée pour cette tâche.

— Vous savez danser, oui ou non ?

— Connaître une matière et être capable de l'enseigner sont deux choses fort différentes. Je vous assure qu'un professionnel sera beaucoup...

— C'est vous que je veux, s'obstina-t-il. Puisque je vous paie une fortune, lady Holland, je tiens à en avoir pour mon argent. Tout ce que j'apprendrai au cours des douze prochains mois, je veux le tenir de vous.

— Parfait. Dans ce cas, j'essaierai de faire de mon mieux, monsieur Bronson. Mais ne venez pas ensuite me blâmer si, au cours d'un bal, vous ratez une figure de quadrille.

Bronson sourit.

— Ne sous-estimez pas vos talents, milady. Je n'avais encore rencontré personne capable de me dire aussi directement que vous ce que je dois faire – excepté ma mère, bien entendu.

Et, lui offrant son bras, il ajouta :

— Venez dans ma galerie de peinture. Je voudrais vous montrer mon Léonard de Vinci.

— Comment cela ? s'étonna Holly. Vous n'avez pas de toile de lui. Du moins, la semaine dernière, vous n'en aviez pas.

Mais voyant la lueur qui brillait dans ses yeux, la jeune femme comprit d'un coup.

— Vous avez acheté un Vinci ! Mais… comment…

— Je me suis adressé à la National Gallery, expliqua-t-il en l'entraînant vers la bibliothèque. En échange, je vais financer la rénovation de leurs salles consacrées à la statuaire antique. Du reste, le Vinci ne m'appartient pas juridiquement. J'ai payé une fortune pour avoir juste le droit de l'accrocher chez moi pendant cinq ans. Et encore, en plus de l'argent, j'ai dû aussi leur confier certaines de mes toiles. Vous n'imaginez pas la négociation que ç'a été ! Je n'aurais jamais imaginé qu'un directeur de musée puisse être aussi coriace. En comparaison, traiter avec un banquier est un jeu d'enfant.

— Quel tableau avez-vous obtenu ?

— Une Vierge à l'enfant.

— Seigneur, murmura Holly, médusée. Vous avez un Vinci chez vous ! C'est à se demander s'il reste quelque chose que votre fortune ne puisse vous permettre d'acheter.

Cependant, il y avait chez son hôte une ingénuité et un enthousiasme enfantin qui plaisaient à la jeune femme. Zachary Bronson était certes un homme redoutable en affaires, mais ce besoin obstiné qui le taraudait d'appartenir à une société qui le rejetait laissait, selon elle, deviner une vulnérabilité cachée.

— Malheureusement, il y a une chose que je ne peux pas acheter, dit-il.

— Laquelle ?

— Être un gentleman.

— Je ne suis pas si sûre que vous désiriez tant que cela être un gentleman, monsieur Bronson. Vous n'en cherchez que les apparences.

Bronson s'immobilisa brutalement et Holly réalisa, horrifiée, qu'elle avait parlé un peu trop franchement.

— Pardonnez-moi, balbutia-t-elle. Je ne sais pas ce qui m'a pris de…

— Ne vous excusez pas, vous avez raison. Si j'étais un vrai gentleman, je n'aurais plus aucun succès dans les affaires. Les aristocrates n'ont pas assez de cerveau ni de tripes pour gagner de l'argent.

— Ne croyez pas cela.

— Ah oui ? Nommez-moi un gentleman de votre connaissance qui a su bâtir seul une fortune ?

Holly réfléchit un bon moment, sans trouver de réponse satisfaisante.

Bronson s'amusa de son silence éloquent.

— Vous voyez bien…

— Amasser de l'argent ne devrait pas être l'unique but dans une vie d'homme, monsieur Bronson.

— Et pourquoi pas ?

— L'amour, la famille, l'amitié, voilà les choses qui comptent vraiment. Et cela, rien ne peut les acheter.

— Vous pourriez bien être surprise, milady, rétorqua-t-il.

Holly ne put s'empêcher de rire d'un tel cynisme.

— J'espère qu'un jour, monsieur Bronson, vous rencontrerez quelque chose ou quelqu'un pour lequel vous seriez prêt à renoncer à votre fortune. Et j'espère être là pour assister à cela.

— Rien ne dit que ça n'arrivera pas, lady Holland.

Sur ces mots, il l'entraîna de nouveau vers la bibliothèque.

*
* *

Holly appréciait d'être réveillée chaque jour par sa fille grimpant sur son lit pour lui donner un baiser. Mais ce matin-là, la jeune femme n'avait pas envie d'être tirée de son sommeil. Elle enfonça la tête dans l'oreiller, tandis que Rose gigotait à côté d'elle.

— Maman ! insista la fillette en tentant de se glisser sous les couvertures. Maman, réveille-toi ! Le soleil est déjà levé. J'ai envie d'aller jouer dans le parc. Et de visiter les écuries. Il paraît que M. Bronson a plein de chevaux.

Maud entra dans la chambre sur ces entrefaites.

— M. Bronson a plein de tout, commenta la servante, ce qui fit rire Holly.

Pendant que Maud versait un broc d'eau chaude dans la cuvette de la table de toilette, Holly se redressa dans son lit et se frotta les yeux. Elle se sentait d'excellente humeur.

— Bonjour, Maud. Avez-vous bien dormi ?

— Oui, très bien, et Rose aussi. Je suppose que la découverte de ses nouveaux jouets, hier soir, l'avait épuisée. Et vous, milady ? La nuit fut bonne ?

— J'ai merveilleusement bien dormi.

C'était vrai. Durant la semaine écoulée, Holly n'avait cessé de se réveiller en pleine nuit, rongée par l'anxiété à l'idée d'avoir commis l'erreur de sa vie. Mais maintenant qu'elle était installée chez M. Bronson, la question ne se posait plus, et du coup elle avait retrouvé le sommeil. D'autant que sa chambre, tapissée d'ivoire et de rose, était très confortable. Et le lit moelleux à souhait.

— J'ai fait un drôle de rêve, poursuivit Holly en réprimant un bâillement. Je me promenais dans un jardin rempli de roses rouges. Il y en avait tellement et elles semblaient si réelles que je pouvais même sentir leur parfum. Et le plus étonnant, c'est que je pouvais les cueillir facilement, sans me blesser. Elles n'avaient pas d'épines.

Maud la regardait avec intérêt.

— Des roses rouges, dites-vous ? On prétend que rêver de roses rouges signifie qu'on sera bientôt heureux en amour.

Holly écarquilla les yeux, puis secoua la tête avec un sourire nostalgique.

— Je suis déjà comblée de ce côté-là, déclara-t-elle, puis, embrassant le front de sa fille, elle ajouta à son adresse : Tout mon amour est pour toi et pour ton papa.

— Tu peux encore aimer papa même s'il est au Ciel ? voulut savoir Rose, qui jouait avec la poupée qu'elle avait amenée.

— Bien sûr. Est-ce que nous deux on ne continue pas à s'aimer même lorsque nous ne sommes pas ensemble ?

— Si, maman, répondit la fillette en tendant sa poupée à sa mère : Regarde, c'est une de mes nouvelles poupées.

Holly la contempla avec une expression admirative.

— Elle est ravissante, ma chérie. Comment l'as-tu appelée ?

— Mlle Crumpet.

— C'est un très joli nom.

— Tu crois que nous pourrions inviter M. Bronson à prendre le thé avec mes poupées, maman ?

— J'ai peur que ce ne soit pas possible, Rose. M. Bronson est un homme très occupé.

— Ah… murmura la fillette, déçue.

— Ce M. Bronson est étrange, si vous voulez mon avis, intervint Maud, qui avait sorti un peignoir de l'armoire pour le tendre à sa maîtresse. Tout à l'heure, j'ai discuté un peu avec les autres domestiques pendant que je faisais chauffer votre eau à l'office – j'ai dû m'en charger moi-même, vu que personne ne répondait à mes coups de sonnette – et j'en ai appris de bien bonnes.

— Par exemple ? demanda Holly, piquée par la curiosité.

— Ils considèrent tous M. Bronson comme un bon maître, ça, c'est un point acquis. Mais la maison n'est pas dirigée. La gouvernante, Mme Burney, et les autres ont bien compris que M. Bronson n'avait pas la plus petite idée sur la manière de tenir un intérieur.

— Et ils en profitent pour travailler le moins possible, conclut Holly, qui se promit de mettre rapidement bon ordre dans tout cela.

Si elle ne devait réussir qu'une chose, au cours de l'année qui l'attendait, ce serait au moins celle-là. Zachary Bronson méritait d'être convenablement servi par ses employés.

Mais la suite du récit de Maud eut vite raison de ses sentiments charitables. La femme de chambre avait attiré Rose à elle, pour lui enfiler une ravissante robe blanche ornée de rubans. Elle profita de ce que la fillette avait la tête couverte par le vêtement pour glisser à voix basse :

— Ils m'ont expliqué aussi que M. Bronson donnait parfois chez lui des parties fines. On y boit et on y joue beaucoup. Les invités n'appartiennent pas à la bonne société, et il y a des catins dans toutes les pièces.

— Maud ! s'impatienta Rose, qui gigotait sous sa robe.

— M. Bronson, à ce que j'ai compris, s'intéresse à tout ce qui porte jupon. Il ne fait pas la différence entre une duchesse et une fille des rues. Une des servantes, Lucy, a même raconté qu'une fois elle l'avait surpris avec deux femmes en même temps.

Voyant que sa maîtresse la fixait sans comprendre, Maud ajouta dans un murmure :

— *Au lit*, milady !

— Maud ! insista Rose. J'étouffe !

Tandis que Maud libérait enfin la tête de la fillette et s'occupait de lui boutonner sa robe, Holly médita sur ce qu'elle venait d'apprendre. Deux femmes en même temps ? Elle n'avait jamais entendu parler d'une chose pareille, et ne l'aurait même pas cru possible. En tout cas, la nouvelle était fort déplaisante. Car cela signifiait que M. Bronson était un dépravé. Du coup, Holly ne voyait pas comment elle aurait quelque chance d'éduquer un homme pareil. En tout cas, s'il voulait la garder chez lui, il aurait intérêt à changer rapidement de mode de vie. Les parties fines ici, c'était terminé. À la première scène un tant soit peu scabreuse à laquelle elle assisterait, Holly ferait immédiatement ses valises.

— Saviez-vous que M. Bronson a commencé comme lutteur de foire ? reprit Maud tout en brossant les cheveux de Rose.

— Oui, je l'ai entendu dire, répondit Holly, qui s'attendait à de nouvelles révélations.

— Il a fait ça pendant plus de deux ans. C'est James, le valet d'écurie, qui me l'a raconté. Il l'a vu un jour à l'œuvre, et d'après lui, c'était un sacré boxeur.

Le découragement de Holly empirait de minute en minute.

— Je crois que j'ai été folle d'accepter sa proposition, soupira-t-elle. Vouloir lui enseigner les bonnes manières me paraît sans espoir.

— Ce n'est pas si sûr, voulut la rassurer Maud. M. Bronson a bien réussi, tout seul, à passer des combats de rue à cette propriété luxueuse. Pour cela, il a dû en gravir, des échelons ! Apprendre à se conduire comme un gentleman ne sera jamais qu'une marche de plus.

— Oui, mais ce sera la plus difficile.

Rose, habillée et coiffée, récupéra sa poupée et s'approcha du lit.

— Je t'aiderai, maman. Moi aussi, j'apprendrai les bonnes manières à M. Bronson.

Holly sourit à sa fille.

— C'est très gentil à toi, ma chérie. Mais je préfère que tu fréquentes le moins possible M. Bronson. Ce ne serait pas… convenable.

— Bien, maman, acquiesça la fillette en laissant échapper un lourd soupir.

Comme Maud l'avait déjà expérimenté, aucun domestique ne semblait répondre aux coups de sonnette. Après avoir tiré plusieurs fois sur le cordon, Holly comprit qu'il valait mieux abandonner.

— Si nous attendons qu'un domestique monte le petit-déjeuner de ma fille, Rose aura le temps de mourir de faim, dit-elle. Je sens que je vais avoir une petite conversation avec Mme Burney dès ce matin.

— À mon avis, il n'y a pas un domestique de récupérable, milady, avança Maud. Dans ceux que j'ai déjà croisés, il y avait une servante avec un ventre jusque-là…

Maud mima une grossesse avancée.

— Et une autre qui échangeait un baiser avec un valet en plein milieu du hall, s'il vous plaît. Dans l'office, une fille de cuisine dormait carrément à table et un valet se plaignait que personne n'ait songé à laver sa livrée. Sans parler des…

— Pitié, Maud, n'en jetez plus, l'interrompit Holly, que cette litanie amusait presque. Il y a tellement à faire que je ne sais pas par où commencer.

Et, se penchant vers sa fille pour lui donner un baiser sur le front, elle suggéra :

— Rose, ma chérie, si nous descendions tous au rez-de-chaussée, avec Mlle Crumpet, pour essayer de te trouver quelque chose à manger ?

— Je vais prendre mon petit-déjeuner avec vous ? demanda la fillette, folle de joie.

Comme la plupart des enfants de son âge, Rose prenait encore son petit déjeuner seule, dans la nursery. Manger avec les adultes était un privilège réservé aux enfants plus grands, qui savaient se tenir parfaitement à table.

— Juste pour ce matin, tint à préciser Holly. Et je compte sur toi pour faire bonne impression devant les Bronson.

— C'est promis, maman !

Brandissant Mlle Crumpet devant elle, la fillette recommanda à sa poupée de se conduire comme une véritable lady.

Holly escorta sa fille et Maud jusqu'à la petite salle à manger où était servi le petit-déjeuner. Les fenêtres ouvraient sur un superbe jardin. Un buffet d'où s'échappaient de délicieux arômes occupait tout un mur, tandis que quatre tables rondes étaient disposées sous les lustres de cristal.

Elizabeth Bronson était déjà assise à l'une des tables. En voyant Holly, Rose et Maud entrer dans la pièce, elle les gratifia d'un chaleureux sourire.

— Bonjour, dit-elle gaiement. Rose va donc prendre son petit déjeuner avec nous ? Quelle bonne idée ! J'espère que tu vas t'asseoir à côté de moi.

— Je peux venir avec Mlle Crumpet ? demanda la fillette, en désignant sa poupée.

— Mlle Crumpet aura sa propre chaise, décréta Elizabeth. Ainsi, nous pourrons discuter toutes les trois de notre programme de la journée.

Ravie d'être traitée comme une grande personne, Rose se précipita vers la table d'Elizabeth.

Holly quant à elle s'approcha du buffet où Zachary Bronson était occupé à remplir son assiette. Bien qu'il fût en tenue de ville – chemise blanche et costume gris –, son apparence évoquait irrésistiblement celle d'un pirate. Jamais sans doute, songea-t-elle, il ne réussirait à dissimuler totalement ses origines.

Mais quand il se tourna vers elle et lui sourit, Holly sentit comme un frisson lui vriller l'échine.

— Bonjour, murmura-t-il. J'espère que vous avez bien dormi ?

Holly lui retourna un sourire délibérément distant.

— Très bien, merci. Je vois que nous arrivons à temps pour prendre le petit-déjeuner ensemble.

— En fait, j'ai déjà commencé. C'est ma deuxième assiette.

Holly écarquilla les yeux en découvrant ce qu'il avait encore l'intention d'engloutir.

La gouvernante choisit cet instant pour faire son apparition. Holly s'adressa aussitôt à elle :

— Bonjour, madame Burney. Comme vous pouvez le constater, je suis descendue avec ma fille. Personne n'a répondu à nos appels quand j'ai tiré le cordon. Le mécanisme serait-il cassé ?

— Nous avons tous beaucoup de travail, milady, répondit la gouvernante, qui semblait faire un effort pour rester cordiale. Les domestiques ne peuvent pas répondre chaque fois que quelqu'un s'amuse à tirer le cordon.

Holly résista à l'envie de lui demander s'il arrivait *parfois* que les domestiques répondent, mais elle préféra remettre sa discussion avec Mme Burney à plus tard. La gouvernante, qui était venue apporter du thé chaud, avait du reste déjà tourné les talons.

Pendant que Holly se composait une assiette, Bronson s'approcha d'elle avec la sienne.

— J'ai du travail toute la matinée. Mais si cela vous convient, nous pourrons commencer notre première leçon après déjeuner.

— Ce sera parfait, répondit Holly. Je propose même que nous adoptions ce programme chaque jour. Le matin, je travaillerai avec votre sœur, et en début d'après-midi avec vous, pendant la sieste de Rose.

— Je ne serai pas toujours disponible l'après-midi.

— Ces jours-là, nous nous verrons le soir, quand Rose sera couchée, suggéra Holly.

Comme Bronson hochait la tête, en signe d'acquiescement, elle considéra le sujet clos et lui tendit son assiette.

— Vous allez me la porter jusqu'à table. Dans des occasions comme celle-ci, lorsqu'aucun domestique n'est présent pour assurer le service, un gentleman doit offrir son aide à une lady.

— Pourquoi devrais-je porter l'assiette d'une femme, alors qu'elle est parfaitement capable de le faire elle-même ?

— Parce qu'un gentleman doit se conduire en serviteur d'une lady, monsieur Bronson. Il doit constamment veiller à son confort.

Il secoua la tête d'un air désabusé.

— Vous, les femmes, vous avez vraiment la vie facile.

— Croyez-vous ? répliqua Holly sur le même ton. Avec toutes les heures que nous passons à nous occuper des enfants, tenir la maison, penser aux repas et organiser des réceptions pour que nos maris puissent briller en société ?

Bronson la contempla, amusé.

— Si j'étais sûr qu'une épouse m'apporte tout cela, je me marierais sur-le-champ.

— Un jour, il faudra que je vous apprenne comment un vrai gentleman fait sa cour.

— J'ai hâte d'y être.

Bronson porta leurs assiettes à la table qu'occupaient déjà Elizabeth et Rose. La fillette l'accueillit avec un grand sourire.

— Monsieur Bronson, lui demanda-t-elle innocemment, pourquoi vous avez dormi avec deux femmes, à votre soirée ?

Holly, effondrée, comprit que la fillette n'avait rien perdu de sa conversation avec Maud. Laquelle Maud faillit lâcher la tasse de chocolat qu'elle apportait à Rose.

Elizabeth, pour sa part, faillit s'étrangler avec son toast. Elle eut juste le temps de porter sa serviette à sa bouche et, cramoisie, de baisser les yeux sur la nappe. Quand elle se sentit en état de redresser la tête, elle se tourna vers Holly, son visage exprimait un mélange de désarroi et d'hilarité contenue.

— Ex… excusez-moi, mais une de mes chaussures me fait souffrir, dit-elle. Je vais aller en changer.

Là-dessus, elle s'éclipsa, laissant les autres avec son frère.

Lui-même n'avait manifesté aucune réaction, hormis un imperceptible pincement des lèvres. Holly songea qu'il devait être un remarquable joueur de cartes.

— Mes invitées étaient très fatiguées, expliqua-t-il tranquillement à Rose d'un ton neutre. Je les ai simplement aidées à aller se reposer.

— Ah, je vois, répondit Rose, comme si cela était parfaitement naturel.

Holly s'éclaircit la voix avant de prendre la parole à son tour :

— Maud, je crois que ma fille a terminé son petit déjeuner.

— Oui, milady, acquiesça la femme de chambre en attrapant la main de la fillette pour l'entraîner hors de la pièce.

— Mais, maman ! protesta Rose. Je n'ai même pas com…

— Tu peux monter un plateau à la nursery, la coupa sa mère en prenant place à table comme si rien ne s'était passé. J'ai besoin de parler à M. Bronson.

— Pourquoi je peux jamais manger avec les grandes personnes ? se lamenta la fillette en suivant Maud à contrecœur.

Après leur départ, Bronson vint s'asseoir à côté d'Holly.

— Apparemment, les domestiques ont déjà parlé.

— Monsieur Bronson, répondit Holly, de sa voix la plus glaciale possible, vous n'aiderez plus des dames « à aller se reposer » tant que nous vivrons sous ce toit, ma fille et moi. Je n'ai aucune envie que Rose soit exposée à ce genre de dépravations. En outre, si vous souhaitez être servi convenablement par vos domestiques, commencez par vous conduire de façon à ce qu'ils vous respectent.

Loin de paraître offensé par le discours de la jeune femme, Bronson la gratifia d'une grimace narquoise.

— Milady, votre tâche est de m'éclairer sur certains points d'étiquette. Pour ce qui est de ma vie privée, cela ne regarde que moi.

Holly s'était emparée de sa fourchette et la piquait distraitement dans ses œufs au bacon.

— Malheureusement, vous ne pouvez pas séparer aussi facilement votre vie privée de votre vie publique. La morale n'est pas un accessoire qu'on peut suspendre à une patère, tel un chapeau ou un manteau, pour le reprendre à la sortie.

— N'essayez pas de me faire croire, milady, que chaque instant de votre vie privée est irréprochable. Ou alors, c'est que vous êtes une sainte.

Holly avait crispé les doigts sur sa fourchette.

— Que voulez-vous dire?

— Il ne vous est jamais arrivé de boire un verre de trop? De jouer tout votre argent de poche? De jurer comme un charretier, parce que vous étiez énervée? Il ne vous est jamais arrivé de rire dans une église? Ou de médire des gens dans leur dos?

— Je... je ne crois pas, non, répondit Holly, non sans avoir cherché consciencieusement dans sa mémoire.

— Vraiment jamais? insista Bronson, qui semblait troublé par son assertion. Ni dépensé trop chez une couturière? ajouta-t-il, comme s'il voulait absolument prouver qu'elle avait commis, ne serait-ce qu'une fois, ce qui pouvait ressembler à un péché.

— J'ai une faiblesse, avoua finalement la jeune femme en lâchant sa fourchette. J'adore les gâteaux. Les petits-fours, en particulier. Au point que je ne sais pas toujours me retenir et que je serais capable de vider un plateau devant des invités.

— Les gâteaux, marmonna Bronson, visiblement déçu. C'est votre unique défaut?

— Oh, si nous parlons des traits de caractère, j'en ai plusieurs, le rassura Holly. J'ai souvent des idées très arrêtées, un peu trop tendance à m'apitoyer sur mon sort et je ne suis pas complètement exempte de vanité. Mais ce n'est pas le sujet, monsieur Bronson. Nous évoquions votre conduite, pas la mienne. Si vous voulez avoir l'apparence et les manières d'un gentleman, vous ne devez pas vous laisser gouverner par vos instincts. Outre qu'un homme doit savoir maîtriser ses pulsions, c'est de toute façon très mauvais pour lui d'avoir un appétit excessif. Qu'il s'agisse de nourriture, de boisson ou…

— Ou d'activité sexuelle? suggéra Bronson, pour lui venir en aide.

— Exactement. Voilà pourquoi je compte sur vous pour pratiquer dorénavant la tempérance. Je suis sûre que vous vous en féliciterez en découvrant tous les effets positifs que cela aura sur votre humeur.

— Je ne suis plus un enfant de chœur, lady Holland. Je suis un homme, et les hommes ont des besoins légitimes à satisfaire. Que je sache, notre contrat ne faisait nullement allusion à ce qui se passe dans ma chambre à coucher.

— Si vous tenez absolument à avoir des maîtresses, invitez-les ailleurs, répliqua Holly d'une voix coupante. Ayez donc un peu de considération pour votre mère et pour votre sœur. Sans parler de ma fille et de moi-même. Je vous le répète, je ne resterai pas dans cette maison s'il continue de s'y produire des scènes indécentes.

Ils se défièrent du regard quelques instants.

— Si j'ai bien compris, vous êtes en train de m'expliquer que je ne peux plus coucher avec une femme sous mon propre toit, résuma Bronson, comme s'il n'arrivait pas à croire à l'audace de la jeune femme. Dans mon propre lit.

— Pas tant que je résiderai ici.

— Les habitudes sexuelles d'un homme n'ont rien à voir avec sa position sociale, milady. Je pourrais vous citer une bonne douzaine de gentlemen à la réputation irréprochable, qui fréquentent pourtant assidûment les mêmes bordels que moi. Et je pourrais même vous raconter les petites fantaisies que ces messieurs…

— Sans façon, merci, le coupa la jeune femme en se bouchant les oreilles. Je vois clair dans votre jeu, monsieur Bronson. Vous essayez de me distraire de votre cas en me racontant les dépravations d'autres gentlemen. Au risque de me répéter, je vous redis que je ne veux pas vous voir amener ici des femmes de mauvaise vie. Sinon, je romprai immédiatement notre contrat.

Bronson tartina un toast de marmelade d'orange.

— Vous êtes là pour m'instruire, milady. Pas pour me réformer, dit-il sombrement.

Il était incorrigible, et en même temps son obstination à ne pas se repentir ne manquait pas de charme. Holly n'arrivait pas à comprendre pourquoi elle se montrait si indulgente avec lui. Peut-être parce qu'elle avait été entourée d'honorables gentlemen pendant trop longtemps.

— Monsieur Bronson, j'espère qu'un jour vous comprendrez que l'acte sexuel ne se résume pas à une pulsion. Mais qu'il peut être la communion de deux âmes, l'expression la plus noble du véritable amour.

Bronson partit d'un grand éclat de rire, comme s'il était très amusé à l'idée que la jeune femme puisse en savoir plus long que lui sur la sexualité.

— L'amour physique n'est qu'un désir primaire du corps, la contra-t-il. Quoi qu'en disent les prêtres, les romanciers ou les poètes. Et il se trouve que c'est aussi mon passe-temps favori.

— Faites comme bon vous plaira, répliqua sèchement Holly. Mais pas dans cette maison.

Bronson la gratifia d'un de ses sourires irrésistibles.

— C'est bien mon intention.

6

Tandis qu'il gagnait la ville à vive allure en conduisant lui-même son attelage, Zachary essayait de mettre de l'ordre dans ses pensées avant l'importante réunion à laquelle il se rendait. Il attendait ce jour depuis longtemps. Enfin, ses deux coassociés dans une manufacture de détergents avaient accepté de signer un ambitieux plan d'investissement qui permettrait, à terme, de doubler la production. Le projet prévoyait également de construire de nouveaux logements, plus modernes et spacieux, pour les employés. Les associés de Zachary, tous deux aristocrates, avaient longtemps regimbé devant cette dépense, arguant que la manufacture dégageait déjà des bénéfices et qu'ils ne voyaient donc pas l'utilité d'investir dans l'outil de production. Quant aux ouvriers, d'après ses associés, ils étaient habitués à leurs conditions de vie et ne méritaient pas mieux.

Zachary avait dû déployer beaucoup de patience et d'entêtement pour que les deux hommes se rangent à ses vues. Il avait notamment tenté de leur faire comprendre que les employés se montreraient plus productifs s'ils menaient une existence moins miséreuse. Ses associés avaient fini par lâcher prise, moins sans doute parce qu'ils avaient changé d'opinion que parce qu'ils se considéraient comme trop nobles et raffinés pour se préoccuper plus longtemps d'usine, de production et d'ouvriers. Ils préféraient déléguer ces questions matérielles à Zachary, et comptaient sur lui pour augmenter leurs profits sans se fatiguer.

Mais Zachary ne songeait pas uniquement à sa réunion. Lady Holly occupait aussi une bonne part de ses pensées. Sans trop savoir pourquoi, il trouvait la jeune femme irrésistible. Zachary avait rencontré d'autres femmes sincèrement vertueuses qu'il avait admirées. Mais sans éprouver le moindre désir pour elle. La sainteté ne l'excitait pas. Pas plus que l'innocence. Il préférait les femmes d'expérience, au langage cru, qui sous des dehors respectables savaient s'abandonner au lit.

Lady Holly n'était rien de tout cela. Et Zachary était persuadé que coucher avec elle n'aurait rien d'une aventure dans tous les sens du terme. Alors pourquoi cette perspective l'attirait-elle autant ? Pourquoi était-il troublé chaque fois qu'il se trouvait dans la même pièce qu'elle ? Lady Holly était certes ravissante, mais il avait connu des femmes encore plus belles. Son visage était plaisant, mais pas inoubliable. Et elle était plutôt menue. Presque petite, même. Zachary sourit en songeant qu'elle semblerait perdue, nue au milieu de son grand lit. Et cependant, il ne pouvait rien imaginer de plus désirable que de lutiner ce corps frêle en long et en large.

Mais cela n'arriverait jamais. Zachary appréciait trop lady Holly pour vouloir la séduire. Il savait qu'elle ne s'en remettrait pas. Le plaisir oublié, elle serait vite submergée par le remords et la culpabilité. Et elle le haïrait. Mieux valait la laisser continuer à pleurer le souvenir de son mari.

Pour ce qui était de satisfaire ses besoins physiques, Zachary ne manquait pas de candidates. Mais aucune ne lui apporterait ce qu'il vivait avec cette jeune femme intelligente et fascinante. À moins de mal se conduire, il pourrait profiter de sa compagnie pendant un an. Cela valait la peine de renoncer à une nuit de folie, quelque plaisir qu'il pourrait en tirer.

Holly suggéra à Elizabeth de faire d'abord plus ample connaissance avant de commencer les leçons. La jeune fille accepta de bon cœur et elles décidèrent de s'octroyer une petite promenade dans le parc.

— Je vais vous montrer mon itinéraire favori, expliqua Elizabeth, entraînant Holly vers une allée plus « sauvage » que les autres.

Les arbres et les arbustes y poussaient davantage en liberté qu'ailleurs, et effectivement, Holly eut le sentiment de se retrouver en pleine nature.

Sa conversation avec Elizabeth l'édifia sur les qualités de la jeune fille. La sœur de Bronson n'avait rien à voir avec ces oies blanches des beaux quartiers, qui regardaient la société avec des œillères. Elizabeth se souvenait qu'elle était née pauvre, et son enfance lui avait ôté bien des illusions sur le monde. Ce qui la conduisait à s'exprimer franchement, comme Holly ne tarda pas à s'en apercevoir.

— J'espère que vous n'avez pas une trop mauvaise opinion de mon frère, lady Holland ? dit la jeune fille à un moment.

— Je le considère comme un défi intéressant à relever.

— C'est donc que vous ne le détestez pas ?

— Pas le moins du monde.

— Tant mieux, répondit Elizabeth avec un soulagement visible. Quoique j'aurais parfaitement compris vos réticences à son égard. Zach a beaucoup de mauvaises habitudes, et pour couronner le tout, il déborde d'arrogance. Mais sous ses dehors un peu rustres, c'est le meilleur des hommes. Vous n'aurez sans doute pas la chance de voir son bon côté – il ne le montre qu'à maman et à moi –, mais j'aimerais que vous sachiez qu'il mérite qu'on s'intéresse à lui.

— Si ce n'était pas aussi mon avis, je n'aurais pas accepté sa proposition.

Elles continuèrent leur promenade en silence jusqu'au petit lac. Holly était obligée de presser l'allure, pour suivre le rythme de sa compagne. À un moment, elle se tourna vers elle :

— Je trouve remarquable tout ce qu'a accompli votre frère, dit-elle en désignant d'un geste large le parc qui les entourait.

— Quand Zach veut quelque chose, il va jusqu'au bout, expliqua Elizabeth, alors que les deux femmes empruntaient un petit pont menant à un jardin à la française. Et il ne ménage pas ses efforts, poursuivit-elle. Je n'ai jamais connu mon père. Aussi loin que je me souvienne, c'est toujours Zach qui s'est occupé de ma mère et de moi. Quand j'étais toute petite, il travaillait comme docker. Mais cela ne lui rapportait pas assez pour nous faire vivre tous les trois. Alors, il a vendu sa force dans des combats de rue. Il gagnait toujours, mais à quel prix !

La jeune fille s'était arrêtée près d'un arbuste taillé en cône. Elle soupira.

— Un jour, reprit-elle, il est rentré à la maison couvert de bleus, le visage en sang. Il souffrait tellement qu'il ne supportait pas qu'on le touche, même pour lui laver ses plaies. Nous l'avons supplié de cesser ces combats, mais il n'a rien voulu entendre.

— Pendant combien de temps a-t-il participé à ces combats ?

— À peu près deux ans, je crois. Grâce à l'argent qu'il avait gagné, nous avons pu quitter notre logement de misère pour emménager dans un ravissant petit cottage. J'avais douze ans, à l'époque. C'est alors qu'il a commencé à travailler dans la marine marchande. Et à faire fortune. Il doit avoir un don pour gagner de l'argent. Mais malgré toutes ses richesses, il n'a pas beaucoup changé depuis l'époque où il se battait. Souvent, il se comporte comme s'il était encore sur un ring. Ce n'est pas qu'il soit violent, mais… je ne sais pas si vous comprenez ce que je veux dire ?

— Si, tout à fait, murmura Holly.

Zachary Bronson continuait de se battre jour après jour, comme si sa survie en dépendait. Le cadre de ses pugilats s'était simplement déplacé des rings au monde des affaires. Et comme un boxeur le soir après la victoire, Bronson se vautrait dans la luxure, s'adjugeant plusieurs femmes à la fois, pour se dédommager de tout ce dont il avait été privé durant sa jeunesse. Il avait besoin de quelqu'un capable de le dompter suffisamment pour qu'il puisse enfin goûter à la civilisation. Mais Holly ne se voyait pas dans cet emploi. Tout au plus, réussirait-elle à lui arrondir un peu les angles.

— Zach veut se marier, annonça tout à coup Elizabeth. Et il rêve d'un grand mariage. Mais dites-moi la vérité, lady Holland : pensez-vous qu'une femme pourrait s'accommoder de mon frère ?

Holly ne voyait pas, dans les jeunes filles de la bonne société en âge de se marier, laquelle serait capable de supporter un homme tel que Bronson.

— C'est bien ce que je pensais, murmura Elizabeth, devant le silence de la jeune femme. Et le pire, c'est que Zach veut aussi que je me marie ! La tâche ne sera pas plus facile, car mon frère ne se contentera pas d'un petit vicomte ou d'un vieux baron.

Et, riant aux éclats, Elizabeth conclut :

— À mon avis, il espère que j'épouserai au moins un duc !

Holly s'assit sur un petit banc de pierre et regarda la jeune fille, sans partager son hilarité.

— Mais vous, c'est ce que vous souhaitez ?

— Grands dieux, non ! répliqua Elizabeth, que son énergie débordante empêchait sans doute de s'asseoir, car elle se mit à faire les cent pas devant Holly. Mais ce que je veux est impossible, reprit-elle. Alors, j'ai toutes les chances de finir vieille fille.

— Parlez-moi de votre idéal, l'encouragea Holly.

Elizabeth lui coula un regard qui semblait de défi.

— C'est vraiment très simple. Je veux un homme qui m'aimera pour moi, sans se soucier de la fortune de mon frère. Un homme intègre, courageux, capable de s'opposer à Zach, s'il le faut. Mais je sais bien que c'est impossible, hélas ! Et toutes vos belles leçons n'y pourront rien changer.

— Pourquoi donc ?

— Parce que je suis une bâtarde, lâcha Elizabeth.

Et, voyant la stupéfaction de Holly, elle éclata de rire.

— Zach ne vous l'avait pas dit ? J'aurais dû m'en douter. Il s'imagine que si on ne parle pas des choses, elles n'existent pas. Mais la vérité, c'est que je suis le fruit d'une courte aventure que ma mère a eue après la mort de son mari. Un gaillard l'avait séduite avec quelques belles paroles et de menus cadeaux, mais il l'a abandonnée dès qu'il s'est lassé d'elle. Je ne l'ai jamais connu, bien sûr. Mais j'ai été un fardeau pour ma mère, jusqu'à ce que Zachary devienne assez grand pour gagner de l'argent.

Holly se sentit soudain pleine de compassion pour la jeune fille.

— Venez vous asseoir près de moi, Elizabeth.

Après une hésitation, la jeune fille s'exécuta. Elle regardait au loin, le profil sévère, ses longues jambes étirées devant elle.

— Elizabeth, commença Holly, choisissant prudemment ses mots, une naissance illégitime n'a rien d'exceptionnel. On en trouve même chez les aristocrates, et cela ne les empêche pas forcément de faire de beaux mariages.

— Peut-être, mais avouez que ça n'ajoute pas à mon charme !

— C'est un handicap, reconnut Holly. Mais cela ne doit pas ruiner vos espérances de mariage.

Et prenant affectueusement la main de la jeune fille dans la sienne, elle ajouta :

— Croyez-moi, vous n'êtes pas encore vieille fille.

— Je n'épouserai pas le premier venu, insista Elizabeth. Soit je serai sincèrement amoureuse de mon fiancé, soit je resterai célibataire.

— Vous avez raison, approuva Holly. Il y a dans la vie des tas de choses bien pires que de ne pas avoir de mari. L'une d'elles, justement, est d'avoir un mauvais mari.

Elizabeth, surprise, la regarda en haussant les sourcils.

— J'aurais juré que les gens de votre classe préféraient toujours un mariage quel qu'il soit, bon ou mauvais, à pas de mariage du tout.

— Personnellement, j'ai vu trop de couples mal assortis pour me ranger à cette opinion. Un mariage réussi implique qu'il y ait du respect entre les deux partenaires.

— Et vous, milady ? Comment était votre couple ? voulut savoir Elizabeth, mais à peine eut-elle posé sa question qu'elle rougit de confusion. Je suis désolée. Ma question est sans doute…

— Ne vous excusez pas. J'ai toujours grand plaisir à parler de mon défunt mari, car je tiens à garder son souvenir vivant. Quoi qu'il en soit, je peux affirmer que nous étions formidablement heureux.

Étirant à son tour ses jambes devant elle, Holly sourit en contemplant le bout de ses souliers.

— Quand je repense à ces années, cela me semble presque un rêve, à présent. J'ai toujours aimé George – nous étions cousins éloignés, nous nous sommes connus dès l'enfance. C'était un beau garçon, très gentil. Sa famille et ses amis l'adoraient. Mais moi, j'étais tellement timide que je n'osais jamais lui parler. Puis George est parti en voyage à travers l'Europe et je ne l'ai plus revu pendant deux ans. Quand il est rentré à Londres, j'avais dix-huit ans. Nous nous sommes retrouvés à un bal.

Holly porta les mains à ses joues, comme si ce souvenir la faisait encore rougir.

— George m'a demandé de danser avec lui et j'ai cru m'évanouir. Il avait un charme incroyable. Les mois suivants, il me fit ardemment sa cour, jusqu'à ce que mon père consente à notre mariage. Nous avons vécu trois ans ensemble, et pendant ces trois années, nous n'avons pas connu une seule journée sombre. Rose est née seulement un an avant la mort de George, mais je remercie le Ciel qu'il ait connu sa fille avant de nous quitter.

Elizabeth semblait émerveillée. Elle regardait Holly avec émotion.

— Oh, lady Holland ! Quelle chance vous avez eue d'avoir un tel mari !

— Oui, reconnut Holly. J'ai sans doute eu beaucoup de chance.

Les deux femmes restèrent silencieuses un long moment, perdues dans leurs pensées.

— Si nous rentrions à la maison pour notre première leçon ? proposa Elizabeth.

— Bonne idée, répondit Holly en se levant. Je pense que nous allons commencer par tout ce qui concerne le maintien : marcher, se tenir debout et s'asseoir.

Elizabeth pouffa.

— Je crois que je sais déjà faire tout cela !

— Certes. Cependant, il y a quelques petits détails…

Elizabeth se leva à son tour.

— Oui, je sais. Je balance trop les bras quand je marche. Comme si j'étais en train de ramer.

Cette fois, ce fut Holly qui pouffa.

— Ce n'est quand même pas si dramatique que cela.

— Vous êtes très diplomate, lady Holland, mais je sais pertinemment que j'ai autant de grâce qu'un soldat partant au combat. Ce sera un miracle si vous réussissez à m'aider sur ce point.

Elles regagnèrent la maison et Holly dut encore presser le pas pour s'adapter aux grandes enjambées d'Elizabeth.

— Première chose, lui dit-elle, presque essoufflée, essayez de marcher moins vite.

Elizabeth ralentit aussitôt l'allure.

— Désolée. Mais j'ai toujours tendance à me dépêcher, même si rien de particulier ne m'attend.

— On m'a toujours dit que les gentlemen et les ladies ne devaient pas marcher vite, car c'était une habitude vulgaire.

— Mais pourquoi donc ?

Holly éclata de rire.

— Cela, je l'ignore. Comme j'ignore les raisons de la plupart des règles que je compte vous enseigner. Simplement, les choses sont ainsi, et pas autrement.

Elles continuèrent à deviser gaiement jusqu'à la maison. Tout en marchant, Holly se faisait la réflexion qu'elle n'aurait jamais imaginé autant apprécier la sœur de Zachary. Elizabeth méritait qu'on l'aide. Comme elle méritait d'être aimée. Mais il lui faudrait un mari tolérant, qui accepte sa vivacité d'esprit et ne cherche pas à la brider. Sa pétulance naturelle faisait partie de son charme.

Holly ne désespérait pas de trouver le candidat idéal parmi ses connaissances. Dès ce soir, elle écrirait à des amis à qui elle n'avait pas donné de nouvelles depuis trop longtemps. Il était grand temps qu'elle renoue avec une vie sociale et qu'elle s'intéresse de nouveau à tout ce qui se racontait en ville. Mais la jeune femme s'étonnait elle-même, après ces années de solitude, d'être tout à coup si impatiente de réintégrer le cercle mondain. Cette perspective lui procurait une excitation qu'elle n'avait pas connue depuis...

Depuis la mort de George, en fait. Et Holly en éprouva soudain du remords. Comme si elle ne se sentait plus le droit de s'amuser, maintenant que George n'était plus là.

« Je ne t'oublierai jamais, mon amour, lui dit-elle en pensée. Je n'oublierai jamais le bonheur que nous avons connu ensemble. J'ai juste besoin de me changer un peu les idées, rien de plus. Mais jusqu'à la fin de mes jours, j'attendrai que le moment où nous serons de nouveau réunis... »

— Ça ne va pas, lady Holland ? s'inquiéta Elizabeth, alors qu'elles pénétraient dans le hall. Vous êtes soudain bien silencieuse et bien sombre ! J'ai encore marché trop vite, c'est cela ? Excusez-moi, je suis incorrigible.

Holly s'obligea à rire.

— Non, non, ce n'est pas du tout cela. C'est difficile à expliquer mais, voyez-vous, durant ces trois dernières années, j'ai eu une existence très calme. Et voilà que tout à coup les choses se bousculent, et j'ai un peu de mal à m'adapter à ce brusque changement.

Elizabeth semblait grandement soulagée.

— Mon frère fait toujours cet effet-là aux gens. Il leur donne l'impression de mettre leurs vies sens dessus dessous.

— Dans mon cas, je lui en suis plutôt reconnaissante. Je suis très heureuse d'être ici et de vous être utile.

— Pas autant que nous, milady. Pas autant que nous. Nous sommes tous ravis que vous puissiez nous aider à nous montrer plus présentables. Cela dit, j'aimerais être une petite souris pour assister aux leçons d'étiquette que vous donnerez à mon frère. À mon avis, ça vaudra le spectacle.

— Personnellement, je ne vois aucun inconvénient à ce que vous vous joigniez à nous, assura Holly, qui trouvait même l'idée très séduisante.

Elle ne tenait pas spécialement à se retrouver seule avec Zachary Bronson. La présence de sa sœur permettrait sans doute d'apaiser la tension qui semblait s'installer chaque fois qu'ils étaient ensemble.

— Vous peut-être, mais Zach ne voudra jamais. Il nous a clairement fait comprendre que ses leçons avec vous devraient rester strictement privées. Il est très fier, comprenez-vous. Il déteste montrer ses faiblesses et il n'a pas envie que quelqu'un découvre combien il en sait peu sur ce qu'est être un gentleman.

— Il ne suffit pas de quelques leçons de savoir-vivre pour être un gentleman, répliqua Holly. C'est un état d'esprit qui exige à la fois du courage, de la modestie, de l'honnêteté, de l'humilité et de la grandeur d'âme.

Chaque minute du jour et de la nuit. Seul ou en compagnie.

Il y eut un court silence, qu'Elizabeth rompit avec son naturel habituel :

— Eh bien, faites du mieux que vous pourrez.

La leçon d'Elizabeth se passa très bien. Holly apprit à la jeune fille comment s'asseoir avec grâce et comment se relever ni trop rapidement ni trop nonchalamment. La mère d'Elizabeth s'installa discrètement dans un coin, pour assister à la séance. Mais quand sa fille l'invita à participer, elle déclina son offre avec un sourire.

Il y eut plusieurs moments d'hilarité générale, notamment quand Elizabeth en faisait trop. Holly la suspectait de jouer un peu la comédie uniquement pour dérider sa mère. Ce qu'elle réussissait chaque fois, d'ailleurs. Toutefois, à la fin de la matinée, Elizabeth maîtrisait parfaitement l'art de s'asseoir en société, à la grande satisfaction de son professeur.

— C'est parfait ! la félicita Holly.

La jeune fille rougit légèrement, comme si elle n'était pas habituée aux compliments.

— J'aurai malheureusement tout oublié d'ici demain.

— Nous renouvellerons les exercices pratiques jusqu'à ce que ces gestes soient devenus des réflexes, rétorqua Holly.

Avec un soupir à fendre l'âme, Elizabeth se laissa tomber dans un fauteuil, sans plus se soucier, cette fois, de ressembler à une lady.

— Lady Holland, n'avez-vous jamais pensé que toutes ces belles manières ont été inventées par des gens qui n'avaient rien d'autre à faire ?

— Vous avez sans doute raison, convint Holly en riant.

Après avoir quitté Elizabeth et Paula Bronson pour aller retrouver sa fille, Holly médita sur la question.

Tout ce qu'elle savait du comportement en public des gens bien nés lui avait été inculqué dès l'enfance et elle n'avait jamais songé à s'interroger sur le bien-fondé de ces principes. Certaines règles, comme celles qui touchaient à la courtoisie, par exemple, étaient sans doute nécessaires pour vivre en société. Mais pouvait-on en dire autant de tous les codes du savoir-vivre ? Était-il vraiment important de s'asseoir comme ceci plutôt que comme cela, et de savoir ce qui devait se porter cette année, ou n'étaient-ce que des artifices dont usait une catégorie de gens pour essayer de prouver qu'ils étaient supérieurs au reste de la population ?

L'idée qu'un homme tel que Zachary Bronson puisse être l'égal des Taylor – de George, même – aurait semblé une provocation à la plupart des aristocrates. Certains hommes naissaient avec du sang bleu et des générations d'ancêtres nobles, et cela suffisait à les placer au-dessus du commun des mortels. Du moins était-ce ce qu'on avait enseigné à Holly dès la naissance. Mais Zachary Bronson avait démarré tout en bas de l'échelle sociale, ce qui ne l'empêchait pas d'être aujourd'hui quelqu'un avec qui il fallait compter. Alors, en quoi était-il inférieur aux Taylor ?

Holly prit soudain conscience que toutes ces pensées ne lui avaient jamais traversé l'esprit jusqu'alors. Elle se rendait brutalement compte que l'année qui l'attendait la changerait sans doute autant qu'elle changerait les Bronson. Et cette découverte la troublait. Qu'en aurait pensé George ?

Holly et Rose passèrent un après-midi plaisant à lire et à se promener dans le parc, puis elles regagnèrent la bibliothèque, pour y attendre Zachary Bronson. Rose jouait par terre avec sa poupée, tout en dévorant une tartine de chocolat, tandis que sa mère sirotait un thé de Chine dans un somptueux service en porcelaine.

N'ayant pas osé s'asseoir derrière le grand bureau de Bronson, Holly s'était installée pour boire son thé à une petite table de lecture. Elle en profitait ainsi pour préparer la leçon qui allait suivre. Armée d'une feuille de papier et d'une plume, elle résumait les différentes formules en usage pour s'adresser, par écrit, à un membre de l'aristocratie. Le sujet n'était pas simple, même pour certains nobles, mais il était important que Bronson le maîtrise parfaitement, s'il tenait à impressionner la bonne société. La jeune femme était tellement absorbée par sa tâche qu'elle n'aurait pas remarqué l'arrivée de Bronson si Rose n'avait poussé une exclamation.

— Le voilà, maman !

La jeune femme redressa la tête et ne put se retenir de frissonner en regardant Bronson approcher. Il était si athlétique, si terriblement masculin…

Il s'immobilisa devant elle et s'inclina pour la saluer. Holly perçut son odeur, une odeur de chevaux et de sueur. C'était l'homme le plus viril qu'elle ait jamais rencontré. Il lui sourit, ses dents d'un blanc éclatant contrastant avec sa peau tannée par le soleil, et Holly réalisa pour la première fois, presque avec stupeur, à quel point il était beau. Pas au sens classique ou poétique du terme, non, mais définitivement séduisant.

Elle était perturbée par sa réaction. A priori, Bronson n'était pas du tout le genre d'homme qui aurait dû l'attirer. Surtout après avoir vécu avec quelqu'un comme George. Son mari, lui, avait resplendi d'une beauté romantique qui chavirait le cœur de toutes les femmes. Mais Holly ne l'avait pas seulement aimé pour son physique. George avait été un vrai gentleman, à chaque seconde de sa vie et jusqu'au bout des ongles.

Comparer George à Zachary Bronson, c'était un peu comme comparer un prince à un pirate. Rien n'arriverait jamais à effacer cette lueur sauvage qui dansait au fond des yeux de Bronson. Quoi qu'il fasse, il resterait toujours le pugiliste qui avait affronté, torse nu et ruisselant de sueur, tant d'adversaires sur le ring. Mais, à sa grande honte, Holly trouvait cette image plutôt excitante.

— Bonjour, monsieur Bronson, lui dit-elle, en lui faisant signe de prendre la chaise à côté de la sienne. J'espère que vous ne voyez pas d'inconvénient à ce que Rose continue de jouer dans son coin pendant notre leçon ? Elle a promis d'être sage.

— Je ne vois aucun inconvénient à une aussi charmante compagnie, répondit Bronson.

Et se tournant en souriant vers la fillette, il lui demanda :

— Avez-vous pris le thé, mademoiselle Rose ?

— Oui, monsieur Bronson. Avec Mlle Crumpet. En voulez-vous une tasse ?

Avant que Holly ait put freiner sa fille, Rose se précipita vers Bronson avec une petite tasse de dînette, pas plus grande qu'un dé à coudre.

— Voilà, monsieur. Vous verrez, il est délicieux.

Bronson accepta la tasse comme s'il s'agissait d'un présent de grande valeur.

— Merci beaucoup, mademoiselle Rose.

— Voulez-vous du lait, dans votre thé, monsieur Bronson ?

— Non, je le préfère nature.

Holly était médusée. Elle n'aurait jamais imaginé que Bronson se conduise de la sorte avec sa fille. Les frères de George eux-mêmes – et donc, les propres oncles de Rose – n'avaient jamais joué avec elle. Les enfants faisaient rarement partie du monde des hommes, et les pères les plus aimants voyaient rarement leur progéniture plus d'une ou deux fois par jour, durant de courtes périodes.

Coulant un regard à la jeune femme, Bronson sembla deviner le cours de ses pensées.

— Je me suis souvent retrouvé dans ce genre de situation quand Elizabeth avait l'âge de Rose, expliqua-t-il. La seule différence, c'est que Lizzie se servait d'une dînette en terre cuite. Je m'étais juré de lui acheter un jour un vrai service en porcelaine. Mais quand j'ai pu enfin me le permettre, Lizzie était devenue trop grande pour jouer à la dînette.

Une servante entra dans la pièce sur ces entrefaites, avec un plateau chargé de rafraîchissements. Holly n'ayant pas sonné, elle en déduisit qu'ils avaient été commandés par Bronson. Mais constatant que la soubrette s'y prenait mal pour vider son plateau, elle intervint :

— Non, Gladys. Servez par la gauche, s'il vous plaît.

Déroutée, la domestique interrogea son maître du regard.

— Faites comme lady Holland vous le demande, répondit-il, en réprimant difficilement un sourire amusé. J'ai bien peur que personne ne soit dispensé de lui obéir – pas même moi.

Gladys hocha la tête et s'exécuta. Holly eut alors la surprise de voir déposer devant elle une pleine assiette de petits-fours. De toute évidence, c'était encore un ordre de Bronson. La jeune femme, se souvenant de leur conversation du matin, fronça les sourcils.

— Monsieur Bronson, pourquoi donc m'offrez-vous ces petits-fours ?

— Parce que je veux vous voir vous débattre avec la Tentation, expliqua-t-il le plus naturellement du monde.

Holly éclata de rire.

— Vous êtes incorrigible.

— Je le crains, en effet.

Holly prit un petit-four pour le donner à sa fille, qui n'en fit qu'une bouchée, avec un ravissement extatique. Après y avoir goûté à son tour, la jeune femme tendit à Bronson les notes qu'elle avait prises.

— Le succès de ma première leçon avec votre sœur m'a rendue ambitieuse. J'ai pensé que nous pourrions commencer par un des sujets les plus délicats qui soit.

Bronson parcourut rapidement la feuille couverte d'une écriture serrée. À en juger par son expression, tout cela lui semblait du chinois.

— Si vous réussissez à assimiler ce qui est inscrit là, vous aurez beaucoup progressé.

Bronson releva les yeux.

— Ça m'a l'air bien compliqué.

— Je suppose que vous connaissez déjà la hiérarchie descendante chez les nobles : duc, marquis, comte, vicomte et baron ?

Holly s'interrompit pour déguster un autre petit-four. Au moment de reprendre, elle s'aperçut que Bronson la fixait d'un regard étrange.

— Vous avez de la crème sur la lèvre, murmura-t-il, comme fasciné.

Holly passa la langue sur ses lèvres et découvrit effectivement un peu de crème à la commissure.

— Merci, dit-elle, en s'essuyant avec sa serviette, tout en se demandant pourquoi Bronson avait cette curieuse expression. Bien, revenons à nos moutons. Ce que j'ai écrit vous semble-t-il assez clair…

La jeune femme abandonna son siège pour se pencher sur l'épaule de Bronson.

— Ou avez-vous besoin que j'éclaircisse certains points ?

— Non, c'est très clair. Mais pourquoi ne met-on pas le titre dans ces cas-là ? demanda-t-il en pointant le doigt sur l'une des colonnes.

Holly s'obligea à se concentrer sur la feuille que tenait Bronson, mais ce n'était pas facile. Leurs têtes étaient si proches l'une de l'autre qu'elle était tentée de glisser la main sur la nuque de Bronson ou de laisser ses doigts jouer dans ses cheveux. Ils étaient tellement différents de la chevelure blonde et soyeuse de George… Les mèches de Bronson étaient d'un noir de jais et sa nuque semblait forgée dans l'acier. Elle faillit la frôler de ses doigts mais, horrifiée, se retint à temps.

— Parce que les enfants des ducs, des marquis et des comtes sont autorisés à faire précéder leur nom de la mention «lord», pour les garçons ou «lady» pour les femmes, répondit-elle. Mais les enfants des vicomtes et des barons n'ont droit qu'à « monsieur » et à « mademoiselle ».

— Comme votre mari, murmura Bronson, sans lever les yeux de la feuille.

— Oui, c'est un très bon exemple. Le père de mon mari était vicomte. Il se faisait appeler le vicomte Taylor de Westbridge ou plus simplement, Albert, lord Taylor. Il a eu trois enfants, William, George et Thomas, qui s'appelaient tous M. Taylor. Quand le vicomte est mort, il y a quelques années, le titre est passé à son fils aîné. William est donc devenu lord Taylor.

— Mais George et son frère cadet ne sont pas devenus lords.

— Non. On continuait de les appeler « monsieur ».

— Alors pourquoi vous appelle-t-on lady Holland ?

— Eh bien...

Holly ne put s'empêcher de rire, avant de reprendre :

— Je suis la fille d'un comte. En tant que telle, je porte par courtoisie le titre de lady depuis ma naissance.

— Et vous ne l'avez pas perdu en épousant George ?

— Non. Quand une fille de duc, de marquis ou de comte épouse un noble d'un rang inférieur, elle est autorisée à garder son titre de courtoisie. Ce fut mon cas.

Bronson la dévisagea, intrigué.

— Donc, vous vous êtes mariée en dessous de votre rang.

— Oui.

Bronson parut savourer cet aveu.

— Et garderiez-vous encore votre titre si vous épousiez un roturier ? Comme moi, par exemple ?

Troublée par sa question, Holly retourna s'asseoir sur sa chaise.

— Eh bien, je resterais lady Holland, mais je porterais aussi votre patronyme.

— Lady Holland Bronson.

Holly tressaillit légèrement en entendant son nom accolé à un autre que Taylor.

— Oui, convint-elle. En théorie, c'est correct.

Elle lissa fébrilement la soie de sa jupe, consciente du regard de Bronson posé sur elle. Lorsqu'elle se risqua à relever la tête, elle vit briller une étrange lueur au fond de ses yeux. Quelque chose qui ressemblait à de la… convoitise. Son cœur se mit soudain à battre plus vite. Quand un homme l'avait-il déjà regardée pareillement ? George la couvait souvent des yeux, mais elle y lisait de la tendresse et de l'amour. Jamais Holly n'avait vu briller dans ses prunelles un désir aussi purement sexuel.

Le regard de Bronson s'attarda sur sa bouche, puis sur sa poitrine, avant de revenir à son visage. Un gentleman ne contemplait jamais une lady ainsi. Holly en conclut que Bronson s'amusait à l'embarrasser délibérément, pour la faire rougir. Et cependant, son expression ne trahissait aucune satisfaction particulière. Il semblait en fait aussi troublé qu'elle, sinon plus.

La voix de Rose brisa soudain le silence qui devenait inconfortable.

— Maman ! s'exclama la fillette. Tu as les joues toutes rouges !

— Tiens donc ? s'étonna Holly en portant les mains à ses joues. Je dois être assise trop près du feu.

Tenant Mlle Crumpet sous son bras, Rose s'approcha de Bronson.

— Dites, monsieur Bronson, pourquoi votre nez a une forme bizarre ?

— Rose ! s'emporta sa mère. Je t'ai déjà dit mille fois qu'il était inconvenant de parler du physique des gens.

La fillette prit un air contrit, mais Bronson écarta le reproche d'un revers de main.

— Parce que je l'ai cassé quand j'étais plus jeune.

Le regard de la fillette brilla de curiosité.

— Ah, oui, comment ?

— Ça, c'est une autre histoire, répondit Bronson qui, visiblement, ne souhaitait pas s'appesantir sur le sujet.

— Je ne suis qu'une « mademoiselle », reprit la fillette, montrant qu'elle avait écouté la conversation sur les titres nobiliaires. Mais quand j'aurai épousé un prince, je deviendrai princesse Rose et vous devrez m'appeler Votre Grâce.

Bronson éclata de rire.

— Tu es déjà une princesse, dit-il en soulevant la fillette dans ses bras pour l'asseoir sur ses genoux.

Rose protesta avec véhémence.

— Non, je ne suis pas encore princesse ! Je n'ai pas de couronne.

Bronson paraissait prendre la conversation très au sérieux.

— Quel genre de couronne aimerait la princesse Rose ?

Rose fronça les sourcils, en signe de concentration.

— Laissez-moi réfléchir…

— En argent ? proposa Bronson. Ou en or ? Avec des pierres précieuses ? ou des perles ?

— Ma fille n'a pas besoin de couronne, intervint Holly, qui redoutait de voir Bronson acheter quelque colifichet trop voyant pour la fillette. Retourne jouer, Rose. À moins que tu ne veuilles faire une sieste, auquel cas je vais sonner Maud.

— Oh, non, je n'ai pas sommeil, répliqua la fillette en sautant à terre. Je peux avoir un autre petit-four, maman ?

Holly sourit à sa fille, mais secoua fermement la tête.

— Pas question. Sinon tu n'auras plus faim au dîner.

— Oh, maman, rien qu'un ! Un tout petit !

— J'ai dit non, Rose. Maintenant, va jouer sagement, et laisse-moi finir ma conversation avec M. Bronson.

La fillette obéit, non sans un dernier regard à l'assiette de gâteaux. Mais alors qu'elle passait derrière la chaise de Bronson, ce dernier lui tendit subrepticement un autre petit-four. Rose s'en empara et courut vers le coin où elle avait laissé sa poupée, tel un écureuil s'enfuyant avec son butin.

Holly fusilla Bronson du regard.

— Je vous répète que je ne veux pas vous voir gâter ma fille. Sinon, l'année prochaine elle aura toutes les peines du monde à reprendre son ancienne existence.

— Ça ne peut pas lui faire de mal d'être un peu gâtée, répliqua Bronson, qui avait baissé la voix pour ne pas être entendu de la fillette. L'enfance ne dure qu'un temps.

— Rose n'a pas à être protégée des difficultés de la vie.

— Et moi je prétends que l'enfance devrait être une parenthèse de bonheur, maintint Bronson. En tout cas, j'aurais voulu que celle de Lizzie soit merveilleuse. Mais au lieu de cela, elle n'a connu que la faim et le dénuement. J'essaie de réparer, maintenant, en lui offrant tout ce que je peux. Et je ferai pareil avec mes propres enfants, quand j'en aurai.

— En attendant, vous avez trouvé dans ma fille un enfant à gâter sans mesure, c'est cela? demanda Holly, que la sincérité désarmante de Bronson faisait sourire.

— Je vous gâterai peut-être vous aussi, répondit-il d'une voix moqueuse.

Holly ne savait comment réagir. Montrer de l'indignation encouragerait sans doute ses sarcasmes. Cependant, elle ne pouvait pas non plus le laisser jouer avec elle ainsi. Elle n'avait jamais été très forte au jeu du chat et de la souris et elle détestait cela.

— Vous m'avez déjà octroyé un salaire énorme, monsieur Bronson, répliqua-t-elle, glaciale. Que je dois mériter en vous enseignant les vertus de l'étiquette. Si vous le voulez bien, nous allons donc voir maintenant les différentes formes de politesse…

— Plus tard, l'interrompit Bronson. J'ai la tête farcie de ducs, de marquis et de comtes. Cela suffit pour aujourd'hui.

— Très bien. Je vous laisse, dans ce cas?

— Parce que vous avez envie de partir? lui demanda-t-il d'une voix douce.

La jeune femme fut une fois de plus désarçonnée par sa question.

— Monsieur Bronson, cessez de me déconcerter!

Une lueur moqueuse éclaira son regard.

— En quoi ma question, pourtant banale, a bien pu vous déconcerter?

— Eh bien, si je réponds oui, ce sera impoli. Et si je réponds non...

— Cela signifiera que vous appréciez tout particulièrement ma compagnie, termina-t-il à sa place, avec un sourire encore plus large. Comme je ne voudrais pas vous forcer à un tel aveu, vous êtes libre de partir.

Holly ne bougea pas de sa chaise.

— Je resterai si vous me racontez comment vous vous êtes cassé le nez.

Bronson passa un doigt sur l'arête brisée de son nez.

— C'était en me battant contre Tom Crib, un livreur de charbon qu'on avait surnommé le Diamant Noir. Il avait des poings énormes et un direct du gauche qui vous envoyait contempler les étoiles.

— Qui a gagné? ne put s'empêcher de demander Holly.

— Moi. Au bout de vingt-deux rounds. C'est après ce combat que j'ai hérité du surnom de Bronson le Boucher.

Il avait dit cela avec une fierté toute masculine qui mit Holly mal à l'aise.

— Comme c'est charmant, murmura-t-elle d'une voix pincée, qui le fit rire.

— Mais Crumb, avant d'être K-O, avait quand même réussi à me casser le nez. Je n'étais déjà pas spécialement beau, mais avec ce nez de boxeur, on ne risque vraiment plus de me prendre pour un aristocrate.

— Ne dites pas de sottises.

— Comment cela?

— Vous savez pertinemment que vous êtes un homme séduisant, monsieur Bronson. Même si ce n'est pas dans le sens aristocratique du terme. Vous avez trop de... enfin... vous êtes trop musclé.

Et désignant ses bras qui gonflaient ses manches de veste, elle précisa:

— Les nobles n'ont pas des biceps comme les vôtres.

— C'est ce que me répète toujours mon tailleur.

— N'y aurait-il pas un moyen de les faire diminuer?

— Pas que je sache. Mais, juste par curiosité : de combien devrais-je me ratatiner, pour ressembler à un gentleman?

Holly éclata de rire.

— L'apparence physique n'est pas primordiale, dans votre cas. Vous devriez commencer par arborer un air digne. Vous êtes trop insolent dans vos manières.

— Mais séduisant, tempéra Bronson. C'est vous-même qui l'avez dit.

— J'ai dit cela? J'étais pourtant persuadée d'avoir employé le mot « incorrigible ».

Ils sourirent l'un et l'autre et Holly se sentit à la fois ravie et troublée. Elle baissa les yeux, sa respiration s'accéléra, et elle eut soudain l'impression que la tension accumulée depuis le début de cette conversation allait se libérer d'un coup et la faire bondir de sa chaise. Elle n'osait plus regarder Bronson, ne sachant trop comment elle réagirait si leurs regards se croisaient. Holly ne comprenait pas où il voulait en venir avec elle. Subitement, le souvenir du baiser qu'ils avaient échangé le soir du bal chez lady Bellemont lui revint en mémoire et elle s'empourpra violemment.

— Ma carrière de boxeur n'a pas duré très longtemps, reprit-il. Je n'avais fait cela que pour gagner de quoi entrer dans une compagnie de marine marchande.

— Vraiment? demanda Holly, qui prit une profonde inspiration avant de lever les yeux vers lui. Mais est-ce que vous n'aimiez quand même pas un peu cela?

— Si, reconnut-il. J'aimais me battre. Et plus encore, gagner. Mais c'était trop douloureux et le profit que j'en tirais était trop maigre. J'ai vite découvert qu'il y avait d'autres moyens de jeter un adversaire à terre sans se salir les mains.

— Grands dieux, monsieur Bronson ! Allez-vous continuer à mener votre existence comme si c'était un combat perpétuel ?

— Et que voudriez-vous que je fasse d'autre ?

— Vous pourriez vous détendre un peu et profiter de ce que vous avez accompli.

Ses prunelles noires brillèrent d'une lueur ironique.

— N'avez-vous jamais joué au Roi de la montagne quand vous étiez petite, lady Holly ? Probablement que non, ce n'est pas le genre de jeu auquel se livrent les enfants de la bonne société. Le but est d'ériger une pile de détritus ou de rebuts divers et de défier ses camarades pour savoir lequel arrivera le premier en haut. Mais ce n'est pas le plus difficile.

— Qu'est-ce qui est le plus difficile ?

— De rester en haut.

— Je parie que vous y réussissiez de l'aube jusqu'à la nuit. Repoussant sans relâche ceux qui essayaient de vous voler votre place.

— Seulement jusqu'à l'heure du dîner, confessa Bronson avec une grimace amusée. J'étais toujours vaincu par mon estomac.

Holly partit soudain d'un grand éclat de rire, bien peu digne d'une lady. Mais c'était plus fort qu'elle. Intriguée, sa fille s'approcha d'elle.

— Qu'est-ce qu'il y a, maman ?

— M. Bronson me racontait une histoire de son enfance.

Quoique Rose ignorât la raison de l'hilarité de sa mère, elle se mit aussi à rire.

Bronson les regardait, visiblement enchanté.

— Vous faites un merveilleux spectacle, toutes les deux, dit-il.

Le rire de Holly s'éteignit soudain et elle se releva brusquement, obligeant Bronson à l'imiter.

« Je ne devrais pas être ici, songeait-elle en son for intérieur. Je n'aurais pas dû accepter de travailler pour lui, à quelque prix que ce soit. » Holly comprenait que si elle ne se protégeait pas davantage, Bronson saurait jouer avec ses émotions. Mais pourquoi fallait-il qu'il la trouble à ce point ? Parce qu'elle n'avait plus d'homme dans sa vie depuis trop longtemps ? Ou parce qu'il ne ressemblait à aucun de ceux qu'elle avait rencontrés jusqu'alors ?

Le pis, c'est que plus elle appréciait sa compagnie et plus elle avait le sentiment de trahir George.

Holly se rappela furtivement les jours terribles qui avaient suivi la disparition de son mari. C'était comme si un voile noir s'était soudain abattu devant ses yeux. Elle aurait voulu, de tout son cœur, partir en même temps que George. Seul l'amour qu'elle vouait à leur enfant l'avait empêchée de sombrer. Mais elle s'était juré d'honorer la mémoire de George en continuant à l'aimer le restant de ses jours. Elle ne s'était pas doutée, alors, que cette promesse deviendrait un jour difficile à tenir. À cause d'un étranger qui, pas à pas, s'immiscerait dans sa vie.

— Monsieur Bronson, dit-elle d'une voix qu'elle aurait voulue plus assurée, nous… nous verrons au dîner.

Bronson arborait une mine tout aussi solennelle.

— Accordez à Rose la permission de manger avec nous.

Holly tarda avant de répondre.

— Dans certaines maisons, les enfants sont autorisés à dîner en famille. Mais chez la plupart des aristocrates, ils mangent séparément, dans la nursery. Rose a pris cette habitude chez les Taylor et je n'ai pas envie de changer de rituel.

— Mais chez les Taylor, il y avait d'autres enfants, lui fit remarquer Bronson. Alors qu'ici, elle est toute seule.

Holly se tourna vers sa fille. Celle-ci semblait retenir son souffle, attendant de voir si Bronson réussirait à lui obtenir une place à la table des grandes personnes. Logiquement, Holly aurait dû maintenir sa position et insister pour qu'on respecte les règles familiales. Mais elle comprit, avec un désarroi amusé, que c'était encore un combat perdu d'avance.

— D'accord, lâcha-t-elle. Si Rose se conduit bien, elle pourra désormais prendre ses repas avec nous.

À la stupéfaction de la jeune femme, Rose se précipita vers Bronson.

— Oh, merci, monsieur Bronson !

Celui-ci sourit et dirigea la fillette vers Holly.

— Dis plutôt merci à ta maman, princesse. Je n'ai fait que demander la permission. C'est elle qui l'a donnée.

Rose s'était ruée vers sa mère. Holly se pencha vers elle et la fillette la couvrit de baisers reconnaissants.

— Ma chérie, dit Holly en s'efforçant de rester sérieuse, monte te changer et te laver les mains. Si tu veux dîner avec nous, il faut que tu sois irréprochable.

— Oui, maman ! répondit la fillette, qui volait déjà vers la porte.

7

Holly avait commencé à correspondre avec ses anciennes amies qu'elle n'avait plus revues depuis la mort de George. Leur réaction, quand elle leur apprit qu'elle habitait désormais chez Zachary Bronson, la surprit. Certes, plusieurs d'entre elles la désapprouvèrent et allèrent jusqu'à lui offrir une place chez elles si Holly manquait à ce point d'argent. Mais, contre toute attente, la majorité de ses amies exprimèrent au contraire beaucoup d'intérêt pour la nouvelle situation de la jeune femme et demandèrent même si elles pouvaient lui rendre visite à sa nouvelle adresse. Manifestement, beaucoup de ladies étaient curieuses de voir la demeure de Bronson, et sans doute plus encore d'en rencontrer son propriétaire.

Bronson quant à lui ne parut pas surpris quand Holly le lui raconta.

— C'est classique, fit-il avec un sourire cynique. Les femmes de votre milieu préféreraient monter à l'échafaud plutôt que d'épouser un forban comme moi, mais presque toutes rêvent d'être mon « amie ».

— Vous voulez dire qu'elles voudraient… avec vous ? demanda Holly, qui avait préféré mettre un blanc dans sa phrase. Même les femmes mariées ?

— Surtout les femmes mariées, répliqua-t-il avec flegme. Pendant que vous viviez recluse, mes draps ont vu défiler un certain nombre de ladies parfaitement respectables.

— Un gentleman ne doit jamais se vanter de ses exploits sexuels, l'informa Holly, qui était devenue cramoisie.

— Je ne me vantais pas. J'énonçais un fait.

— Il vaut mieux garder certains faits pour vous.

La sécheresse inhabituelle de la jeune femme sembla éveiller l'intérêt de Bronson.

— Vous faites une drôle de tête, lady Holland, fit-il d'une voix suave. Pour un peu, je jurerais que vous êtes jalouse.

Holly faillit sortir de ses gonds. Zachary Bronson possédait un don inné pour jouer avec ses nerfs.

— Pas le moins du monde. Je songeais, au contraire, que vous sembliez n'avoir aucune morale.

Loin de se sentir offensé, Bronson sourit de sa remarque.

— Et vous, milady, êtes une prude.

— Merci.

— Ce n'était pas un compliment.

— Toute critique de votre part sonnera à mes oreilles comme un compliment, monsieur Bronson.

Bronson éclata de rire, comme chaque fois que la jeune femme essayait de lui faire la morale. Et cependant, elle ne parvenait pas à le détester.

*
* *

Les semaines passant, Holly en apprenait un peu plus chaque jour sur son employeur. Et lui découvrait de réelles qualités. Bronson savait reconnaître ses imperfections et il ne tirait ni gloire ni honte de ses humbles origines. C'était un homme étrangement modeste, qui avait sans doute conscience de son intelligence, mais n'en tirait jamais avantage. Il se servait souvent de son charme pour faire rire la jeune femme contre son gré. En fait, il semblait particulièrement apprécier de la provoquer, jusqu'à la pousser dans ses derniers retranchements, pour dénouer soudain la situation d'une pirouette.

Ils partageaient de nombreuses soirées. Parfois, Rose restait un peu avec eux, jouant à leurs pieds tandis qu'ils conversaient. Il leur arrivait aussi de veiller tard ensemble et de continuer à parler longtemps après que Maud et Elizabeth se furent couchées. Bronson servait alors un verre de vin fin à la jeune femme et la régalait du récit de sa propre vie. En échange, il réclamait qu'elle lui raconte ses souvenirs d'enfance. Holly ne comprenait pas pourquoi il portait autant d'intérêt à ces histoires banales, mais il insistait et elle s'exécutait.

Un soir, il lui demanda de lui parler de George. De leur mariage. Et même de raconter comment s'était passée la naissance de Rose.

— Vous savez bien que je ne peux pas parler de cela avec vous, protesta Holly.

— Et pourquoi donc ?

Ils étaient assis dans un petit salon, un ravissant écrin drapé de velours olive qui donnait l'impression de tenir le monde extérieur à distance. Holly savait qu'il n'était pas sage de s'enfermer ainsi avec cet homme, dans un lieu à l'atmosphère aussi intime. Et cependant, elle ne se sentait pas la force de se lever et de quitter la pièce.

— Parce que c'est indécent.

— Racontez-moi, insista-t-il en portant son verre de vin à ses lèvres. Avez-vous été un bon petit soldat, ou avez-vous beaucoup crié ?

Holly le fusilla du regard.

— Monsieur Bronson ! Ignorez-vous à ce point la délicatesse ? Et n'avez-vous donc aucun respect pour moi ?

— Je vous respecte plus que n'importe qui, milady.

Holly se sentait, malgré elle, amusée, alors que les souvenirs revenaient à sa mémoire.

— Je n'ai pas été un bon petit soldat, avoua-t-elle. J'ai horriblement souffert pendant douze heures. Et le pire, c'est que tout le monde, autour de moi, trouvait que c'était un accouchement facile !

Bronson rit de bon cœur.

— Auriez-vous eu d'autres enfants ? Je veux dire, si George avait vécu ?

— Sans aucun doute. De toute façon, les femmes n'ont pas le choix en la matière.

— Vraiment ?

Holly le regarda, perplexe.

— Non, je… que voulez-vous dire ?

— Qu'il existe des moyens de prévenir une grossesse.

Holly le dévisagea en silence, horrifiée. Les dames ne parlaient jamais de ces choses-là. Le sujet était même à ce point proscrit que pas une seule fois elle ne l'avait abordé avec George. Certes, Holly avait parfois surpris, dans des soirées, des murmures échangés entre femmes, mais elle s'était prestement éloignée, pour ne pas risquer de se retrouver mêlée à la discussion. Et voilà que cet homme décidément sans scrupules lui jetait le sujet en pleine face !

— Je vois que je vous ai offensée, reprit Bronson, qui essayait de prendre un air contrit malgré l'amusement qui se lisait dans son regard. Pardonnez-moi, milady. J'oublie parfois qu'il existe des gens qui vivent complètement en dehors des réalités.

— Il est temps que je me retire, répondit Holly dignement, considérant que le mieux était de faire comme si cette conversation n'avait pas eu lieu. Bonsoir, monsieur Bronson, ajouta-t-elle en se levant.

Bronson l'imita aussitôt.

— Vous n'avez pas besoin de partir, plaida-t-il. Je vous promets de mieux me conduire, désormais.

— Il est tard, insista Holly, qui s'éloignait déjà vers la porte. Bonne nuit.

Par quelque étrange prodige, il réussit à atteindre la porte avant elle, sans même donner l'impression de s'être précipité. Sa grande main enserra la poignée et la maintint bloquée.

— Restez, murmura-t-il. Je vais déboucher une bouteille de ce vin de Bordeaux que vous avez tellement apprécié l'autre soir.

Holly se tourna vers lui, résolue à lui faire remarquer qu'un gentleman ne devait jamais se mettre en travers du chemin d'une lady, mais à l'instant de croiser ses prunelles incandescentes, elle sentit son courage l'abandonner.

— Si je reste, nous ne discuterons plus que de sujets décents.

— Comme il vous plaira, répondit-il sans hésiter. Nous pourrions parler du temps, des impôts, du mauvais entretien des routes…

Holly avait envie de rire, tellement le loup, tout à coup, essayait de jouer à l'agneau.

— Fort bien, lâcha-t-elle en retournant s'asseoir sur le sofa.

Bronson déboucha la bouteille promise et lui en apporta un verre dont elle savoura aussitôt une gorgée avec délectation. Holly avait pris goût aux vins coûteux que Bronson entassait dans sa cave, même si elle savait que dans un an, ce plaisir lui serait retiré. D'ailleurs, d'une manière générale, elle appréciait beaucoup de vivre dans la fabuleuse demeure de Bronson : il y avait la cave, les tableaux d'exception, les livres innombrables… Sans parler de la présence du maître de maison.

Quelques années plus tôt, Holly aurait été terrifiée à la perspective de se retrouver seule avec un homme tel que Zachary Bronson. Il n'usait pas avec elle de cette courtoisie volontiers protectrice à laquelle elle avait été habituée, d'abord avec son père, puis avec les jeunes gentlemen qui l'avaient courtisée, et enfin avec celui qui l'avait épousée. Bronson avait un langage parfois abrupt, n'hésitait pas à appeler un chat un chat, et ses sujets de conversation n'étaient pas forcément de ceux auxquels les ladies étaient accoutumées.

La soirée se prolongea. Tandis qu'ils conversaient, Bronson veillait à ce que le verre de la jeune femme fût toujours plein. Lovée dans un coin du sofa, Holly finit par avoir la tête lourde. « J'ai trop bu », songea-t-elle avec surprise. Et cependant, elle n'éprouvait ni l'effroi ni même l'embarras qui auraient dû accompagner une telle découverte. Une lady ne buvait jamais trop. Du reste, une lady buvait rarement de l'alcool.

Alors qu'elle s'apprêtait à reposer son verre sur le guéridon, Holly eut tout à coup la désagréable impression que la pièce tournoyait devant ses yeux, elle sentit que le verre allait lui échapper. Bronson se pencha vivement, lui ôta le verre des mains pour le poser lui-même sur la table. Holly se tourna vers lui, avec une soudaine envie de parler, comme si les mots se bousculaient dans sa bouche.

— Monsieur Bronson, vous m'avez laissée boire trop de vin… Pire, vous m'avez *encouragée*. Ce qui est très mal de votre part.

— Vous n'êtes pas ivre, milady, répliqua-t-il, amusé. Juste un peu plus détendue que d'ordinaire.

Il était manifestement indulgent, mais Holly se sentit quand même rassurée.

— Cette fois, il est vraiment temps que je me retire dans ma chambre.

Elle voulut s'extraire du sofa, mais constata une fois de plus que la pièce tanguait, elle se sentit tomber, comme si elle avait été précipitée du haut d'une falaise. Bronson vola de nouveau à son secours.

— Oh… murmura Holly, qui se cramponnait à son bras. Merci. Excusez-moi, mais j'ai dû glisser sur quelque chose.

Elle inspecta le tapis du regard, cherchant ce qui avait pu lui faire perdre l'équilibre, et elle entendit le rire de Bronson.

— Qu'y a-t-il de si drôle ? voulut-elle savoir, alors qu'il l'aidait à se rasseoir.

— Vous. Je n'avais encore jamais vu quelqu'un d'aussi éméché après seulement trois verres de vin.

La jeune femme tenta encore de se relever, mais Bronson l'en empêcha en s'asseyant si près d'elle qu'elle fut obligée de se serrer contre l'accoudoir du sofa pour éviter que leurs hanches ne se frôlent.

— Restez avec moi, murmura-t-il. La nuit est déjà bien avancée.

Holly lui coula un regard suspicieux.

— Monsieur Bronson, essaieriez-vous de me compromettre ?

Il eut un sourire moqueur, mais une petite flamme inquiétante brûlait au fond de ses yeux.

— Ce n'est pas impossible. Pourquoi ne passeriez-vous pas le restant de la nuit avec moi, sur ce sofa ?

— À parler ?

— Entre autres.

Soudain, il approcha la main et lui effleura paresseusement la joue.

— Je vous promets que vous apprécierez, reprit-il. Et demain, nous en rejetterons la responsabilité sur le vin.

Holly avait peine à croire qu'il ait osé lui faire une proposition aussi insultante.

— Faire porter la responsabilité au vin, répéta-t-elle, indignée. Combien de fois avez-vous déjà utilisé ce prétexte, par le passé ?

— C'est la première fois, assura-t-il.

Holly secoua la tête.

— Vous vous trompez d'interlocutrice, monsieur Bronson. Une bonne centaine de raisons m'interdisent de faire... *cela* avec vous.

— Citez-m'en au moins quelques-unes.

— La moralité, la décence... la pudeur... l'obligation d'être un exemple pour ma fille... sans parler du fait que la moindre... aventure avec vous m'obligerait à quitter cette maison.

— Tout cela est très intéressant, murmura-t-il.

Il se pencha vers elle. La jeune femme voulut s'écarter, mais elle était coincée contre l'accoudoir du sofa.

— Qu'est-ce qui est intéressant ? balbutia-t-elle, alors que leurs lèvres se frôlaient presque.

L'atmosphère de la pièce était devenue suffocante. Holly savait qu'elle avait définitivement trop bu, et même si cela ne l'inquiétait pas outre mesure pour l'instant, elle pressentait qu'il n'en serait pas de même le lendemain au réveil.

— Vous m'avez cité beaucoup de bonnes raisons, sauf la seule qui ait vraiment de l'importance, répondit Bronson.

Ses lèvres – Holly n'en avait jamais contemplé de plus tentantes – étaient si proches qu'elle pouvait sentir son souffle sur son visage.

— Vous avez oublié de mentionner que vous n'éprouviez aucun désir pour moi, précisa-t-il.

— Euh… Eh bien… parce que cela va sans dire.

Loin de paraître offensé, Bronson semblait au contraire de plus en plus amusé.

— Vraiment ? Je me demande, lady Holland, si je ne pourrais pas faire en sorte que vous me désiriez.

— Je ne pense pas que…

La voix de la jeune femme mourut dans sa gorge quand elle vit Bronson se pencher un peu plus vers elle. Cette fois, c'était sûr, il allait l'embrasser. Elle ferma les yeux, serra les paupières, et attendit, attendit… Mais au lieu de s'emparer de ses lèvres, il lui prit la main et laissa courir sa langue sur son poignet. Holly se tendit comme un arc, luttant contre l'envie qu'elle avait de se blottir contre lui. Quand elle rouvrit les yeux, elle découvrit son visage juste au-dessus du sien, ses prunelles étincelant, tels deux diamants noirs.

— Laissez-moi faire, lady Holly. Demain matin, nous jurerons tous deux qu'il ne s'est rien passé.

Holly était horrifiée de constater avec quelle facilité déconcertante elle était prête à tomber dans le péché. Mais Bronson ne pouvait pas parler sérieusement. Il cherchait simplement à la provoquer, attendant sa réponse. Ensuite, que ce soit oui ou non, il rirait d'elle.

— Vous êtes cruel.

Il prit soudain un air grave.

— Oui.

Le souffle tremblant, Holly se frotta les yeux, comme si cela pouvait l'aider à s'éclaircir les idées.

— Je… je veux monter dans ma chambre. Seule.

Il y eut un long silence, puis Bronson répondit finalement, d'une voix amicale :

— Laissez-moi vous guider.

Il lui prit le bras pour l'aider à se relever. Maintenant qu'elle avait bien marqué ses limites, Holly trouvait déjà que la tête lui tournait moins. Soulagée, elle s'écarta de Bronson et se dirigea vers la porte.

— Je me sens parfaitement capable de rejoindre ma chambre toute seule.

— Très bien.

Il lui ouvrit la porte, la parcourut d'un long regard.

— Monsieur Bronson… tout ceci sera oublié demain matin.

C'était plus une question anxieuse qu'une affirmation. Il hocha brièvement la tête, pour la rassurer. La jeune femme s'éloigna aussi vite que ses jambes flageolantes le lui permettaient.

— Comme si je pouvais oublier cette soirée ! marmonna Zachary dès que la jeune femme eut disparu au bout du couloir.

Il avait été trop loin avec elle – il l'avait senti dès le début –, mais il n'avait pas été capable de se contrôler. Il avait faim d'elle, et c'était un véritable supplice d'être à ce point attiré par une femme vertueuse. Heureusement – mais c'était là sa seule consolation –, elle ne semblait pas se rendre compte de la force de son désir.

La situation était vraiment inédite. Au fil des années, les succès aidant, Zachary avait fini par se persuader qu'il pouvait séduire n'importe quelle femme. D'ailleurs, il restait convaincu qu'en se montrant patient, il parviendrait à coucher avec Holly – le tout était d'arriver à vaincre ses défenses. Mais sa réussite, en l'occurrence, serait aussi son échec : dès qu'il aurait atteint son but, il perdrait la jeune femme. Rien ne pourrait la convaincre de rester plus longtemps sous son toit. Et le plus extraordinaire, dans l'histoire, c'est que Zachary tenait au moins autant à sa compagnie qu'à lui faire l'amour.

Chaque fois que Zach avait imaginé la femme qui ravirait enfin son attention et ses pensées, il se l'était toujours représentée libérée sexuellement, et même un peu libertine. Quelqu'un qui lui ressemblerait, pour tout dire. Il n'avait jamais envisagé l'éventualité de perdre la tête pour une veuve exemplaire. Mais, inexplicablement, Holly produisait sur lui l'effet d'une drogue délicieusement excitante. Et, telle une drogue, son absence le plongeait dans un état de manque effrayant.

Zachary n'était pas fou. Il savait pertinemment que lady Holly n'était pas faite pour lui. Mais elle était comme un fruit défendu, exquisément tentante.

Ces dernières semaines, Zachary avait essayé de se changer les idées en fréquentant assidûment les maisons closes chics où il avait ses habitudes.

Chaque soir, ou presque, après avoir savouré ses quelques heures en tête à tête avec Holly, à simplement se délecter de la regarder et d'entendre sa voix, il partait en ville et passait le restant de la nuit dans la débauche la plus complète. Hélas, même les prostituées les plus expérimentées ne le soulageaient que temporairement. Pour la première fois de sa vie, il réalisait que la vraie passion n'était pas facile à satisfaire et qu'il y avait un fossé entre l'assouvissement d'une pulsion sexuelle et l'épanouissement affectif. Mais cette découverte n'était pas pour le ravir.

*
* *

— Vous allez construire une autre maison ? demanda Holly, stupéfaite, en voyant Bronson déployer des plans sur une table de la bibliothèque. Mais où ça ? Et pourquoi ?

— Je veux la plus belle et la plus grande propriété que ce pays ait jamais connue, répondit-il. J'ai acheté des terres dans le Devon – en fait, trois domaines que je vais réunir en un seul. Mon architecte a déjà esquissé des plans pour la demeure et je voulais vous les montrer.

Holly le gratifia d'un sourire reconnaissant. Par pure lâcheté, elle avait fait semblant de ne pas se rappeler la scène de la veille et, à son grand soulagement, Bronson n'avait pas eu un mot ni un regard, pour lui remettre les faits en mémoire. Au contraire, il s'ingéniait même à l'intéresser à ses nouveaux projets immobiliers.

— Monsieur Bronson, je serais enchantée de voir ces plans, mais je vous avertis tout de suite que je ne vous serai d'aucune aide. Je n'y connais rien en architecture.

— Ne croyez pas cela. Vous savez mieux que moi quels styles apprécient les nobles. Je voudrais votre opinion là-dessus.

La jeune femme commença à examiner la succession de croquis qui montraient les différentes façades du projet, mais la présence de Bronson à ses côtés l'empêchait de se concentrer. Elle ne pouvait s'empêcher de contempler ses larges mains posées sur les plans, ni de respirer le léger parfum – mélange de savon et d'eau de Cologne – qui flottait autour de lui.

— Alors, qu'en pensez-vous ? finit-il par demander.

Holly réfléchit un moment avant de répondre.

— Je pense, monsieur Bronson, que l'architecte a dessiné ce que vous souhaitiez voir.

La maison était immense, ostentatoire, et bien trop formelle pour une demeure privée. Elle jurerait horriblement dans le paysage du Devon. Certes, on la remarquerait. Mais par ses dimensions, plus que par son élégance.

— C'est beaucoup trop grand, expliqua-t-elle. Et puis…

— Bref, vous ne l'aimez pas, la coupa-t-il.

Leurs regards se croisèrent.

— Et vous, monsieur Bronson? L'aimez-vous?

Il sourit.

— J'ai très mauvais goût. Mon seul mérite est de le reconnaître.

Holly faillit lui répondre qu'il exagérait, mais se retint au dernier moment. Quand il s'agissait de style, Bronson avait effectivement un goût déplorable.

Il rit en voyant le visage de la jeune femme se figer.

— Dites-moi ce que vous aimeriez changer, milady.

Holly secoua la tête d'un air impuissant.

— Je ne sais pas par où commencer. Et vous avez déjà dû dépenser beaucoup d'argent pour obtenir ces plans…

— Leur prix n'est rien comparé à ce que me coûtera la construction de la maison.

— Certes…

Holly se mordillait la lèvre, réfléchissant à ce qu'elle pouvait répondre. Voyant le regard de Bronson rivé sur sa bouche, elle se jeta à l'eau.

— Monsieur Bronson, serait-il trop présomptueux de ma part de vous suggérer d'essayer un autre architecte? Vous pourriez lui commander de nouveaux plans et faire ensuite la comparaison. J'ai un cousin éloigné, Jason Somers, qui commence à se faire une réputation pour son style. C'est un jeune architecte, avec une sensibilité moderne. Mais je ne pense pas qu'il ait déjà travaillé sur un projet d'une importance pareille.

— Très bien, répliqua Bronson sans la moindre hésitation, sans quitter les lèvres de la jeune femme des yeux. Nous allons l'envoyer dans le Devon, pour voir ce qu'il propose.

— J'ai peur que Jason ne puisse se libérer sur-le-champ. Je crois savoir qu'il est très demandé et que son agenda est rempli plusieurs mois à l'avance.

— Je suis sûr qu'il sera prêt à partir dès demain pour le Devon, quand vous lui aurez mentionné mon nom, répliqua Bronson avec un sourire cynique. Tous les architectes rêvent de m'avoir pour commanditaire.

Holly ne put s'empêcher de rire.

— Votre arrogance ne connaît-elle donc aucune limite ?

— Attendez et vous verrez. Je vous parie que Somers me proposera une première ébauche de plans dans moins d'une quinzaine.

Comme Bronson l'avait prédit, Jason Somers livra ses premières esquisses en un temps record – douze jours, très exactement.

— Elizabeth, je crois que nous allons devoir écourter notre leçon de ce matin, annonça Holly à la jeune fille en voyant le modeste attelage de Somers remonter l'allée gravillonnée qui menait à la maison.

Son cousin conduisait lui-même, tenant les rênes avec beaucoup de sûreté.

— L'architecte arrive, précisa la jeune femme. Et votre frère a insisté pour que j'assiste à leur entrevue.

Elizabeth haussa les épaules, avec ce qui ressemblait à du regret.

— Si vous y êtes obligée…

Holly retint à grand-peine un sourire. Elle savait que la jeune fille était en réalité ravie que la leçon s'arrête prématurément. Le sujet du jour – les règles à respecter en matière de correspondance – ne l'intéressait guère. Son caractère énergique lui faisait préférer de loin les activités physiques, telles que l'équitation, à la lecture ou à l'écriture.

— Aimeriez-vous rencontrer M. Somers ? lui proposa Holly. Son travail est remarquable et je suis convaincue que votre frère ne verrait pas d'objection à…

— Oh, non, merci ! J'ai mieux à faire que de regarder les plans d'un vieux barbon d'architecte. La journée s'annonce magnifique. Je crois que je vais sortir un peu mon cheval.

— Très bien. Dans ce cas, nous nous retrouverons au déjeuner.

Après avoir pris congé de la jeune fille, Holly descendit en hâte le grand escalier. Elle était très impatiente de revoir son cousin. Leur dernière rencontre remontait à plus de cinq ans, à l'occasion d'un mariage familial, et Jason était encore à peine sorti de l'adolescence. Mais Holly conservait le souvenir d'un garçon charmant, au sourire enjoué, passionné de dessin. Aujourd'hui, Jason était à l'aube d'une brillante carrière.

— Cousin Jason ! s'exclama la jeune femme, alors qu'elle arrivait au bas de l'escalier au moment même où il poussait la porte.

Somers, un rouleau de plans calé sous le bras, s'apprêtait à enlever son chapeau. Il suspendit son geste en voyant la jeune femme, à qui il dédia son plus beau sourire.

— Milady, fit-il en s'inclinant pour la saluer.

Holly lui tendit sa main, qu'il baisa. La jeune femme constata avec ravissement que son cousin était devenu un jeune homme fort séduisant. Ses cheveux châtains étaient coupés court et ses prunelles vertes brillaient d'intelligence.

— Pardonnez-moi de n'avoir pas pu assister aux funérailles de votre mari, milady.

Holly fut émue par son attitude. Jason n'avait aucune raison de s'excuser, car il était en voyage sur le continent au moment du décès de George. N'ayant pu rentrer à temps pour l'enterrement, il avait adressé à Holly une longue lettre de condoléances qui l'avait profondément touchée.

— Je n'ai rien à vous pardonner, vous le savez bien.

La gouvernante, Mme Burney, arriva pour prendre le chapeau et le manteau du visiteur.

— Madame Burney, lui demanda Holly, savez-vous où se trouve M. Bronson ?

— Dans la bibliothèque, je crois, milady.

— Très bien, je vais y conduire M. Somers.

Et prenant son cousin par le bras, Holly le guida à travers la maison. Tout en marchant, Jason regardait autour de lui, d'un air à la fois médusé et navré.

— C'est incroyable, tant d'excès, murmura-t-il. Si M. Bronson n'aime que ce style, je crois qu'il serait préférable de faire appel à un autre architecte. Je ne me forcerai pas à dessiner des choses pareilles.

— Attendez de lui avoir parlé, plaida la jeune femme.

Jason sourit.

— Entendu.

Puis, après un instant, il ajouta :

— Lady Holly, je sais que je dois à votre influence de me retrouver ici. Et je vous en remercie beaucoup. Mais… puis-je vous demander ce qui vous a amenée à travailler pour M. Bronson ? Comme vous devez le savoir, cela ne réjouit guère les membres de notre famille.

— Je sais, ma mère m'en a parlé, admit Holly, avec un sourire contrit.

Les parents de la jeune femme, quand ils avaient appris sa nouvelle situation, avaient nettement marqué leur désapprobation. Sa mère, surtout, s'était montrée la plus hostile, n'hésitant pas à s'interroger ouvertement sur la santé mentale de sa fille. Son père, en revanche, qui avait toujours eu le sens pratique, avait modéré ses objections lorsqu'il avait eu connaissance des dispositions financières de Bronson en faveur de Rose.

— Eh bien ? insista Jason, qui attendait une réponse.

— Il est très difficile de dire non à M. Bronson, se contenta de répondre Holly. Vous n'allez d'ailleurs pas tarder à vous en rendre compte.

Elle introduisit son cousin dans la bibliothèque, où Bronson les attendait. Jason ne parut pas le moins du monde intimidé lorsque son hôte se leva pour l'accueillir, ce qui était à mettre à son crédit. Holly savait d'expérience qu'une première rencontre avec Bronson ne passait jamais inaperçue. Peu d'hommes avaient autant de présence physique.

Jason serra la main de Bronson en le regardant droit dans les yeux.

— Monsieur Bronson, permettez-moi de vous remercier pour cette occasion que vous me donnez de vous présenter mon travail.

— Tout le mérite en revient à lady Holly, répliqua Bronson. C'est elle qui m'a suggéré de faire appel à vous.

Holly était stupéfaite. Les paroles de Bronson, mais aussi le ton qu'il avait employé laissaient entendre que son opinion ou ses suggestions avaient une grande valeur à ses yeux. Malheureusement, le sous-entendu n'avait pas échappé à Jason. Il coula à la jeune femme un regard intrigué, avant de reporter son attention sur Bronson.

— Espérons que je saurai justifier la confiance que lady Holly a bien voulu m'accorder, dit-il en tirant le rouleau de plans de sous son bras.

Bronson lui désigna son vaste bureau d'acajou, qui avait été dégagé pour la circonstance. Le jeune architecte déploya ses plans sur le plateau.

Bien qu'elle eût décidé de rester neutre tant que Bronson ne lui aurait pas demandé son avis, Holly ne put retenir une exclamation enthousiaste en découvrant le travail de son cousin. Avec ses multiples fenêtres aux lignes épurées – qui semblaient laisser pénétrer le paysage à l'intérieur de la demeure –, la façade dessinée par Jason combinait avec talent le charme et la recherche.

Holly faisait des vœux pour que Bronson apprécie ce style novateur et qu'il ne fasse pas l'erreur de croire que l'élégance était forcément synonyme de décorum. En revanche, elle était convaincue qu'il serait conquis par l'utilisation des techniques modernes – comme l'eau courante à tous les étages –, et le grand nombre de salles de bains.

Bronson, cependant, examinait les plans sans manifester la moindre réaction, se contentant de poser une ou deux questions à Jason, qui s'empressa d'y répondre. Elizabeth choisit cet instant pour faire son entrée. Vêtue d'une tenue d'équitation très seyante, la jeune fille resplendissait.

— Je n'ai pas pu résister à l'envie de jeter un coup d'œil aux plans avant de sortir… commença-t-elle.

Mais elle se tut brusquement en voyant Jason Somers qui se retournait pour la saluer. Holly s'empressa de faire les présentations, et ne put s'empêcher de ressentir un sentiment de fierté devant l'impeccable révérence d'Elizabeth. Les salutations terminées, les deux jeunes gens s'observèrent brièvement, avec une curiosité manifeste. Puis Somers revint à ses plans et répondit à une nouvelle question de Bronson, sans plus faire attention à Elizabeth.

Intriguée par sa réaction, Holly se demandait comment un jeune homme aurait pu rester insensible au charme de la sœur de Bronson. Cependant, quand cette dernière s'approcha du bureau, Holly nota que Jason lui coulait discrètement un regard. Il était séduit, conclut-elle, à la fois soulagée et amusée. Mais il était aussi assez intelligent pour ne pas le montrer.

Elizabeth, en revanche, semblait vexée par ce qu'elle prenait toujours pour de l'indifférence. Elle s'immisça entre Jason et Holly, pour inspecter les plans.

— Comme vous le voyez, expliquait l'architecte à Bronson, j'ai voulu dessiner une maison qui s'intégrerait harmonieusement dans le paysage. En d'autres termes…

— Je sais ce qu'harmonieux veut dire, lâcha Bronson avec un sourire ironique.

Il continuait de détailler les plans d'un œil attentif. Holly devinait qu'il connaîtrait bientôt le dessin de la maison par cœur. Elle avait découvert qu'il avait une mémoire fabuleuse – pour peu que le sujet l'intéressât.

Elizabeth aussi inspectait les plans avec beaucoup d'attention.

— Pourquoi l'aile droite n'est-elle pas comme l'aile gauche ? demanda-t-elle brusquement.

— C'est un parti pris, expliqua Jason.

— J'espère bien que c'est volontaire, sinon ce serait vraiment grave. Mais ça choque mon sens de la symétrie, s'entêta la jeune fille.

Les deux jeunes gens se mesurèrent du regard et Holly crut deviner qu'ils prenaient secrètement plaisir à cette joute oratoire.

— Cesse de provoquer notre invité, Lizzie, marmonna Bronson, qui s'était tourné vers Holly : Que pensez-vous de ces plans, milady ?

— Ils me plaisent énormément. Jason a dessiné une très belle maison.

Bronson hocha la tête.

— Dans ce cas, je vais la construire.

— Pas seulement parce que je vous ai dit qu'elle me plaisait ? s'inquiéta Holly, vaguement alarmée.

— Et pourquoi pas ?

— Parce que ce sera *votre* maison. Et que vous devez d'abord suivre votre goût.

— Ces plans me conviennent, répliqua Bronson. Encore que j'ajouterais bien une tour ici ou là et aussi quelques créneaux…

— Pas de tours, le coupa résolument l'architecte.

— Ni de créneaux, ajouta Holly, avant de s'apercevoir, au regard de Bronson, qu'il plaisantait.

— Construisez-la exactement comme vous l'avez dessinée, dit-il à Jason.

Le jeune homme semblait stupéfait par la rapidité de la décision.

— Êtes-vous sûr de ne pas vouloir garder un peu les plans, pour les étudier au calme, avant d'arrêter votre choix ?

— J'ai vu tout ce que j'avais besoin de voir, le rassura Bronson.

Holly s'amusait de la surprise de son cousin. Elle se doutait que Jason n'avait encore jamais rencontré

126

d'homme tel que Zachary Bronson. Celui-ci arrêtait ses choix rapidement et perdait rarement de temps en supputations oiseuses. Il avait expliqué une fois à la jeune femme que vingt pour cent des affaires qu'il concluait ainsi se révélaient désastreuses, mais il se rattrapait largement avec les quatre-vingts pour cent restants, toutes bénéficiaires. C'était du reste une habitude, chez lui, que de transformer tout en pourcentages. Il avait ainsi estimé qu'Elizabeth avait cinq pour cent de chances d'épouser un duc en se basant sur le nombre de ducs que comptait le royaume – en excluant ceux qui étaient trop vieux ou infirmes – et le nombre de jeunes filles de bonne famille à marier en même temps que sa sœur. Ces raisonnements mathématiques amusaient beaucoup Holly. D'autres fois, en revanche, Bronson ne la faisait pas du tout rire. Certains jours, il pouvait se montrer irascible, voire franchement insupportable, comme s'il était en proie à des démons intérieurs. Il imposait alors sa mauvaise humeur à tout son entourage et Holly elle-même n'était pas à l'abri de ses sarcasmes. Dans ces occasions, plus elle essayait de se montrer courtoise à son égard, plus il était désagréable. Il se comportait comme quelqu'un qui désirait ardemment quelque chose, mais savait ne pouvoir l'obtenir. Et Holly n'arrivait pas à savoir ce qu'était ce « quelque chose ». En tout cas, cela n'avait certainement rien à voir avec un quelconque manque physique. Car Holly – comme toute la maisonnée, du reste – était parfaitement au courant de ses échappées nocturnes quasi quotidiennes, dont il revenait, au petit matin, le visage marqué des stigmates de la débauche.

Son appétit pour les femmes excédait de plus en plus Holly. Elle essayait de se raisonner en se disant qu'après tout, Bronson, sur ce plan, n'était pas différent de la plupart des autres hommes. Nombre d'aristocrates se conduisaient même encore plus mal que lui. Mais c'était plus fort qu'elle : elle ne supportait pas qu'il quitte la maison pour aller s'encanailler. Mais dans ses moments d'honnêteté, la jeune femme devait admettre que son attitude avait moins à voir avec un jugement moral qu'avec ses sentiments personnels.

L'idée de savoir Bronson dans les bras d'une autre femme la rendait étrangement triste, mais éveillait aussi sa curiosité. Chaque nuit, ou presque, dès que Bronson avait quitté la maison, l'imagination de la jeune femme battait la campagne. Elle se doutait que sa vie sexuelle n'avait que bien peu de rapports avec celle de son défunt mari. Au lit, George s'était toujours montré tendre et prévenant, mais aussi d'une très grande sagesse. Il considérait que faire l'amour était un plaisir qui ne devait pas trop se galvauder, et durant leurs trois années de mariage, il n'avait jamais honoré son épouse plus d'une fois par semaine.

Zachary Bronson, à l'évidence, était d'une tout autre nature. La façon dont il avait embrassé Holly au bal de lady Bellemont prouvait assez sa maîtrise des gestes de l'amour. Holly savait qu'en lady respectable elle aurait dû mépriser cet aspect de son employeur. Mais elle ne pouvait s'empêcher de nourrir certains rêves qui la réveillaient parfois en pleine nuit. Des rêves impudiques... où elle s'imaginait nue entre les bras de Zachary Bronson. Nue et offerte à ses caresses.

Holly émergeait chaque fois de ces rêves en nage, et en proie à une vague culpabilité qui l'empêchait ensuite de regarder Bronson en face sans rougir. Elle s'était toujours crue au-dessus de telles pulsions primaires et regardait avec pitié les gens qui étaient esclaves de leurs sens. Le mot concupiscence n'avait jamais fait partie de son vocabulaire. Mais à présent, elle ne voyait pas en quel autre terme décrire ce désir qui la taraudait dès qu'elle songeait à Zachary Bronson.

8

Ce jour-là, Holly portait une robe grise dont l'austérité était adoucie par un galon framboise au col et aux poignets. C'était le genre de vêtement qu'aurait très bien pu porter une nonne, s'il n'y avait eu cette petite échancrure, au décolleté, qui révélait un peu de la gorge de la jeune femme. Cette mince fantaisie suffit à enflammer l'imagination de Zachary. Il brûlait d'envie de presser ses lèvres sur ces quelques centimètres de peau nacrée ainsi découverts...

— Monsieur Bronson, vous semblez bien distrait, aujourd'hui, lui fit remarquer la jeune femme.

Zachary laissa remonter son regard jusqu'aux prunelles ambrées de la jeune femme. Quelle innocence dans ces yeux! Zachary aurait juré qu'elle ne se doutait pas du trouble qu'elle provoquait en lui.

Holly esquissa un sourire.

— Je connais votre répugnance à ce sujet, reprit-elle, mais il est important que vous sachiez danser correctement. Le bal des Plymouth est dans moins de deux mois.

Bronson haussa les sourcils.

— Le bal des Plymouth? Vous ne m'en aviez jamais parlé.

— J'ai pensé que ce serait une excellente occasion de vous faire rencontrer du beau monde. Le bal que lord et lady Plymouth donnent chaque printemps est considéré comme l'un des moments forts de la saison. Je connais les Plymouth depuis des années, ce qui me permettra de leur demander des invitations pour nous tous. Nous emmènerons aussi Elizabeth, ce sera pour elle l'occasion de faire son entrée dans le monde. Vous verrez, la réception sera magnifique. Et vous y croiserez nombre de jeunes femmes de très bonne famille. Ce serait bien le diable si au moins l'une d'elles ne vous intéressait pas.

Zachary hocha la tête, bien qu'il sût qu'aucune femme au monde ne saurait l'intéresser autant que lady Holland Taylor. Cette pensée l'avait sans doute fait involontairement froncer les sourcils, car Holly, se méprenant sur sa réaction et croyant qu'il s'inquiétait à propos des leçons de danse, poursuivit d'une voix rassurante :

— Vous verrez, ce ne sera pas aussi pénible que vous l'imaginez. Nous allons procéder par étapes, et si jamais il se révélait que j'aie des difficultés à vous enseigner les pas de base, nous ferons appel à M. Girouard.

— Il n'en est pas question, répliqua Zachary, qui avait assisté quelques jours plus tôt à la leçon d'Elizabeth et avait dû empêcher le professeur de l'entraîner dans la danse.

Holly soupira, comme si sa patience était mise à rude épreuve.

— M. Girouard est un excellent maître de ballet.

— Il a essayé de me tenir la main.

— Je vous assure qu'il n'avait pas d'autre intention que de vous initier au quadrille.

— Je n'aime pas qu'un homme me tienne la main.

Holly leva les yeux au plafond, mais préféra s'abstenir de tout commentaire.

Ils se tenaient dans la somptueuse salle de bal aux murs tendus de soie vert pâle et aux colonnes de malachite. Si l'on ajoutait à cela les miroirs vénitiens qui montaient à l'assaut du plafond et les six grands lustres à pendeloques de cristal, l'ensemble évoquait irrésistiblement un palais russe. Ainsi déserte, la pièce était encore plus impressionnante. Même l'estrade où se tenait d'ordinaire l'orchestre les soirs de réception était vide, Holly ayant jugé qu'il n'y avait pas besoin de musique pour apprendre à Bronson les rudiments de la danse.

Où qu'il tournât la tête, Zachary apercevait le reflet de sa partenaire dans l'une des multiples glaces qui ornaient les murs. Sa robe grise semblait presque incongrue, au milieu de ce décor chatoyant. À quoi ressemblerait donc la jeune femme dans une robe de bal ? Zachary l'imaginait, revêtue de soie bleue, ou verte, profondément décolletée, une rivière de diamants étincelant sur sa gorge…

La voix de la jeune femme le distrait soudain de ses pensées.

— Vous souvenez-vous des règles dont nous avons discuté hier, en matière d'étiquette lors d'un bal ?

Zach essaya de rassembler ses souvenirs.

— Si je demande à une jeune fille de m'accorder une danse, récita-t-il, tel un élève appliqué, je ne dois plus la quitter tant que je ne l'aurai pas rendue à son chaperon. La danse une fois terminée, je lui demande si elle désire un rafraîchissement. Si elle me répond oui, je lui trouve un siège, puis je lui apporte un verre et je reste avec elle à converser, aussi longtemps qu'elle désirera rester assise. Euh… même si ça doit durer plus d'une heure ?

— Absolument, répondit Holly. Et c'est seulement après qu'elle aura manifesté le désir de se relever que vous la reconduirez auprès de son chaperon et la remercierez de vous avoir offert le plaisir de sa compagnie. D'autre part, vous devez aussi bien inviter les plus jolies jeunes filles que les autres. Enfin, vous ne devez pas danser plus de deux fois avec la même cavalière.

Zachary soupira lourdement, mais Holly ne lui laissa pas le temps de souffler.

— Et maintenant, la marche d'ouverture, reprit-elle. N'oubliez jamais que c'est vous qui conduisez la marche, lors d'un bal que vous donnez. Vous devez marcher avec lenteur et dignité. Suivez la direction des murs, votre cavalière au bras, et ne tournez que parvenu à l'angle de la pièce.

Et, s'approchant de lui, elle ajouta, sur le ton de la confidence :

— Une marche d'ouverture n'est jamais qu'une promenade à travers la salle de bal pour permettre aux dames de faire admirer leur toilette. Mais c'est un moment très important. La réussite du bal peut en dépendre. Le maître ou la maîtresse de maison doit montrer qu'il tient ses troupes. Un petit air arrogant sera le bienvenu. En l'occurrence, cela ne devrait pas vous poser trop de problèmes.

La provocation amusa Zachary. Du reste, cette leçon l'intéressait beaucoup plus qu'il ne s'y était attendu. L'idée d'ouvrir un jour un bal en paradant au bras de lady Holly lui paraissait éminemment séduisante.

— Bien, nous allons faire un essai, annonça la jeune femme.

Ils traversèrent la salle côte à côte, très dignement, même si Zachary trouvait cette pompe un peu ridicule dans une pièce déserte. Arrivés au coin, ils s'arrêtèrent afin que Holly détaille la manœuvre :

— Je vais lâcher votre bras et prendre votre main, pour que vous me guidiez de votre côté droit à votre côté gauche.

Tout en parlant, la jeune femme commença à s'exécuter, mais dès que leurs doigts se touchèrent, Zachary eut le sentiment que son cœur cessait de battre.

Holly suspendit son geste et retira brusquement sa main. Zachary en conclut qu'elle avait ressenti le même choc.

— Normalement, nous… nous devrions porter des gants, dit-elle d'une voix mal assurée. Les ladies et les gentlemen portent toujours des gants lorsqu'ils dansent.

— Dois-je demander à un domestique d'aller nous en chercher ?

— Non… Je… je pense que ce ne sera pas nécessaire, répondit la jeune femme, cherchant désespérément à se recomposer une attitude.

S'abstenant de le regarder, elle s'empara à nouveau de la main de Zachary. Leurs doigts s'entrecroisèrent un court – mais électrique – instant, et la manœuvre réussit enfin.

— Cela faisait si longtemps, dit-elle dans un souffle. J'avais presque oublié comment on faisait.

— Vous n'avez pas dansé depuis la mort de George ?

Elle secoua la tête en guise de réponse.

À mesure que la leçon se poursuivait, Zachary avait de plus en plus l'impression de vivre un enfer. Et bénissait la mode des vestes longues… Si Holly s'était rendu compte de l'état d'excitation dans lequel le mettait cette épreuve, elle se serait sans doute enfuie en hurlant.

Après la marche d'ouverture, ils abordèrent le quadrille, une redoutable série de «glissades» et de «chassés» qui laissait les corps se frôler. Mais les tourments de Zachary redoublèrent avec l'arrivée de la valse.

— Tenez-vous légèrement à ma droite, le pria Holly, et enlacez ma taille de votre bras droit. Fermement, mais pas trop.

— Comme cela ? demanda Zachary en s'exécutant un peu maladroitement.

Il avait pourtant l'habitude de serrer des femmes contre lui. Mais là, c'était différent. Jamais il n'avait autant désiré plaire à sa partenaire et il n'aurait pas su dire si Holly appréciait de le sentir si proche. Après tout, elle était habituée à danser avec des aristocrates raffinés et non des brutes mal dégrossies telles que lui. Il avait l'impression d'avoir des mains comme des battoirs et les pieds lestés de plomb.

La jeune femme posa doucement la main gauche sur l'épaule droite de Zachary. Puis elle s'empara de sa main gauche avec sa droite. Leurs doigts se mêlèrent à nouveau.

— Le danseur guide sa cavalière avec cette main, expliqua-t-elle. Vous ne devez pas tenir mes doigts trop serrés… Juste ce qu'il faut pour m'entraîner avec vous.

133

Et ne gardez pas votre bras tendu ainsi. Il faut le flé-
chir.

— J'ai peur de vous marcher sur les pieds.

— Il est nécessaire que vous appreniez à maintenir
la bonne distance entre nous. Si vous me tenez trop
étroitement serrée, vous restreignez ma liberté de
mouvement. Mais si vous êtes trop éloigné, vous me
privez de support.

— Je crois que je n'y arriverai pas, fit Zachary d'une
voix rauque. Je pense avoir compris pour la marche.
J'ai aussi à peu près assimilé le quadrille. Alors res-
tons-en là. Ça me semble amplement suffisant.

Holly secoua la tête.

— Pas question. Vous devez absolument apprendre
la valse. Vous ne pourrez pas prétendre courtiser une
jeune lady dans les règles si vous ne la faites pas valser.

Pour toute réponse, Zachary lâcha un juron qui
agaça la jeune femme.

— Vous pouvez proférer toutes les obscénités que
vous voulez, monsieur Bronson, cela ne m'empêchera
pas de vous apprendre à valser. Mais si vous ne faites
pas un minimum d'efforts, je vous envoie M. Girouard.

La menace produisit son effet. Zachary était prêt à
tout plutôt que de subir les leçons du maître de ballet.

— Bon, d'accord. Que dois-je faire, à présent ?

— Une valse se compose de deux pas qui durent
trois temps. Commencez par faire glisser votre pied
gauche un peu en arrière – juste un peu ! –, puis rap-
prochez votre pied droit du gauche et tournez légèrement vers la droite…

Au début, ce fut un véritable supplice. Mais à force
de se concentrer sur les instructions de Holly, dont les
mouvements fluides semblaient parfaitement syn-
chronisés avec les siens, Zachary finit par se sentir plus
sûr de lui. Cela l'aidait également de voir qu'elle paraissait apprécier leurs évolutions, même s'il n'arrivait pas
à comprendre quel plaisir elle pouvait prendre à titu-
ber avec lui.

— Vous vous débrouillez très bien, déclara-t-elle soudain, comme si elle avait deviné ses pensées. Ne me dites pas que vous n'aviez jamais essayé de valser auparavant ?

— Jamais.

— Vous possédez une agilité surprenante. La plupart des débutants s'appuient trop sur les talons.

— C'est la boxe, rétorqua Zachary. Si vous étiez montée sur un ring, vous verriez ce que je veux dire.

Sa réponse fit rire la jeune femme.

— J'espère que vos anciennes activités pugilistiques ne vont pas trop déteindre sur nos leçons de danse. Je ne tiens pas à me retrouver engagée dans un combat contre vous.

Zachary éprouva soudain une félicité qui n'avait plus rien à voir avec le désir physique. Holly était la femme la plus adorable qu'il ait jamais rencontrée. Et il enviait George – ce n'était pas la première fois, du reste – d'avoir été aimé par elle. Et d'avoir eu le privilège de la caresser et de l'embrasser partout où il le désirait.

D'après ce qu'en savait Zachary, George Taylor avait été un mari parfait. Beau, bien éduqué, honorable, respectable et respecté… Tout laissait à penser qu'il avait mérité une femme comme Holly. Alors que lui-même…

Si seulement, se répétait sans cesse Zachary. Si seulement…

Distrait par ses pensées, il finit par perdre le rythme et s'immobilisa si brutalement que Holly le heurta.

Zachary marmonna des excuses et aida la jeune femme à rétablir son équilibre. Ce faisant, elle se retrouva plus près encore de lui et il sentit une nouvelle bouffée de désir lui incendier les reins. Il voulut relâcher sa cavalière, mais ses muscles se contractèrent involontairement si bien qu'il ne réussit qu'à la plaquer contre lui. Le souffle de Holly s'accéléra, ses seins effleurèrent le torse de Zachary. Le temps parut s'arrêter. Il attendait que la jeune femme s'écarte de lui, qu'elle proteste, mais elle restait étrangement silencieuse. Et quand elle se risqua enfin à lever les yeux vers lui, leurs regards se rivèrent l'un à l'autre, comme en proie à une fascination impuissante.

Holly détourna la première le regard. Zachary avait la bouche sèche, il mourait d'envie de presser ses lèvres brûlantes sur celles de la jeune femme. Le cœur battant, il attendit un geste de sa part. Si elle glissait seulement la main qu'elle avait posée sur son épaule jusqu'à sa nuque, ou si elle témoignait d'une manière ou d'une autre qu'elle le désirait… mais elle restait immobile entre ses bras, sans chercher à s'éloigner, mais sans non plus l'encourager à aller plus loin.

Avec un soupir, Zachary se força à la relâcher. Il se demandait si Holly avait seulement conscience qu'il avait été à un doigt de la soulever dans ses bras pour la porter jusqu'à son lit. Jamais il n'avait autant désiré une femme, désiré la sentir sous lui, désiré prendre son plaisir en elle. Mais plus encore que cela, il voulait sa tendresse, ses caresses et qu'elle lui murmure des mots d'amour à l'oreille. C'était la première fois qu'il se retrouvait à convoiter aussi ardemment quelque chose qu'il savait ne pas pouvoir obtenir.

Une petite voix intérieure lui chuchota alors, non sans cynisme, que ce qu'il ne pouvait avoir avec Holly, d'autres étaient toutes disposées à le lui offrir. Londres regorgeait de créatures ravissantes qui ne demandaient qu'à lui prodiguer l'affection dont il avait envie. Zachary se raccrocha à cette idée comme à une bouée. Au fond, il n'avait pas besoin de lady Holland. Il pouvait attirer dans son lit des jeunes femmes encore bien plus jolies et séduisantes. Tout bien considéré, Holly n'avait rien de spécial. Et Zachary se le prouverait pas plus tard que ce soir.

— Je pense que cela suffit pour aujourd'hui, murmura la jeune femme, qui semblait encore troublée. Vous avez déjà beaucoup progressé, monsieur Bronson. Je suis convaincue que vous maîtriserez bientôt la valse à la perfection.

Zachary s'inclina légèrement, un sourire poli plaqué sur le visage.

— Merci, milady. Je vous reverrai demain, à notre prochaine leçon.

— Vous ne dînez pas à la maison ?

Il secoua la tête.

— J'ai prévu de retrouver des amis en ville.

Une petite lueur dans les yeux de la jeune femme trahit sa désapprobation. Zachary savait qu'elle n'appréciait pas ses escapades libertines et, cette fois, il prit plaisir à lui déplaire. Qu'elle dorme dans son chaste lit. Lui n'avait aucun scrupule à prendre son plaisir là où il le trouverait.

Holly rejoignit la chambre de Rose, où la fillette lisait en compagnie de Maud. Mais elle éprouvait les pires difficultés à rassembler ses idées. Elle se revoyait dans les bras de Bronson, tournoyant sous les lustres de la salle de bal, leur reflet multiplié à l'infini sur les murs ornés de miroirs. Ces deux heures passées à danser, à parler et à rire avec lui l'avaient étrangement perturbée. Elle se sentait anxieuse, frustrée de quelque chose qu'elle ne parvenait pas vraiment à identifier. En tout cas, elle était heureuse que la leçon fût terminée. D'autant qu'il y avait eu, à la fin, ce moment délicieux, mais aussi terriblement angoissant, où Bronson l'avait tenue si serrée contre lui qu'elle avait cru qu'il allait l'embrasser.

Comment aurait-elle réagi, s'il était passé à l'acte ? Le simple fait de se poser cette question la terrifiait. Bronson réveillait en elle des désirs primaires profondément enfouis. Pour une femme qui avait été élevée dans l'idée que l'attirance physique qu'elle pouvait éprouver pour son propre époux devait être contenue dans de strictes limites, la situation devenait alarmante.

Alors que les manières de Bronson auraient dû lui répugner, elle se sentait au contraire de plus en plus attirée par lui. Loin de la traiter comme une poupée fragile, il s'ingéniait à la provoquer et à lui parler crûment. Pour Holly, c'était entièrement nouveau, et pourtant, jamais elle ne s'était sentie aussi vivante et si pleine d'énergie. «Quelle ironie!» songea-t-elle. Au lieu de le polir, comme elle s'y était engagée par contrat, c'était lui qui était en train de la transformer!

Alors qu'elle gagnait l'escalier, la jeune femme ressentit soudain une douleur sourde en haut du crâne et des étoiles dansèrent devant ses yeux.

— Oh, non! murmura-t-elle en reconnaissant les signes annonciateurs d'une migraine.

Comme à l'accoutumée, les symptômes se manifestaient sans raison apparente. Poursuivant malgré tout son chemin, Holly arriva devant la porte de Rose. La voix de la fillette lui parvint.

— Non, Maud, ce n'est pas du trot. C'est trop lent. Le trot, c'est comme ça…

La jeune femme poussa légèrement le battant, et passa la tête dans l'entrebâillement. Elle vit sa fille et Maud accroupies sur le tapis. Rose manipulait l'un des jouets offerts par Bronson, un petit cheval harnaché de cuir, qui tirait un minuscule attelage rempli de poupées.

— Où vont-elles ainsi, ma chérie? demanda Holly. Faire les boutiques, ou se promener dans le parc?

La fillette leva aussitôt la tête.

— Maman! s'exclama-t-elle, avec un grand sourire, avant de reporter son attention sur le petit attelage : Elles vont visiter l'aciérie.

— L'aciérie? répéta Holly, intriguée.

— Oui, milady, confirma Maud. M. Bronson a parlé à Rose des usines qu'il possède et des gens qui y travaillent. J'ai essayé de lui expliquer qu'une enfant n'avait pas besoin d'entendre cela, mais il n'en avait cure.

Tout d'abord, Holly en voulut à Bronson d'ennuyer Rose en lui parlant d'usines et d'ouvriers. D'un autre côté, cependant, Rose grandissait et il fallait bien commencer à lui expliquer pourquoi certains habitaient dans de belles demeures et d'autres pas.

— Il n'a peut-être pas tort, répondit-elle à Maud. Il n'est pas mauvais que Rose sache comment tourne le monde. Et que tous les enfants ne vivent pas forcément comme elle.

Holly réalisait soudain que l'influence de Zachary Bronson sur Rose devenait plus importante que celle de George ne l'avait jamais été. Bronson passait souvent du temps à jouer avec la fillette, ce que George n'avait pas pu faire. La façon dont Bronson se montrait attentif à Rose prouvait qu'il la considérait comme une personne à part entière de sa maisonnée. Et Rose ne ratait aucune occasion de lui retourner son affection. Ces deux-là devenaient de plus en plus inséparables et cette conséquence inattendue de sa nouvelle situation ennuyait quelque peu Holly.

La jeune femme se massa les tempes. La douleur augmentait rapidement.

— Oh, milady ! s'écria Maud en la regardant. Vous êtes toute pâle. Vous avez à nouveau la migraine, n'est-ce pas ?

Holly s'appuya au chambranle.

— Oui, Maud, souffla-t-elle, avant d'ajouter à l'intention de sa fille : Je suis désolée, Rose. Je t'avais promis de t'accompagner en promenade, mais ce sera pour une autre fois.

La fillette prit un air grave.

— Tu es malade, maman ?

Et, se relevant, elle courut jusqu'à sa mère.

— Tu devrais prendre ton médicament, lui conseilla-t-elle, avec le sérieux d'une infirmière. Et aller te reposer dans ta chambre.

Souriante, malgré la douleur qui ne cessait de croître, Holly laissa sa fille l'escorter jusqu'à sa chambre. Maud les avait précédées. Elle tirait déjà les rideaux.

— Avez-vous apporté la potion que le Dr Wentworth m'avait prescrite la dernière fois ? demanda la jeune femme à la domestique.

— Bien sûr. Je ne risquais pas de l'oublier, milady. J'irai vous la chercher dès que vous serez couchée.

— Merci, lâcha Holly avec un soupir las. Que ferais-je sans vous, Maud ? Je ne saurai jamais assez vous remercier d'être venue chez M. Bronson avec moi. Vous auriez très bien pu rester chez les Taylor.

— Et vous laisser toute seule avec Rose dans cette maison étrangère ?

Baissant la voix, Maud ajouta avec un sourire entendu :

— Pour vous dire la vérité, j'aime autant être ici.

Elle aida ensuite sa maîtresse à se déshabiller, puis Holly s'empressa de se glisser dans son lit.

— Maud, murmura-t-elle, la tête déjà sur l'oreiller. Vous n'avez pas assez de temps libre. J'y remédierai quand je serai rétablie.

— Ne vous inquiétez pas de cela pour l'instant. Reposez-vous. Je vais chercher votre médicament.

Vêtu d'un pantalon gris et d'une veste bleue au sortir de sa chambre, Zachary aborda le grand escalier, prêt à partir pour sa nuit de débauche. Toute la frustration accumulée pendant ses deux heures de leçon de danse avait besoin d'un exutoire. Il commencerait par s'offrir une femme, puis il jouerait aux cartes et boirait à satiété. Avec un peu de chance, ce programme bien rempli l'aiderait à oublier Holly.

Mais alors qu'il commençait à descendre l'escalier, il vit la petite Rose, assise toute seule au milieu des marches. Ce spectacle le fit sourire. Rose était tellement différente de ce qu'avait été Elizabeth à son âge. C'était une fillette aux manières exquises, mais renfermée et réfléchie, alors que Lizzie avait été un vrai petit dragon. Holly éduquait très bien sa fille dans le respect des bonnes manières, mais d'après Zachary cette enfant avait besoin d'un père pour lui faire sentir que le monde n'était pas seulement rempli de belles fillettes portant de jolies robes. Et que la vie était un combat. Mais Rose n'était pas sa fille, et il ne se sentait aucun droit de se mêler de son éducation.

Il s'arrêta à hauteur de la fillette et se pencha vers elle.

— Eh bien, princesse ? Que fais-tu toute seule dans cet escalier ?

Rose poussa un soupir à fendre l'âme.

— J'attends Maud, dit-elle tristement. Elle est en train de donner son médicament à maman. Après, nous dînerons toutes les deux dans la nursery.

— Un médicament ? répéta Zachary, intrigué.

Pourquoi diable Holly aurait-elle eu besoin d'un médicament ? Elle allait parfaitement bien, tout à l'heure. Lui serait-il arrivé un accident ?

— C'est pour sa migraine, expliqua Rose, le menton calé sur ses petites mains. Du coup, Maud va me mettre très tôt au lit. Oh, je n'aime pas quand maman est malade !

Zachary resta songeur. Comment se pouvait-il qu'on développe en si peu de temps une migraine assez redoutable pour vous obliger à rester alité ? Qu'est-ce qui avait bien pu la causer ? Zachary en avait soudain oublié ses projets de soirée.

— Attends-moi là, princesse. Je vais voir ta mère.

Rose leva vers lui un regard plein d'espoir.

— Vous allez la guérir, monsieur Bronson ?

Tant de naïveté innocente émut Zachary et l'amusa en même temps. Il caressa l'épaule de la fillette.

— J'ai peur que ce ne soit pas en mon pouvoir, ma chérie. Mais je vais au moins veiller à ce qu'elle ne manque de rien.

Il remonta l'escalier quatre à quatre et parvint à la chambre de la jeune femme juste au moment où Maud en sortait. Voyant la mine soucieuse de la domestique, il s'alarma soudain.

— Maud ! Qu'arrive-t-il donc à lady Holland ?

La jeune femme porta un doigt à ses lèvres, pour lui signifier de parler moins fort.

— Elle a de nouveau une de ses violentes migraines, monsieur, murmura-t-elle. Il faut éviter de faire trop de bruit. Elle a besoin de silence et d'obscurité, pour se reposer.

— Pourquoi a-t-elle ces migraines ?

— Je l'ignore, monsieur. Elles sont apparues après la disparition de M. Taylor. En général, ça dure une journée, parfois un peu plus. Et après, elle est de nouveau sur pied.

— Je vais faire appeler un médecin, décréta Zachary.

Maud secoua aussitôt la tête.

— Non, monsieur, c'est inutile. Lady Holland a déjà consulté un spécialiste et il lui a dit qu'il n'existait pas de remède souverain pour ses migraines, sinon le repos absolu et une décoction qu'il lui a conseillée pour atténuer la douleur.

— Je vais aller la voir.

— Oh, non, monsieur, il ne faut pas la déranger ! Lady Holland n'est pas en état de parler à qui que ce soit. Sa potion lui endort l'esprit. Et elle n'est pas en tenue pour…

— Je ne vais pas la déranger, Maud, ne vous inquiétez pas, la coupa Zachary. Allez plutôt vous occuper de Rose. La pauvre enfant attend toute seule dans l'escalier.

Ignorant les protestations de la domestique, Zachary entra résolument dans la chambre. Il s'arrêta un instant sur le seuil, pour laisser à ses yeux le temps de s'adapter à l'obscurité. La pièce était plongée dans un profond silence que seule troublait la respiration de la jeune femme. Une étrange odeur flottait dans l'air, qui intrigua Zachary. S'approchant du lit, il découvrit sur la table de nuit une cuiller et une tasse. Il s'empara de la cuiller, la porta à ses lèvres et reconnut un goût de sirop opiacé.

Holly, devinant une présence, remua sous les draps. Ses yeux et son front étaient couverts par un linge humide.

— Maud ? murmura-t-elle d'une voix faible.

Zachary hésita avant de répondre :

— Je pensais que vous quitteriez notre leçon de danse en ayant mal aux pieds. Pas à la tête.

Reconnaissant la voix de son visiteur, la jeune femme tressaillit.

— Oh, monsieur Bronson, vous ne pouvez pas rester…

Elle parlait d'une voix un peu lente, l'opium ayant manifestement commencé son effet.

— Je… je ne suis pas habillée, et cette potion… me fait parfois dire… des choses que je ne dirais pas en temps ordinaire.

— Raison de plus pour que je reste.

Elle rit faiblement.

— Je vous en prie, ne me faites pas rire. C'est horriblement douloureux.

Zachary s'installa dans le fauteuil placé près du lit. À mesure qu'il s'habituait à l'obscurité, il pouvait voir la blancheur des épaules de la jeune femme se détacher sur les draps.

— Cette potion que vous prenez est saturée d'opium, milady. Je ne voudrais pas que vous deveniez dépendante de ce remède. J'ai trop vu les ravages de l'opium sur des hommes en bonne santé pour vous laisser vous détruire.

— C'est le seul remède qui atténue un peu mes souffrances, murmura la jeune femme. Je dors pendant un jour ou deux et quand je me réveille, ma migraine a disparu. Pardonnez-moi, mais il n'y aura pas de leçon demain, j'en ai peur.

— C'est bien le moment de vous préoccuper de nos leçons, bon sang de bois !

— Surveillez votre langage, monsieur Bronson.

— Comment a démarré votre migraine ? Aurais-je fait ou dit quelque chose, tout à l'heure, qui…

— Non, non. Il n'y a jamais de raison particulière. J'ai d'abord un élancement dans le crâne, puis je vois des points lumineux, et la douleur devient vite insupportable.

Zachary abandonna son fauteuil pour s'asseoir au bord du lit. Holly voulut protester en sentant le matelas plier sous son poids.

— Monsieur Bronson, s'il vous plaît, laissez-moi me reposer tranquillement.

Zachary glissa la main derrière le cou de la jeune femme. Sentant les muscles de sa nuque anormalement tendus, il entreprit de les masser le plus doucement possible. La jeune femme exhala un soupir.

— Ça va un peu mieux ?

— Oui, un peu.

— Voulez-vous que j'arrête ?

Aussitôt, elle se saisit de son poignet, comme par réflexe.

— Non, n'arrêtez pas.

Zachary continua de lui masser la nuque en silence. Il sentait ses muscles se détendre et sa respiration s'apaiser. Au bout d'un moment, il crut qu'elle s'était endormie. Mais tout à coup, elle se mit à parler.

— Mes migraines ont commencé après la mort de George, dit-elle dans un souffle. La première a eu lieu alors que j'avais passé une journée entière à lire des lettres de condoléances. Tout le monde était si gentil, à me raconter des souvenirs de George, ou à avouer sa stupéfaction qu'il soit parti si vite. Mais personne ne pouvait être plus surpris que moi, ajouta-t-elle d'une voix détachée, comme si elle parlait dans un rêve. George était si plein de vie. Pas aussi robuste que vous, mais quand même très solide. Et puis la fièvre est montée d'un coup et George ne pouvait plus rien avaler, à part du thé. Il s'est alité et s'est mis à maigrir à vue d'œil. En quelques jours, son visage était devenu méconnaissable. La deuxième semaine, il a commencé à délirer. Mais en même temps, on aurait dit qu'il savait qu'il allait mourir. Et qu'il s'y préparait. Un jour, il a convoqué son meilleur ami, Ravenhill, qu'il avait connu sur les bancs de l'école. Et il a fait jurer à Ravenhill et à moi-même…

Elle s'interrompit.

— Que vous a-t-il fait jurer ? demanda Zachary, suspendu aux lèvres de la jeune femme.

— Cela n'a pas d'importance, murmura Holly. J'ai dit oui, comme j'aurais dit oui à n'importe quoi, pour le soulager. Et il m'a embrassée pour la dernière fois. Un peu plus tard, sa respiration a changé et le docteur a dit que c'était le début de l'agonie. J'ai serré George contre moi et il est mort dans mes bras.

Zachary relâcha le cou de la jeune femme et remonta le drap sur ses épaules.

— Je suis désolé, murmura-t-il, ne sachant trop quoi dire.

— Après, je lui en ai voulu, confessa Holly, qui avait de nouveau agrippé le poignet de Zachary. Mais cela, je ne l'ai jamais dit à personne.

— Pourquoi lui en vouloir ?

— Parce que George ne s'est pas battu. Il s'est laissé glisser dans la mort, a accepté son sort... comme un parfait gentleman. Et moi, je suis restée seule derrière. Ce n'était pas dans sa nature de se battre. Je n'aurais pas dû l'en blâmer. Mais c'était plus fort que moi.

« Moi, je me serais battu, songeait Zachary. Je me serais battu pied à pied pour rester avec Rose et vous. »

La jeune femme esquissa un timide sourire.

— Maintenant... vous savez quelle vilaine femme je suis.

Zachary resta penché au-dessus d'elle, à la regarder s'enfoncer dans le sommeil. Lady Holly était la plus merveilleuse femme qu'il ait jamais connue. Et il n'avait désormais qu'un désir : la protéger assez pour lui éviter de connaître à nouveau le chagrin. Il avait beau essayer de combattre les sentiments qu'elle lui inspirait, une tendresse diffuse se répandait dans tout son être. Et l'envie de sortir pour s'oublier dans les bras d'une autre femme avait complètement disparu. Il voulait rester ici, dans cette chambre obscure, à veiller sur le sommeil de lady Holland Taylor, tandis qu'elle rêvait à son défunt mari.

Mû par une soudaine impulsion, il s'empara de la main de la jeune femme et la porta à ses lèvres pour lui embrasser doucement la paume. Rien ne lui avait jamais paru plus agréable que la texture soyeuse de sa peau contre ses lèvres.

Il reposa délicatement la main de la jeune femme sur le drap, puis, après un dernier regard, quitta la chambre. Tout bien considéré, il fallait qu'il sorte. Qu'il change d'air. Qu'il abandonne pour la soirée sa propre maison, où il se sentait piégé.

Maud l'attendait dans le couloir, la mine anxieuse.

— Où est Rose ? lui demanda sèchement Zachary.

— Dans le salon, à jouer avec Mme et Mlle Bronson, expliqua Maud, qui, s'armant de courage, ajouta : Si je puis me permettre, monsieur, qu'avez-vous fait pour rester aussi longtemps dans la chambre de lady Holland ?

— Je l'ai violée dans son sommeil, rétorqua Zachary, du ton le plus sérieux possible.

— Monsieur Bronson ! s'exclama la domestique, outrée. C'est vilain de me dire ça.

— Rassurez-vous, Maud, je me suis contentée de rester auprès de lady Holland jusqu'à ce qu'elle s'endorme. Vous devriez savoir que je préférerais me trancher la gorge plutôt que de faire du mal à votre maîtresse.

La jeune femme hocha la tête.

— Oui, monsieur. Je le sais.

La réponse de la servante troubla Zachary. Ses sentiments pour Holly commençaient-ils à être si visibles que cela ? « Nom d'un chien ! » songea-t-il, furieux, avant de se ruer vers l'escalier, plus que jamais pressé de s'enfuir.

9

Londres regorgeait de clubs masculins adaptés à toutes les clientèles. Il y avait des clubs pour les amateurs de sport, pour les buveurs, les joueurs, les politiciens ou les hommes d'affaires. Des clubs pour les très riches, pour les nouveaux riches, pour les bien nés. Zachary avait été invité à faire partie d'une demi-douzaine d'entre eux, tous fréquentés par d'honorables entrepreneurs. Mais il n'avait eu envie d'en rejoindre aucun. Il voulait intégrer un club qui ne désirait pas le recevoir. Un club fréquenté majoritairement par des aristocrates et dont la plupart des membres étaient là parce que leurs parents et leurs grands-parents en faisaient déjà partie. Finalement, Zachary avait jeté son dévolu sur le club *Marlow*, qui remplissait toutes ces conditions.

Au *Marlow*, un habitué n'avait qu'à claquer dans ses doigts pour obtenir ce qu'il désirait – un verre, une portion de caviar ou une femme. Le service était impeccable, les marchandises toujours de première qualité. Et la discrétion, absolue.

Même la façade du club se remarquait à peine. C'était un immeuble banal de St James Street – une des rues les plus huppées de la ville – que rien ne distinguait de ses voisins. L'intérieur, en revanche, était luxueux. Et excessivement anglais : de l'acajou partout, des tentures cramoisies, du cuir sur les sièges. Une atmosphère typiquement masculine, conçue pour que tout homme s'y sente parfaitement à son aise.

Le *Marlow* était aussi l'un des clubs les plus fermés qui soit. Il avait fallu trois ans à Zachary pour y entrer. Et encore avait-il seulement réussi à se faire admettre non pas comme « membre », mais comme « invité permanent ». Ce « privilège », Zachary l'avait obtenu par la ruse : trop d'aristocrates, désormais, voyaient leur fortune intimement mêlée à la sienne dans différents investissements pour oser lui mettre des bâtons dans les roues. Ils redoutaient trop qu'il leur fasse volontairement perdre leur mise, par l'une de ces manœuvres financières dont il avait le secret.

Zachary se moquait bien que les membres du *Marlow* l'aient accueilli parmi eux à contrecœur. Au contraire, il prenait un malin plaisir à leur infliger sa présence de temps à autre. Et à savourer devant eux sa victoire, qui servirait à d'autres après lui. Et c'était bien ce que craignaient les aristocrates : que les cercles les plus huppés de la société soient peu à peu envahis par des arrivistes et qu'un jour leur noble naissance ne suffise plus à les distinguer du commun des mortels.

Assis près de la cheminée, ce soir-là, Zachary contemplait le feu d'un œil vague et mélancolique. Malgré son désir de s'amuser, il ne pouvait s'empêcher de repenser à la migraine de lady Holland. Il était plongé dans ses réflexions quand un groupe de trois jeunes hommes s'approcha. Deux s'installèrent dans des fauteuils à côté de celui de Zachary, le troisième resta debout, une main posée sur la hanche, dans une posture arrogante. Zachary se tourna vers ce dernier et ne put réprimer une grimace de mépris. Lord Booth, comte de Warrington, était un jeune imbécile qui n'avait d'autre qualité à revendiquer que son haut lignage. Depuis la mort récente de son père, Warrington avait hérité du titre familial, des deux propriétés qui y étaient attachées, mais aussi d'une montagne de dettes, dont la plupart lui étaient directement imputables. Le vieux comte de Warrington, malade, n'avait pas eu la force d'empêcher la folie dépensière de son fils. Aujourd'hui encore, Warrington continuait de mener grand train et s'entourait en permanence de compagnons vivant à ses crochets, mais qui flattaient sa vanité.

— Bonsoir, Warrington, marmonna Zachary en inclinant à peine la tête.

Il salua également les deux autres, Turner et Enfield, sans plus d'enthousiasme.

— Bronson, quel plaisir de vous voir ! répondit le jeune comte d'un ton trop mielleux pour être sincère.

Warrington était grand, mince avec un long visage étroit – typiquement aristocratique.

— Le club a été privé de votre présence, ces dernières semaines, reprit-il. On raconte que vous étiez retenu par… hum… une nouvelle situation à votre domicile.

— À quelle situation faites-vous allusion ? demanda Zachary, bien qu'il le sût pertinemment.

— Eh bien, tout Londres est au courant que vous avez en la personne de l'exquise lady Holland une nouvelle amie… très chère. Permettez-moi de vous féliciter de votre choix. Vous avez témoigné en l'occurrence, même si c'est assez surprenant, d'un goût très sûr. Compliments, mon cher.

— Il n'y a pas lieu à compliments, répliqua sèchement Zachary. Ma relation avec lady Holland Taylor n'est pas intime et ne le deviendra pas.

Warrington haussa négligemment les sourcils, comme s'il était convaincu qu'on lui mentait grossièrement.

— Lady Taylor réside sous votre toit, Bronson. Nous prendriez-vous pour des idiots ?

— Sous le même toit que ma mère et ma sœur, précisa Zachary d'une voix calme, bien que la colère commençât à couver sous son apparent détachement. Et elle habite avec nous pour nous instruire.

Warrington éclata d'un rire narquois.

— Oh, je ne doute pas qu'elle vous ait appris des tas de choses. La meilleure façon de conduire une lady au lit, par exemple.

Les compagnons de Warrington s'esclaffèrent.

Zachary restait assis et montrait la même façade parfaitement calme, bien qu'il fût bien près de laisser exploser sa rage. Il venait de faire une nouvelle découverte : quiconque s'attaquait à lady Holland lui inspirait des envies de meurtre. Il s'était douté que le contrat signé avec la jeune femme déclencherait des ragots. Holly, la première, avait pressenti que sa réputation en souffrirait. À l'époque, cette idée n'avait guère inquiété Zachary – il était trop impatient d'obtenir ce qu'il désirait. Mais maintenant, cela le fâchait considérablement.

— Retirez votre commentaire, Warrington, dit-il. Et ajoutez-y une excuse, par la même occasion.

Warrington sourit, visiblement ravi d'avoir touché un point sensible.

— Et si je n'en fais rien ?

— Je vous l'arracherai de la bouche, répliqua Zachary d'une voix glaciale.

— Eh bien, battons-nous, répliqua Warrington, comme s'il n'attendait que cela depuis le début. Si je vous bats, vous me promettez de ne plus jamais remettre les pieds dans ce club. Et si vous me battez, je retirerai mes paroles et je m'excuserai.

— Autre chose, ajouta Zachary, fixant le bouton de col de la redingote de Warrington qui était orné d'un superbe diamant d'au moins deux carats. Si je gagne, je prendrai votre bouton de redingote par-dessus le marché.

Warrington paraissait perplexe.

— Étrange requête, mon cher. Pourquoi vouloir un bouton ?

— Disons que je le garderai en souvenir.

Le jeune comte secoua la tête d'un air abasourdi, comme s'il avait le sentiment d'avoir affaire à un fou.

— Bon, c'est entendu. Demain matin vous convient-il ?

150

— Non, répliqua Zachary sans hésiter.

Il n'avait aucune envie que Warrington et ses comparses ébruitent dans toute la ville la nouvelle du duel et en profitent pour salir l'honneur de lady Holly. Il fallait conclure immédiatement.

Se relevant, les poings serrés par anticipation, il ajouta :

— Nous allons nous battre tout de suite. Dans la cave du club.

La tournure que prenaient les événements parut déstabiliser Warrington.

— Il me faut un minimum de préparation. Un combat organisé et une bataille de rue ne sont pas la même chose, même si vous ne saisissez pas forcément la nuance.

— Ce que je comprends surtout, c'est que vous voudriez accorder le plus de publicité possible à l'événement. Et m'expulser du *Marlow*. Vous avez une chance, Warrington. Mais il faudra la prendre ici et maintenant. Sinon, je vous déclarerai forfait.

Warrington n'eut d'autre choix que de se résigner.

— Enfield, demanda-t-il à l'un de ses compagnons, acceptez-vous d'être mon second ?

Son ami hocha vigoureusement la tête, comme s'il était fier d'avoir été choisi.

Warrington se tourna vers son autre compagnon :

— Turner, cela veut dire que vous serez le second de Bronson.

Turner, un gros garçon rougeaud, faisait triste mine. Manifestement, la perspective d'être le second de Bronson – ce qui l'obligerait à rester dans un coin du ring, pour l'encourager et l'assister – ne l'enthousiasmait guère.

Bronson lui décocha un sourire narquois.

— Ne vous inquiétez pas, milord. Je peux me passer de second.

Mais à la surprise des quatre hommes, une nouvelle voix s'immisça dans la conversation :

— Moi, je veux bien être votre second, Bronson. Si vous êtes d'accord.

Zachary se retourna et vit un gentleman s'approcher tranquillement. Il était grand, mince, blond, un très bel homme à la prestance parfaitement aristocratique. Mais Zachary ne se souvenait pas de l'avoir déjà vu au *Marlow*.

— Lord Blake de Ravenhill, se présenta-t-il.

Zachary serra la main que l'autre lui tendait en songeant que ce nom lui disait quelque chose. Ravenhill... Ravenhill... Holly avait prononcé ce nom tout à l'heure, dans sa demi-inconscience. Ravenhill avait été le meilleur ami de George. S'agissait-il du même homme ? Pourquoi se portait-il volontaire pour assister Zachary ? Et que pouvait-il bien penser de savoir la veuve de George désormais employée par un roturier tel que lui ? Zachary avait beau scruter les yeux gris de Ravenhill, il ne parvenait pas à deviner ses intentions.

— Pourquoi m'offrir votre aide ? demanda-t-il sans ambages.

— Mes raisons ne regardent que moi.

Zachary n'était pas plus avancé. Il hocha cependant la tête.

— Très bien. Alors, allons-y.

Des têtes se tournèrent et des journaux se plièrent au passage de l'étrange procession. Comprenant ce qui se préparait, plusieurs membres du club abandonnèrent leur siège et suivirent les cinq hommes vers l'escalier qui menait à la cave. Tandis qu'ils descendaient les marches, Zachary surprit quelques bribes des paroles que s'échangeaient à voix basse Warrington et ses compagnons.

— Vous êtes inconscient de vouloir vous battre contre lui, murmura Turner.

— Il ne connaît rien aux techniques de la boxe, riposta Warrington, sûr de lui. Ce n'est qu'un lutteur de foire.

Zachary ne put s'empêcher de sourire. Warrington connaissait sans doute par cœur les règles de la boxe et il avait probablement pratiqué de longues années l'art pugilistique dans les salles fréquentées par les aristocrates. Mais cela ne pesait pas d'un grand poids en regard de l'expérience que Zachary avait accumulée en se battant dans les rues. Il s'était battu pour de l'argent. Pour se nourrir et nourrir sa famille. La boxe lui avait été un moyen de survivre. Pour Warrington, ce n'était qu'un sport.

— Ne le sous-estimez pas, lui chuchota Ravenhill, comme s'il avait deviné les pensées de Zachary. Warrington possède une droite fulgurante et il est beaucoup plus rapide qu'on ne l'imagine. Je me suis battu plusieurs fois contre lui à Oxford et il a toujours eu le dessus.

Ils atteignirent la cave, qui était froide et humide. Les murs étaient tapissés de casiers de bouteilles, mais il restait suffisamment de place pour organiser un combat.

Tandis que Zachary et Warrington se débarrassaient de leur redingote et de leur chemise, les deux seconds traçaient sur le sol de terre battue les limites du ring. Puis Ravenhill rappela les règles élémentaires :

— Un round cesse dès qu'un des deux combattants touche terre. À la fin de chaque round, les combattants retourneront dans leur coin et auront droit à trente secondes de repos avant de revenir à l'attaque. Si l'un des deux combattants mettait volontairement un genou à terre, il serait immédiatement déclaré forfait. Est-ce bien clair, messieurs ?

— Oui, répondirent d'une même voix Zachary et Warrington, qui se tournaient le dos tandis qu'ils achevaient de se dévêtir.

Ravenhill tendit le bras pour récupérer les vêtements de Bronson, qu'il plia comme l'aurait fait un valet, avant de les poser sur un casier à bouteilles.

Quand les deux combattants se retournèrent, torse nu, pour s'affronter, Warrington écarquilla les yeux de stupeur.

— Bonté divine ! s'exclama-t-il. Mais il est taillé comme un lion !

Zachary était habitué à ce genre de commentaires. Il savait qu'il avait une musculature digne d'un gladiateur ou d'un docker. Sans parler des cicatrices qui lui couturaient la peau en plusieurs endroits. Warrington, par contraste, semblait incarner la grâce.

Ravenhill sourit pour la première fois.

— Je crois me souvenir qu'on avait surnommé Bronson « le Boucher », informa-t-il Warrington. C'est bien cela ? ajouta-t-il en se tournant vers Zachary.

Zachary ne se sentait pas d'humeur à plaisanter. Il se contenta de hocher la tête.

Ravenhill reporta son attention sur Warrington :

— Je pense pouvoir persuader M. Bronson de renoncer à ce combat si vous acceptez de retirer immédiatement vos propos insultants au sujet de lady Holland.

Warrington secoua la tête dédaigneusement.

— Je n'ai aucun respect pour une dame couchant sous son toit.

Ravenhill jeta un regard d'encouragement à Bronson. Apparemment, toute insulte contre lady Holly l'offensait au moins autant que Zachary.

Les deux combattants prirent leurs marques et attendirent que Ravenhill donne le signal de début. Warrington ouvrit les hostilités avec un direct du gauche, suivi d'un uppercut du droit. Le direct atteint son but, mais pas l'uppercut. Cependant, les deux compagnons de Warrington crièrent leur jubilation, déjà convaincus de voir leur champion remporter le combat.

Pour l'heure, Zachary laissait Warrington mener la danse. Il se contentait de se protéger, tandis que l'autre lui assenait une série de coups de poing dans les côtes. Certains coups portaient, mais Zachary avait l'habitude d'encaisser et supportait bien la douleur. En attendant, Warrington se fatiguait.

Quand son adversaire, luisant de sueur, esquissa un sourire victorieux, persuadé que l'issue était proche, Zachary commença à se déchaîner. Il décocha à Warrington une série de coups de poing en pleine face dont la violence inattendue fit tomber l'autre à la renverse.

— Fin du premier round ! annonça Ravenhill.

Zachary retourna dans son coin et sécha la sueur qui coulait sur son front d'un revers de bras.

— Tenez, lui dit Ravenhill, en lui tendant une serviette propre.

Et pendant que Zachary s'essuyait le visage, il ajouta :

— Ne jouez pas trop longtemps avec lui, Bronson. Inutile de prolonger ce combat outre mesure.

Zachary lui rendit la serviette.

— Qu'est-ce qui vous fait penser que je m'amuse avec lui ?

— Il me paraît évident que c'est vous qui déciderez de l'issue du combat. Mais conduisez-vous en gentleman et ne l'abîmez pas trop.

Les trente secondes réglementaires s'étaient écoulées. Zachary reprit ses marques pour le deuxième round, mais il était contrarié que Ravenhill ait vu clair dans son jeu. Zachary avait effectivement prévu de donner une bonne leçon à Warrington en l'humiliant lentement, mais sûrement. Ravenhill, au contraire, l'encourageait à mettre rapidement fin au combat et à laisser Warrington s'en sortir sa fierté sauve. Zachary avait beau savoir qu'un vrai gentleman se serait conduit de la sorte, il n'avait aucune envie de se comporter en gentleman avec un petit goujat de l'espèce de Warrington.

Warrington repartit au combat avec une vigueur renouvelée, décochant dès les premières secondes une série d'uppercuts qui atteignirent Zachary au menton. Mais cette fois, Zachary ne laissa pas l'autre s'essouffler. Il répondit aussitôt d'un crochet du gauche, puis les deux hommes se retrouvèrent pris dans un corps à corps. Ils se bourrèrent mutuellement de coups de poing, jusqu'à ce que Warrington, atteint à la mâchoire, tombe à terre.

Enfield sonna la fin du deuxième round et les deux adversaires regagnèrent leur coin.

Zachary s'essuya à nouveau le visage. Il savait que le lendemain, il serait couvert d'hématomes – Warrington l'avait atteint à l'œil gauche, au menton et au front. Tout bien considéré, Warrington n'était pas si piètre boxeur que cela. Et il avait la rage de gagner. Pour autant, Zachary ne nourrissait pas la moindre inquiétude sur l'issue du combat.

— Bon travail, se contenta de lui murmurer Ravenhill.

Zachary faillit lui rétorquer qu'il n'avait pas besoin de ses encouragements, mais il réussit à garder son sang-froid et à rester concentré sur son adversaire.

Le troisième round fut plus expéditif que les deux précédents. Warrington restait combatif, mais Zachary savait qu'il ne tiendrait pas la distance. Plutôt que de le laisser s'épuiser inutilement, il lui décocha une combinaison de coups droits et de coups gauches qui l'envoyèrent bouler au sol.

Warrington tenta de se redresser, s'ébroua comme pour s'éclaircir les idées, puis retomba lourdement. Turner et Enfield lui crièrent de se relever, mais il secoua la main.

— Je ne peux pas, marmonna-t-il.

Enfield voulut alors l'aider, mais Warrington refusa son aide.

Zachary avait prévu d'abîmer un peu plus son adversaire, mais de voir Warrington le visage tuméfié et qui semblait éprouver des difficultés à respirer calma soudain son ardeur vengeresse.

— Le combat est terminé, murmura Warrington, les lèvres enflées. Bronson a gagné.

Après avoir rassemblé ses forces, Warrington se décida finalement à se relever pour se planter face à son adversaire.

— Je présente mes excuses à lady Holland, dit-il, ignorant la mine effondrée de ses compagnons. Je retire tout ce que j'ai dit à son sujet.

Et, se tournant vers Enfield, il ajouta :

— Coupez le bouton de ma redingote et donnez-le-lui.

— Mais que va-t-il en faire ? voulut savoir Enfield.

— Je m'en moque, répliqua Warrington. Donnez-lui ce fichu bouton.

Puis revenant à Zachary, il lui tendit la main :

— Bronson, vous n'êtes pas beau à voir, mon vieux. À nous deux, on ferait peur aux passants.

Zachary fut surpris par la tournure amicale que l'autre donnait soudain à la conversation et lui serra chaleureusement la main. Ce geste signifiait que Warrington reconnaissait Zachary, sinon comme son égal, du moins comme quelqu'un qui méritait de faire partie du même club que lui.

— Vous avez une sacrée droite, répliqua Zachary. Comme j'en ai rarement rencontré dans ma carrière d'ancien boxeur.

Warrington sourit, visiblement flatté par le compliment.

Zachary revint ensuite vers Ravenhill. Il s'essuya une dernière fois, puis remit sa chemise, non sans difficultés.

— Laissez-moi vous aider, proposa Ravenhill, alors qu'il peinait à enfiler sa redingote.

Zachary secoua la tête avec irritation. Il détestait être touché par d'autres hommes, ce qui l'avait d'ailleurs conduit à se passer des services d'un valet.

Ravenhill sourit, amusé.

— Vous avez un fichu caractère, dit-il. Je me demande comment lady Holland arrive à vous supporter ? Elle que j'ai connue si timide, si réservée... Il y a encore trois ans, elle n'aurait jamais pu travailler pour vous. Vous l'auriez terrifiée.

— Elle aura changé, grommela Zachary. Ou vous ne la connaissiez pas aussi bien que cela.

Ravenhill s'assombrit soudain et sa réaction inspira à Zachary des sentiments contradictoires. Un mélange de triomphalisme – parce que Holly vivait désormais chez lui et que Ravenhill n'y pouvait rien – et de jalousie – parce que cet homme avait connu Holly avant lui, et pendant plus longtemps.

Zachary termina d'enfiler sa redingote et se passa une dernière fois la serviette sur le visage.

— Merci, Ravenhill. Je devrais vous avoir pour second chaque fois.

Les deux hommes échangèrent un regard qui n'était ni tout à fait hostile ni franchement amical. Zachary comprit que Ravenhill n'était pas ravi du parcours suivi par Holly. Il était vraisemblablement outré que la veuve de son meilleur ami se fût abaissée à travailler pour un roturier.

« Tant pis pour lui, songea Zachary, sentant son instinct de propriétaire se réveiller soudain. Elle est à moi, dorénavant. Et personne n'y pourra rien. »

*
* *

Vingt-quatre heures après le début de sa migraine, Holly avait suffisamment recouvré de forces pour quitter son lit, même si elle n'était pas encore parfaitement rétablie. C'était le début de soirée. L'heure où, d'ordinaire, les Bronson se rassemblaient dans le grand salon en attendant que le dîner soit servi.

— Où est Rose ? demanda tout de suite la jeune femme, tandis que Maud lui empilait des oreillers dans le dos, pour l'aider à se redresser.

— En bas, avec M. Bronson, sa mère et sa sœur. Ils se sont tous très bien occupés d'elle pendant que vous dormiez. Mlle Elizabeth a joué avec elle et M. Bronson a annulé son rendez-vous de ce matin, en ville, pour l'accompagner à poney.

— Oh, il n'aurait pas dû ! se récria Holly. Ce n'est pas à lui d'abandonner ses affaires pour s'occuper de ma fille.

— Il a insisté, milady. Et vous savez comment il est quand il a décidé quelque chose.

Holly soupira.

— Oui, je sais.

Et, passant une main sur son front encore douloureux, elle ajouta :

— Oh, je suis tellement désolée d'avoir causé un surcroît de travail à tout le monde...

— Allons, milady, ne vous donnez pas une autre migraine. Les Bronson sont très heureux de s'occuper de votre fille et Rose s'est bien amusée. Avez-vous faim ? Voulez-vous que je vous monte une collation ?

— Merci, mais je vais plutôt descendre dîner avec les autres. Je suis déjà restée trop longtemps au lit. Et je veux voir ma fille.

Avec l'aide de Maud, Holly prit un bain et revêtit une robe de soie marron toute simple. Comme elle avait toujours légèrement mal à la tête, elle se contenta de coiffer ses cheveux en arrière et de les faire tenir par deux épingles. Puis, après avoir vérifié son apparence dans le miroir, elle descendit au rez-de-chaussée.

Les Bronson étaient déjà tous là. Accroupi sur le tapis du salon, Zachary jouait avec Rose tandis qu'Elizabeth leur lisait à haute voix des petites histoires. Paula, lovée dans un coin du sofa, tricotait en regardant les autres d'un air serein. Tout ce petit monde semblait vibrer à l'unisson, comme une seule famille.

— Bonsoir, dit la jeune femme, un sourire d'excuse aux lèvres.

— Maman ! s'exclama Rose en se précipitant dans les jupes de sa mère. Tu es guérie !

159

Holly lui caressa les cheveux.

— Oui, ma chérie. Pardonne-moi de m'être reposée si longtemps.

— Je me suis bien amusée pendant que tu dormais, répliqua la fillette, qui entreprit de lui narrer ses multiples activités de la journée.

Tandis que Rose poursuivait son babillage, Elizabeth prit la main de la jeune femme et l'escorta jusqu'au sofa, s'inquiétant de son état. Puis Paula insista pour étendre sur les genoux de Holly une couverture en laine.

— Oh, merci madame Bronson, vous êtes très gentille. Mais ce n'est pas la peine de vous donner tout ce mal…

Entre-temps, Bronson s'était approché du sofa. Sentant son regard rivé sur elle, Holly leva les yeux.

— Monsieur Bronson, je…

Elle s'interrompit brutalement. Il avait un œil enflé et des ecchymoses sur le menton, le front et les joues.

— Mon Dieu! Que vous est-il arrivé?

Rose le prit de vitesse pour répondre.

— M. Bronson s'est battu, maman, dit-elle, avec toute l'importance d'une enfant fière d'annoncer une grande nouvelle. Et il a rapporté ça pour moi, ajouta-t-elle en exhibant le bouton orné d'un diamant.

Holly examina le bouton avec curiosité. Le diamant était vrai. Et énorme. Médusée, elle contempla tour à tour Elizabeth et Paula, qui ne pipaient mot, puis Bronson, dont le regard était étrangement inexpressif.

— Vous n'auriez pas dû offrir à Rose un objet d'une telle valeur, monsieur Bronson. Et d'abord, à qui appartenait ce bouton? Et pourquoi vous êtes-vous battu?

— J'ai eu une altercation avec un membre de mon club.

— Pour une affaire d'argent? Ou de femme?

Bronson haussa nonchalamment les épaules, comme si le sujet n'avait guère d'importance.

Un pesant silence s'était abattu dans la pièce. Holly échafauda diverses hypothèses, avant d'avoir soudain une illumination.

— À cause de moi ? murmura-t-elle.

Bronson balaya d'une pichenette une poussière imaginaire sur sa manche.

— Pas du tout.

Holly commençait à le connaître suffisamment pour savoir qu'il mentait.

— Si, c'était à cause de moi. Quelqu'un vous aura fait une remarque déplaisante et au lieu de l'ignorer, vous avez déclenché une bagarre. Oh, monsieur Bronson, comment avez-vous pu ?

Voyant qu'elle était furieuse, alors qu'il s'était sans doute attendu à quelque exclamation admirative de sa part, Bronson eut un rire narquois.

— Auriez-vous préféré que je laisse un co…

Il s'interrompit à temps pour corriger son langage, d'autant que Rose ne perdait pas une miette de leur conversation.

— Auriez-vous préféré que je laisse un goujat répandre des mensonges sur votre compte ? Il fallait lui clore le bec et je m'en suis chargé.

— La seule et unique façon de répondre à une remarque offensante est de l'ignorer, rétorqua Holly d'un ton pincé. En réagissant comme vous l'avez fait, vous pouviez donner l'impression à certaines personnes que la remarque n'était pas totalement infondée. Au lieu de vous battre pour défendre mon honneur, vous auriez dû opposer un sourire dédaigneux à l'auteur des insultes. C'était le meilleur moyen de lui faire comprendre que notre relation n'avait rien de scandaleux.

— Mais, milady, pour vous, je serais prêt à me battre contre le monde entier, répliqua Bronson en retrouvant son ton facétieux.

Elizabeth soupira lourdement.

— Mon frère se jetterait sur n'importe quel prétexte pour se battre. C'est un petit coq. Il adore se servir de ses poings.

— Eh bien, il va nous falloir changer cela, répliqua Holly en coulant un regard si noir à Bronson qu'il éclata de rire.

Une domestique vint annoncer que le dîner était prêt. Rose bondit sur ses pieds.

— La cuisinière a fait du gigot ! s'exclama-t-elle. Mon plat préféré. Viens, Lizzie, dépêchons-nous !

Elizabeth, tout sourire, prit la main de la fillette dans la sienne et quitta le salon. Paula posa ses aiguilles pour les suivre. Holly fut plus longue à se relever. L'idée du gigot lui avait subitement donné la nausée. C'était l'un des effets secondaires indésirables de ce merveilleux médicament qui l'aidait à surmonter ses migraines : il lui coupait l'appétit.

La jeune femme avait un instant fermé les yeux, pour se reprendre. Quand elle les rouvrit, elle aperçut Bronson penché sur elle.

— Ça ne va pas ? demanda-t-il, alarmé par sa soudaine pâleur.

— Je me sens encore un peu faible, murmura la jeune femme. Je pense que cela ira mieux quand j'aurai mangé quelque chose.

— Laissez-moi vous aider.

Il lui tendit le bras et elle s'y agrippa pour se relever. Depuis leur leçon de danse, Holly éprouvait l'étrange sensation que tenir le bras de Bronson était pour elle le geste le plus naturel qui fût.

— Merci, murmura-t-elle.

Puis, sentant que sa coiffure se relâchait, la jeune femme porta instinctivement la main à sa nuque. Les deux épingles prévues par Maud ne suffisaient pas à contenir sa lourde chevelure et le seul fait d'y mettre la main précipita la chute de l'édifice.

— Oh, mon Dieu ! s'exclama-t-elle, rouge de confusion.

Aucune lady ne se montrait jamais les cheveux défaits devant un homme – sauf s'il s'agissait de son mari, bien sûr.

— Excusez-moi, ajouta-t-elle à l'adresse de Bronson. Je vais arranger cela tout de suite.

Dans sa confusion, elle n'osait pas le regarder. Mais elle le sentit lever la main et crut qu'il voulait l'aider. Au lieu de cela, il lui enserra délicatement les poignets, lui interdisant tout geste.

Holly était horrifiée.

— Monsieur Bronson, je vous en prie… mes cheveux… lâchez-moi…

Ignorant ses protestations, Bronson continuait de lui maintenir doucement les poignets. Les doigts de Holly s'ouvraient et se fermaient convulsivement dans le vide.

Zachary était fasciné par le spectacle de cette cascade de boucles qui descendaient pratiquement jusqu'aux reins de la jeune femme. Mais voyant que Holly était écarlate, il finit par lui libérer les poignets. La jeune femme recula de quelques pas, Zachary la suivit.

Elle s'humecta les lèvres, cherchant désespérément quelque chose à dire pour briser le silence oppressant qui s'était installé entre eux.

— Maud… Maud m'a dit que vous étiez venu dans ma chambre, hier soir, après que j'ai pris mon remède.

— Je m'inquiétais pour vous.

— Vos intentions étaient sans doute louables, mais votre geste était déplacé. Je n'étais pas en état de recevoir de la visite. Je ne me souviens même pas de votre venue, ni… ni des propos que nous avons tenus.

— Nous n'avons pas parlé. Vous dormiez.

— Oh !…

Reculant toujours, Holly venait de heurter le mur.

— Zachary… souffla-t-elle.

Elle n'avait pas prémédité de l'appeler par son prénom – qu'elle n'avait jamais utilisé, même en pensée. Mais cela lui avait échappé. Cette intimité imprévue la troubla – et lui aussi, sans doute, car il ferma les yeux un instant et quand il les rouvrit, ses prunelles brillaient d'un éclat particulier.

— Je ne me sens plus tout à fait moi-même, murmura la jeune femme, en manière d'excuse. Mon remède… me rend un peu…

— Chuuut.

Bronson avait pris une mèche de ses cheveux entre ses doigts, comme dans un rêve, Holly le vit la porter à ses lèvres et y déposa un baiser. Elle crut que ses jambes allaient se dérober sous elle. Elle était méduser par la tendresse de ce geste et la délicatesse avec laquelle Bronson remettait maintenant sa boucle en place.

Mais, troublée par le désir qu'elle lisait dans son regard, la jeune femme commença à s'alarmer.

— Ils doivent nous attendre… dit-elle dans un souffle.

Bronson ne semblait pas l'entendre. « Il va m'embrasser », songea Holly. Et elle se rendit compte, avec un soulagement mêlé de remords, qu'elle en avait terriblement envie.

— Maman ?

La voix de Rose brisa brutalement le silence. La fillette était revenue voir pourquoi sa mère et M. Bronson n'arrivaient pas à table.

— Qu'est-ce que vous faites, tous les deux ?

— Mes… mes cheveux se sont défaits, ma chérie, expliqua Holly d'une voix qui lui semblait provenir de très loin. M. Bronson m'aidait à les recoiffer.

La fillette sembla satisfaite de l'explication.

— Dépêchez-vous ! leur cria-t-elle, avant de repartir vers la salle à manger. J'ai faim !

Le dîner se passa comme à l'ordinaire, sinon que Zachary se trouva étrangement peu d'appétit. Il se tenait au bout de la table et n'avait pas pu ne pas remarquer que Holly s'était assise le plus loin possible de lui. Il réussit cependant l'exploit de tenir avec les autres convives une conversation anodine, alors qu'il ne demandait qu'à être seul avec la jeune femme.

Le diable l'emporte! Non seulement elle lui avait coupé l'appétit, mais Zachary pressentait aussi qu'il aurait du mal à dormir. Pour autant, il n'avait aucune envie de sortir, ce soir. Toutes ses pensées n'avaient qu'un seul objet : lady Holly. La simple perspective de passer la soirée à converser bien sagement avec elle dans un salon lui paraissait autrement plus excitante qu'une nuit de débauche dans les lieux de perdition de la capitale. La jeune femme avait le don d'éveiller ses pulsions. Il ne pouvait pas la regarder un peu fixement sans ressentir aussitôt un brûlant désir lui fouailler les reins.

Cependant, Zachary savait bien que ce n'était pas ce soir qu'ils se retrouveraient en tête à tête à badiner pendant que toute la maison s'enfonçait tranquillement dans le sommeil. Holly était à l'évidence épuisée. Du reste, elle attendit à peine que le dîner soit terminé pour sortir de table et monter s'enfermer dans sa chambre.

En revanche, Paula s'attarda plus que de coutume. Alors que les autres étaient déjà partis, elle resta à siroter son thé, tandis que Zachary buvait un verre de cognac. Elle portait une robe de soie bleue, très fine, et le collier de perles que son fils lui avait offert à Noël dernier. Zachary aimait voir sa mère vêtue comme une dame. Il n'oublierait jamais les pauvres haillons qui lui avaient tenu lieu de vêtements durant leurs années de misère. Maintenant qu'il avait largement de quoi subvenir à ses besoins, il voulait qu'elle ne manque de rien.

Il n'ignorait pas que Paula n'était pas très à l'aise dans sa nouvelle condition. Elle aurait préféré habiter un cottage tout simple et se passer de domestiques. Mais Zachary tenait à ce qu'elle ait désormais l'existence d'une reine.

— Tu as quelque chose à me dire, maman, lança-t-il en reposant son verre sur la table. Je le vois à ton expression. Veux-tu me reprocher, toi aussi, de m'être battu pour lady Holly?

— Ce n'est pas tant le fait de t'être battu, répliqua Paula.

Elle serrait sa tasse de thé entre ses doigts en regardant son fils avec un mélange d'affection et de reproche.

— Tu es un bon garçon, Zach, sous tes dehors un peu sauvages, reprit-elle. Et tu as bon cœur. C'est pourquoi j'ai toujours tenu ma langue quand tu invitais sous ce toit des personnages peu recommandables, sans parler des femmes de petite vertu. Mais cette fois, je ne peux plus garder le silence.

Zachary haussa les sourcils, attendant la suite.

— Il s'agit de lady Holly…

— Oui ?

Paula soupira.

— Tu ne pourras jamais avoir cette femme, Zach. Il faut que tu te la sortes de l'esprit, sinon, tu vas te rendre malheureux. Et ruiner sa réputation.

Zachary se força à rire, mais son rire sonnait faux. Sa mère avait beau manquer d'éducation, c'était une femme intelligente et perspicace.

— Je n'ai nullement l'intention de ternir sa réputation. Je ne l'ai même pas touchée.

— Une mère sait à quoi s'en tenir sur son fils, insista Paula. Je vois comment tu te comportes avec elle. Tu peux peut-être le cacher au reste du monde, mais pas à moi. Et tu as tort de t'entêter, Zach. Lady Holly n'est pas pour toi.

— Et pourquoi cela ?

Paula sembla soupeser longuement sa réponse.

— Toi, moi et même Lizzie possédons une sorte de force intérieure qui nous a permis de résister à des années de pauvreté. Mais lady Holly n'est pas de la même étoffe. Et si elle devait se remarier, il lui faudrait un époux qui soit de son monde. Un parfait gentleman, comme l'était son premier mari. Tu n'en seras jamais un, Zach. Je sais que certaines dames fort titrées ne sont pas insensibles à tes charmes. Contente-toi de celles-là et laisse lady Holly en paix.

— Tu ne l'aimes pas ? s'inquiéta Zachary.

Paula le regarda, incrédule.

— Au contraire, je l'aime beaucoup ! C'est la jeune femme la plus charmante et la plus gracieuse que je connaisse. Et sans doute la plus authentique lady que j'aie jamais rencontrée. Si je ne l'aimais pas, justement, je ne te dirais pas toutes ces choses-là.

Dans le silence qui suivit, Zachary s'appliqua à finir son verre de cognac à petites lampées. Sa mère n'avait pas tort, sur le fond. Et s'il avait cherché à discuter, cela l'aurait obligé à formuler à voix haute des sentiments qu'il n'avait même pas encore osé s'avouer. Aussi se contenta-t-il de hocher la tête, pour signifier à sa mère une sorte d'assentiment tacite.

— Oh, Zach, murmura Paula d'une voix où perçait toute sa tendresse maternelle. Si seulement tu savais te contenter de ce que tu as…

— Je n'en prends pas le chemin.

— Il doit y avoir un mot pour définir les hommes dans ton genre, qui cherchent toujours à monter plus haut… mais je ne le connais pas.

Zachary lui sourit.

— Je ne le connais pas non plus, maman. En revanche, j'en vois un qui pourrait s'appliquer parfaitement à toi.

— Lequel ? demanda Paula, soudain soupçonneuse.

Zachary se releva pour venir déposer un baiser sur le front de sa mère.

— Sage, dit-il.

— Ça veut dire que tu vas suivre mon conseil à propos de lady Holly ?

— Je serais sans doute idiot de ne pas le suivre, n'est-ce pas ?

— Ce n'est pas une réponse, insista Paula.

Mais Zachary éclata de rire et quitta la pièce sans rien ajouter.

10

Au cours des semaines qui suivirent l'épisode de sa migraine, Holly constata divers changements chez les Bronson. Notamment dans l'attitude des domestiques. Même si leur service laissait encore parfois à désirer, on aurait juré qu'ils mettaient maintenant un point d'honneur à accomplir correctement leur travail. Les leçons prodiguées par Holly aux Bronson n'étaient sans doute pas étrangères à ce bouleversement.

— Je comprends vos réticences, madame Bronson, dit un jour la jeune femme, alors qu'une domestique venait de leur servir du thé à peine chaud accompagné de gâteaux trop cuits. Mais vous devez tout renvoyer. Ces négligences sont inacceptables.

— Ils travaillent déjà tellement, protesta Paula. Je ne veux pas les accabler. D'autant que ça n'est pas dramatique. Le thé reste buvable et les gâteaux mangeables.

— Non, insista Holly. Vous n'allez quand même pas me faire croire que vous aimez les gâteaux charbonneux ?

— Alors, c'est vous qui allez tout renvoyer, lui suggéra Paula.

— Madame Bronson, vous devez apprendre à diriger vos domestiques.

— Je n'y arrive pas, avoua Paula.

Puis, étreignant soudain la main de la jeune femme, elle ajouta :

— Vous savez, j'ai commencé par ramasser des chiffons dans les poubelles, pour les revendre. J'étais plus bas dans l'échelle sociale que la plus modeste des servantes de cette maison. Et ils le savent tous. Alors comment pourrais-je leur donner des ordres ?

Holly se sentait une vraie tendresse pour cette femme dont elle comprenait la timidité envers tout ce qui n'était pas sa famille. Paula Bronson avait connu la pauvreté si longtemps qu'elle n'arrivait toujours pas à s'habituer à l'opulence dans laquelle elle vivait désormais. Le luxe du décor qui l'entourait, ses belles et coûteuses toilettes, les mets raffinés qu'on lui servait... tout cela ne cessait de lui rappeler ses humbles origines. Cependant, il n'était plus possible de revenir en arrière. Zachary avait élevé sa famille à un degré de richesse inégalé. Il fallait que Paula parvienne à s'y adapter, sinon sa nouvelle vie ne lui apporterait aucun plaisir.

— Vous n'avez plus besoin de faire les poubelles pour manger, répliqua Holly d'une voix posée. Maintenant, vous êtes une femme influente. La mère de Zachary Bronson. Et d'Elizabeth. Ce n'est pas rien. Vous avez élevé deux merveilleux enfants sans l'aide de personne. Rien que pour cela, vous êtes digne de l'admiration de tous.

Étreignant à son tour la main de la vieille dame, Holly déclara :

— Vous méritez qu'on vous respecte. Alors, imposez ce respect, si c'est nécessaire. En particulier de la part de vos domestiques. Et commencez par renvoyer ce damné plateau !

Paula redressa les épaules en signe de détermination.

— Bon, d'accord. Je vais le faire.

Et elle s'empressa de tirer le cordon de la sonnette, avant de changer d'avis.

Dans l'intention d'améliorer encore les rapports entre les Bronson et leurs domestiques, Holly organisa chaque matin une réunion avec la gouvernante, Mme Burney, et elle insista pour que Paula et Elizabeth soient présentes, malgré leurs réticences. Paula n'osait pas donner le moindre ordre à sa gouvernante et Elizabeth s'intéressait fort peu aux sujets domestiques.

— Une véritable lady doit être capable de diriger sa maison, leur expliqua Holly. Chaque matin, il est important de vous entretenir quelques minutes avec Mme Burney afin d'établir les menus de la journée ou d'organiser certaines tâches particulières, comme le nettoyage des tapis ou de l'argenterie. Et par-dessus tout, vous devez superviser les comptes de la maison et veiller à ce que tous les achats nécessaires à son bon fonctionnement soient faits en temps et en heure.

— Je pensais que Mme Burney était précisément chargée de s'occuper de tout cela, objecta Elizabeth.

— C'est effectivement son rôle, mais la gouvernante ne doit agir que sous vos ordres, rectifia Holly.

Au grand étonnement des Bronson mère et fille, leurs efforts furent récompensés au-delà de leurs espérances. Même si Paula ne perdit pas totalement de sa timidité, elle prit d'autant plus d'assurance qu'elle voyait ses ordres exécutés promptement.

L'autre changement notable concernait le comportement du maître de maison lui-même. Les jours passant, Holly s'aperçut que Zachary Bronson ne s'esquivait plus comme autrefois, le soir, pour aller s'encanailler à Londres. Sans s'aventurer à dire qu'il s'était amendé, la jeune femme en conclut cependant qu'il se sentait plus calme et sans doute plus en paix avec lui-même. Leurs rapports aussi changèrent. Il n'y avait plus de regards équivoques, de discussions provocatrices ou de gestes ambigus. Durant leurs leçons, Bronson s'appliquait à écouter ce que Holly lui enseignait avec beaucoup de respect. Même pendant les cours de danse, sa conduite restait irréprochable. Mais au grand désespoir de la jeune femme, Bronson le gentleman était encore plus séduisant que Bronson la brute. Plus elle le connaissait, plus elle découvrait ce qu'il cachait sous ses dehors parfois cyniques, et plus elle l'admirait.

Bronson consacrait beaucoup de temps à aider les pauvres. Pas seulement en se montrant charitable, mais surtout en les guidant dans leurs projets et en permettant aux plus débrouillards d'entre eux de s'en sortir. Contrairement à nombre d'hommes fortunés, Bronson s'identifiait parfaitement avec les classes laborieuses. Il connaissait leurs besoins, leur mode de vie, leurs principaux soucis, et il ne ménageait pas son énergie pour leur venir en aide. Il avait même commencé à entretenir des hommes politiques d'un projet qui lui tenait à cœur : la réduction du temps de travail à dix heures par jour. Dans ses propres usines, il avait aboli le travail des enfants et organisé des caisses communes qu'il alimentait largement et qui permettaient de verser des pensions aux veuves ou aux personnes âgées.

La plupart des autres employeurs du pays se refusaient à l'imiter, prétextant qu'ils n'avaient pas les moyens de se permettre une pareille « générosité ». Mais la fortune de Bronson ne cessant de croître, de plus en plus d'esprits éclairés trouvaient là un exemple prouvant qu'un traitement humain des ouvriers, loin de constituer une dépense supplémentaire, aiderait au contraire à l'enrichissement général. Les aristocrates, en revanche, étaient plus réservés. Beaucoup d'entre eux considéraient que Bronson, en contribuant à réduire l'écart entre les classes sociales, leur ferait perdre, à terme, une partie de leur autorité naturelle. Aussi, la plupart en étaient-ils à souhaiter sa chute.

Holly comprenait bien que, malgré tous ses efforts, Bronson ne serait jamais accueilli à bras ouverts dans la bonne société, mais simplement toléré. Elle était désolée à l'idée qu'il puisse se marier à une héritière désargentée, qui ne l'aimerait que pour son argent et le mépriserait dans son dos. Si seulement il existait quelque part une jeune femme courageuse qui puisse partager son combat pour les nobles causes et soit prête à l'épouser d'abord pour sa vigueur et son intelligence...

Holly avait pensé le présenter à ses trois jeunes sœurs. Mais la perspective de voir Zachary Bronson courtiser l'une d'entre elles l'avait plongée dans une affliction qui ressemblait fort à de la jalousie. Du reste, ses sœurs étaient trop jeunes pour un homme aussi arrogant et autoritaire. À certains moments, il fallait savoir montrer un caractère bien trempé en face de lui.

En matière de toilettes féminines, par exemple.

Un jour, Holly avait prévu de conduire Paula et Elizabeth chez sa propre couturière, afin de lui passer commande de modèles plus élégants que ceux qu'elles portaient habituellement. Avant leur départ, Bronson avait pris Holly à part.

— Vous devriez vous faire faire de nouvelles robes, par la même occasion, lui avait-il conseillé. Je commence à me lasser de vous voir toujours porter des couleurs sombres. Commandez le nombre de modèles qu'il vous plaira. Je me chargerai de régler la facture.

Holly l'avait contemplé, stupéfaite.

— Alors non seulement vous critiquez ma garderobe, mais en plus, vous m'insultez en me proposant de me payer mes vêtements !

— Je ne pensais pas que vous le prendriez comme une insulte.

— Vous savez très bien qu'un gentleman ne doit rien acheter à une lady qui n'est pas son épouse. Pas même une paire de gants.

— Eh bien, dans ce cas je déduirai le montant de votre salaire, avait-il proposé, avant d'ajouter, avec un sourire enjôleur : Une femme telle que vous mérite de porter les plus belles robes. J'aimerais vous voir en vert jade, en jaune. Ou même en rouge.

Cette dernière idée devait beaucoup lui plaire, car il avait précisé :

— Je ne pourrais imaginer plus beau spectacle au monde que de vous voir dans une robe rouge.

Holly ne s'était pas laissé amadouer par la flatterie.

— Je n'ai pas l'intention de me commander de nouvelles robes et je vous serais reconnaissante de ne plus aborder ce sujet. Une robe rouge, franchement ! Avez-vous seulement pensé à ce qu'il adviendrait de ma réputation ?

— Elle est déjà ternie. Alors autant que vous profitiez enfin de la vie.

La provocation était énorme, et il semblait s'amuser d'avance de la réaction de Holly.

— Oh ! Espèce de...

— De goujat ?

— Exactement ! Vous êtes un odieux goujat.

Comme Holly aurait dû s'y attendre, Bronson ne tint aucun compte de son refus et lui commanda en cachette, chez sa couturière, qui connaissait donc déjà ses mensurations, un assortiment de nouvelles toilettes.

Le jour où la commande arriva, Holly constata qu'il ne s'était pas arrêté aux robes, mais avait également acheté des chaussures, des gants et des chapeaux assortis à chacune d'entre elles.

— Je ne porterai rien de tout cela, décréta Holly, furieuse, derrière la pile de cartons qui la cachait presque. C'est de l'argent gâché en pure perte. Je ne porterai pas un centimètre carré de tissu extrait de ces boîtes, vous m'entendez ?

Riant de sa colère, Bronson lui avait offert de brûler les cartons lui-même, si cela pouvait l'aider à retrouver le sens de l'humour.

Holly songea d'abord à donner ces vêtements à ses sœurs, qui avaient sensiblement la même taille qu'elle. Mais les jeunes filles étaient supposées porter essentiellement du blanc. Or, Bronson avait commandé une garde-robe de femme.

En privé, Holly n'avait pu se retenir d'ouvrir les cartons pour admirer les somptueuses toilettes, si différentes de tout ce qu'elle avait porté depuis la mort de George. Les couleurs étaient chatoyantes, le style moderne, et chaque robe avait été conçue pour mettre en valeur celle qui la porterait.

Il y avait là, comme l'avait promis Bronson, une robe vert jade. Une autre parme, idéale pour la promenade. Une bleu lavande, pour le matin. Et aussi une jaune, ornée de roses brodées.

Et puis il y avait la robe rouge. Une robe du soir, toute en soie, à la coupe si élégante et impeccable que Holly en fut presque chagrinée à l'idée qu'elle ne serait jamais portée. De sa vie, elle n'avait vu toilette plus somptueuse. Si elle avait été d'un coloris plus discret, Holly l'aurait volontiers acceptée en cadeau – et tant pis pour ses principes. Mais là, c'était impossible. C'était un rouge écarlate, rendu encore plus lumineux par les flamboiements de la soie. Bronson avait sans doute fait exprès de choisir une nuance de rouge que la jeune femme ne pourrait jamais porter. De même qu'il lui avait commandé un plein plateau de petits-fours, il aimait la tenter et la voir ensuite se débatte misérablement avec sa conscience.

Mais pas cette fois. Holly n'essaya même pas la plus sage des robes. Elle demanda à Maud de les ranger dans une armoire en attendant de trouver une idée pour en disposer.

— Voilà, monsieur Bronson, murmura la jeune femme en fermant l'armoire à clé d'un geste assuré. Sachez que vous ne m'aurez pas toujours par la tentation.

Près de quatre mois avaient passé depuis l'installation de Holly chez les Bronson et le moment était venu de mettre en pratique ses leçons d'étiquette. Ce soir-là devait avoir lieu le bal chez les Plymouth. La réception marquerait l'entrée officielle d'Elizabeth dans le monde. Et Zachary profiterait également de l'occasion pour montrer à la bonne société qu'il savait désormais se conduire en parfait gentleman. Holly bouillait de fierté et d'impatience. Elle espérait que les Bronson surprendraient pas mal de gens ce soir.

Sur sa suggestion, Elizabeth portait une robe blanche, très simple, avec deux vraies roses, l'une piquée sur son corsage et l'autre dans son chignon. Ainsi parée, la jeune fille était ravissante, et sa minceur conjuguée à sa haute taille lui donnaient une allure royale. Pour tout bijou, elle n'arborait qu'une seule perle, montée sur une chaîne d'or. Zachary avait pourtant offert à sa sœur, ces dernières années, maints joyaux de prix. Mais Holly avait décidé que les diamants, les saphirs ou les émeraudes ne convenaient pas à une jeune fille célibataire.

— Cette chaîne sera amplement suffisante, déclara Holly en l'attachant autour du cou de la jeune fille. Restez simple et gardez vos pierres précieuses pour quand vous serez aussi vieille que moi.

Elizabeth croisa le regard de la jeune femme dans le miroir de sa coiffeuse.

— À vous entendre, on croirait que vous êtes décrépite ! s'écria-t-elle en riant. Alors que vous êtes si belle, ce soir !

— Merci, Lizzie.

Holly étreignit affectueusement les épaules de la jeune fille, avant de se tourner vers Paula.

— Puisque nous en sommes aux compliments, permettez-moi de vous dire que vous êtes très en beauté, vous aussi.

Paula, qui portait une robe de satin vert sapin et un magnifique collier de perles, esquissa un sourire, malgré sa nervosité. On voyait bien que la vieille dame aurait préféré rester tranquillement chez elle plutôt que de se rendre à une soirée mondaine.

Elizabeth non plus n'était pas à son aise.

— J'ai un trac effroyable, avoua la jeune fille, qui s'était relevée. J'ai peur de commettre un faux pas dont tout le monde se gaussera.

— Ne vous inquiétez pas, tout se passera très bien. Ce n'est qu'une habitude à prendre. Plus vous fréquenterez de soirées comme celle-ci et plus cela vous paraîtra facile.

— Personne ne m'invitera à danser. Et puis, on voit bien que je ne suis pas habituée à porter des toilettes...

— Vous êtes ravissante, la coupa Holly. Vous avez aussi beaucoup de grâce, et votre famille est immensément riche. Croyez-moi, vous n'allez pas faire tapisserie. Je pressens plutôt que les cavaliers vont se bousculer devant vous.

Après un dernier regard au miroir, les trois femmes descendirent au rez-de-chaussée. Bronson les attendait dans le hall. Si le smoking a tendance à mettre en valeur la plupart des hommes, celui que portait Bronson, dont la coupe parfaite épousait la silhouette athlétique, lui rendait particulièrement justice. De ses cheveux sombres, impeccablement disciplinés, à la pointe de ses souliers cirés, il apparaissait comme un vrai gentleman, et cependant, de manière indéfinissable, il gardait une aura de virilité à l'état brut.

Bronson admira d'abord Elizabeth.

— Tu es resplendissante, Lizzie, dit-il avec un sourire de fierté. Je ne t'ai jamais vue aussi jolie. Je suis sûr que tu quitteras ce bal en laissant un sillage de cœurs brisés derrière toi.

— Je crains plutôt que ce ne soient des pieds écrasés, répliqua la jeune fille. Si toutefois des cavaliers sont assez inconscients pour m'inviter à danser.

— Ils voudront tous danser avec toi, la rassura son frère.

Puis il se tourna vers Paula et la complimenta à son tour, avant de poser les yeux sur Holly.

Après toutes les leçons de courtoisie qu'elle lui avait données, la jeune femme s'attendait qu'il émette un commentaire poli sur son apparence. En pareilles circonstances, un gentleman se devait de toujours flatter une lady. Du reste, Holly se savait à son avantage. Elle avait revêtu sa robe préférée, un pur chatoiement de soie gris clair à manches bouffantes. Maud l'avait ensuite aidée à ramener ses boucles rebelles en un chignon souple dont s'échappaient seulement quelques volutes qui se recourbaient, à dessein, derrière ses oreilles. Pour terminer, Holly avait choisi dans ses bijoux un rang de perles monté sur argent, des boucles d'oreilles assorties et un bracelet de diamants.

Mais le compliment qu'espérait la jeune femme se faisait attendre. Bronson la contemplait de la tête aux pieds sans mot dire.

— Vous comptez sortir comme ça ? lâcha-t-il finalement.

— Zach ! s'exclama sa mère, épouvantée, tandis qu'Elizabeth le fusillait du regard.

Holly était partagée entre déception et colère. Jamais encore un homme ne s'était montré aussi désobligeant sur son apparence. Holly se piquait du reste de posséder un certain sens du style et de l'élégance. De quel droit ce rustre se permettait-il de critiquer sa tenue ?

— Nous nous rendons à un bal, lui fit-elle observer d'un ton glacial. Et il se trouve que c'est une robe de bal. Oui, monsieur Bronson, je compte sortir comme cela.

Ils se défièrent du regard, sans plus se soucier de la présence des autres. Sans tarder, Paula entraîna Elizabeth à l'écart, sous prétexte qu'elle croyait avoir taché son gant.

— Qu'avez-vous, exactement, contre cette robe ? voulut savoir Holly.

— Rien, grommela Bronson. Si vous avez décidé de montrer à la terre entière que vous portez toujours le deuil de George, elle est parfaite.

Holly se sentit à la fois offensée et vexée.

— Ma robe est parfaitement convenable pour un bal. Elle ne vous plaît pas tout simplement parce qu'elle ne fait pas partie de celles que vous m'avez achetées. Vous vous imaginiez vraiment que j'allais les porter ?

— Considérant que c'était la seule alternative pour ne plus vous habiller en deuil, je le pensais, effectivement.

C'était leur première vraie dispute. Certes, il leur était déjà arrivé de s'accrocher, à plusieurs reprises même. Mais c'était toujours plus ou moins sur le mode de la provocation. Et non sans un certain humour. Là, ce n'était pas le cas. Et Holly sentait la colère la gagner. George ne se serait jamais permis de lui parler de manière aussi brutale. D'ailleurs, George avait toujours trouvé parfaite sa façon de s'habiller.

Elle décida de mettre les choses au point.

— Ce n'est pas une robe de deuil. On jurerait que vous n'avez jamais vu de robe grise de votre vie. Vous avez sans doute passé trop de temps dans les maisons closes pour remarquer ce que portent les femmes convenables.

— Pour moi, c'est une robe de deuil, un point c'est tout.

— Bon, eh bien, admettons. De toute façon, cela ne vous regarde pas. J'ai parfaitement le droit de décider de m'habiller en deuil pour les cinquante années à venir.

Bronson haussa les épaules d'un air d'indifférence, sachant que cela ne ferait qu'accroître la colère de la jeune femme.

— Après tout, vous avez raison. Mais ne vous étonnez pas si les gens vous prennent pour un corbeau.

— Un corbeau ! répéta Holly en manquant de s'étrangler.

— Je n'ai jamais été du genre à apprécier qu'on fasse étalage de son chagrin, surtout en public, poursuivit Bronson, sans se soucier de son air outré. Je considère qu'il est plus méritoire de garder ses sentiments pour soi. Mais peut-être avez-vous terriblement besoin de gagner la sympathie des autres pour...

— Vous franchissez les bornes de l'indécence ! le coupa Holly, qui ne se souvenait pas d'avoir jamais été aussi furieuse de sa vie.

Comment osait-il prétendre qu'elle se servait de son deuil pour s'attirer la sympathie des gens ? C'était une façon détournée de laisser entendre que son chagrin pour George n'était pas sincère. Elle avait envie de le frapper, de l'étrangler, mais elle se retint en voyant que sa rage semblait l'amuser.

— Comment pourriez-vous connaître quoi que ce soit au deuil ? répliqua-t-elle d'une voix mal assurée. Vous n'aimerez jamais quelqu'un comme j'ai aimé George. Vous êtes incapable d'offrir votre cœur en partage. Peut-être cela vous procure-t-il un sentiment de supériorité, mais moi, je trouve cela navrant.

Refusant d'écouter sa réponse, ne supportant même plus sa présence, la jeune femme l'abandonna là et remonta l'escalier aussi rapidement que sa lourde robe le lui permettait, sans se soucier des regards anxieux de Paula et d'Elizabeth.

Zachary resta planté à l'endroit où la jeune femme l'avait laissé. Il était le premier surpris par la violence d'une querelle qu'il n'avait pas vue venir et encore moins préméditée. Au contraire, il avait été tout heureux de voir Holly descendre l'escalier avec sa mère et sa sœur… jusqu'à ce qu'il réalise qu'elle était habillée en gris. Il avait aussitôt compris que la jeune femme passerait sa soirée à regretter que George ne fût plus à ses côtés, et il n'avait aucune envie de lutter contre un fantôme pour tenter d'imposer sa présence. Cette robe grise avait produit sur lui l'effet d'un chiffon rouge agité devant les yeux d'un taureau. N'était-il donc pas possible qu'il ait un peu Holly pour lui, au moins l'espace d'une soirée, sans la présence de ce chagrin insistant qui dressait un mur invisible entre eux ?

C'était ce que Zachary avait tenté de faire comprendre à la jeune femme. Mais, sous l'emprise de l'émotion, peut-être n'avait-il pas employé les mots qu'il fallait ? À la réflexion, il admettait avoir été un peu abrupt. Voire cruel.

— Que lui as-tu dit ? voulut savoir Paula.

Avant qu'il ait pu répondre, sa sœur s'en mêla :

— Félicitations, Zach. Il n'y a que toi pour gâcher la soirée de tout le monde en moins de trente secondes.

Les quelques domestiques qui avaient assisté à la scène se dispersèrent subitement pour vaquer à leurs occupations. Ils n'avaient visiblement aucune envie d'essuyer un éclat de leur maître. Et cependant, Zachary n'était plus en colère. Quand Holly l'avait quitté, il avait ressenti comme un grand froid intérieur. Il redoutait d'avoir braqué la jeune femme contre lui. Qu'elle en soit arrivée à le détester, qu'elle ne lui offre plus jamais la grâce de ses sourires et qu'elle le laisse encore moins la toucher.

— Je vais monter la voir, proposa Paula, plus maternelle que jamais. Mais avant, j'ai besoin de savoir ce que vous vous êtes dit pour…

Zachary l'interrompit d'un geste de la main.

— Ne te mêle pas de cela, maman, s'il te plaît. C'est moi qui vais monter la voir. Je lui expliquerai…

Zachary s'interrompit brusquement en réalisant que, pour la première fois de sa vie, il redoutait d'affronter une femme. Lui qui s'était toujours moqué de l'opinion d'autrui à son sujet se sentait soudain terrassé par les paroles d'une frêle créature en jupons. Si Holly l'avait giflé ou même lui avait craché au visage, il en aurait sans doute été moins ébranlé. À *cela*, il était habitué. Et à *cela*, il pouvait survivre. Mais le mépris qu'il avait perçu dans la voix et dans le regard de la jeune femme, c'était autre chose…

— Je vais d'abord lui laisser une minute ou deux pour se calmer, décida-t-il.

— À en juger par la mine de lady Holland, je pense qu'il lui faudra plutôt deux ou trois jours avant d'être disposée à t'écouter, objecta Elizabeth.

Zachary n'eut pas le temps de répondre à sa sœur. Paula avait pris sa fille par le bras, pour l'entraîner vers le salon.

— Viens, Lizzie. Je pense qu'un petit remontant ne nous fera pas de mal.

Après leur départ, Zachary se rendit dans la bibliothèque, pour boire un verre en solitaire. Et même un deuxième, qu'il vida, comme le premier, d'un seul trait. Mais l'alcool ne réussit pas à venir à bout de ce froid qu'il ressentait tout au fond de lui. L'esprit en ébullition, il imaginait des dizaines d'excuses à présenter à la jeune femme. Il pouvait tout lui dire sauf la vérité : qu'il était jaloux de George Taylor et qu'il voulait qu'elle cesse de porter son deuil.

Zachary reposa son verre en étouffant un juron. Puis il quitta la bibliothèque et se dirigea vers l'escalier. Il commença à gravir les marches, mais ses pieds, soudain, semblaient peser des tonnes.

Holly rentra en trombe dans sa chambre. Se souvenant à temps que Rose dormait dans la pièce voisine, elle se retint de claquer la porte et s'adossa un moment au battant, pour reprendre son souffle. Pendant ces courts instants, elle revécut en pensée son altercation avec Zachary Bronson.

Le pire était qu'il n'avait pas entièrement tort. La robe qu'elle s'était choisie, en dépit de son élégance, pouvait facilement passer pour une robe de deuil – ou au mieux de demi-deuil. Et, après tout, c'était sans doute volontaire de sa part. Holly avait peur de rejoindre le monde sans George. D'abandonner, en quittant le deuil, le dernier vestige qui la reliait à son défunt mari. Déjà, elle considérait qu'elle ne pensait plus assez à lui. Souvent, elle se surprenait à prendre des décisions sans plus se demander ce que George en aurait pensé. Et cette nouvelle indépendance la terrifiait en même temps qu'elle la séduisait.

Ces quatre mois qui venaient de s'écouler lui avaient prouvé qu'elle n'était plus la veuve recluse que tout le monde croyait à jamais retirée du monde. Holly était en train de devenir une autre femme.

Perdue dans ses songes, la jeune femme n'avait même pas remarqué l'arrivée de Maud par la porte de service.

— Milady, quelque chose ne va pas ? Un bouton à recoudre ? Votre coiffure…

— Rien de tout cela, répliqua Holly.

Et, prenant une profonde inspiration pour maîtriser son émotion, elle ajouta :

— Il se trouve simplement que ma robe déplaît à M. Bronson. Il voudrait me voir porter une toilette évoquant moins le deuil.

Maud était sidérée.

— Il a osé…

— Oui, il a osé.

— Mais, milady, vous n'allez quand même pas lui donner satisfaction ?

Holly se défit de ses gants, qu'elle jeta rageusement sur le lit. Sa colère n'avait pas complètement disparu, mais elle était peu à peu remplacée par une excitation nouvelle.

— Je vais lui faire sortir les yeux de la tête, répliqua-t-elle. Et je vous promets qu'il va regretter d'avoir risqué un commentaire désobligeant sur ma toilette.

Maud la dévisagea curieusement. Elle n'avait encore jamais vu sa maîtresse en proie à un tel désir de vengeance féminine.

— Milady, hasarda-t-elle prudemment, vous n'avez pas l'air vous-même…

Holly s'était ruée vers l'armoire renfermant les robes offertes par Bronson. Elle l'ouvrit, en tira la robe écarlate et la posa sur le lit. Puis elle offrit son dos à Maud, pour qu'elle déboutonne sa robe.

— Dépêchez-vous, Maud. Aidez-moi à sortir de celle-ci.

Maud était de plus en plus médusée.

— Mais... mais, milady... vous comptez porter... *cette* robe ?

— Exactement, répondit Holly sans se démonter.

Comprenant que sa maîtresse ne changerait pas d'avis, Maud, quoique réticente, commença à déboutonner la robe grise. Il apparut ensuite que la chemise que Holly portait en dessous dépasserait du décolleté plongeant de la robe rouge. La jeune femme n'hésita pas une seconde à sacrifier sa chemise.

— Vous allez sortir sans chemise ? s'étrangla Maud.

— Je n'ai pas de chemise assez échancrée pour aller avec cette robe, répliqua Holly, qui avait déjà entrepris de passer la tenue écarlate.

Maud se précipita pour l'aider. Quand la robe fut enfilée, Holly vint se planter devant la glace pour juger de l'effet. La coupe ajustée de la robe ne laissait rien ignorer de sa silhouette. Mais, surtout, la jeune femme eut un choc. Elle n'avait jamais osé porter un rouge aussi vif, même du vivant de George. Cependant, ce coloris s'harmonisait parfaitement avec son teint. Et même si elle trouvait sa gorge trop exposée, Holly ressentait également un étonnant sentiment de légèreté et de liberté. C'était exactement le genre de robe dont elle rêvait, quand elle s'imaginait échappant à son existence monotone de veuve.

— Au bal de lady Bellemont, j'ai vu des ladies porter des robes encore plus osées que celle-ci, déclara-t-elle. Certaines offraient même tout leur dos aux regards. En comparaison, cette tenue est presque sage.

— Ce n'est pas son style qui est en cause, milady, trancha Maud. C'est sa couleur.

Holly continuait d'étudier son reflet dans le miroir. Elle en arriva à la conclusion que la robe était suffisamment spectaculaire en soi pour se passer d'ornementation supplémentaire. Elle retira donc son rang de perles, ses boucles d'oreilles et son bracelet de diamants pour ne conserver que son alliance.

— Maud, vous trouverez dans le salon, en bas, un bouquet de roses fraîches. Pourriez-vous m'en monter une, s'il vous plaît ?

La femme de chambre se dirigea vers la porte, mais au moment de saisir la poignée, elle se retourna :

— Milady, je vous reconnais à peine.

Holly retint son souffle.

— C'est un compliment, Maud ? Ou un reproche ? À votre avis, qu'aurait dit mon mari s'il avait été là ce soir ?

— Je pense que M. George aurait beaucoup aimé vous voir dans cette robe rouge, répondit Maud. Après tout, c'était un homme.

11

Arrivé devant la porte de Holly, Zachary frappa discrètement contre le battant. Pas de réponse. Il soupira et se demanda si la jeune femme n'était pas déjà couchée. Il aurait de toute façon dû s'attendre qu'elle refuse de lui ouvrir. Si seulement il avait su tenir sa langue ! Même s'il n'était pas un parfait gentleman, il n'ignorait certes pas qu'il n'aurait jamais dû émettre de commentaire défavorable sur la toilette de la jeune femme. À l'heure qu'il était, elle devait probablement sangloter dans un coin de sa chambre à…

Le battant s'ouvrit soudain à la volée et Zachary, qui s'apprêtait par acquit de conscience à frapper une seconde fois, en resta la main en l'air. Holly se tenait devant lui, dans une robe qui semblait de feu liquide.

Zachary s'agrippa au chambranle, les yeux hors de la tête. Son regard parcourut avidement la jeune femme de la tête aux pieds, s'arrêtant sur son décolleté si plongeant que ses seins jaillissaient presque du bustier de la robe. Il n'avait jamais vu de femme aussi déraisonnablement belle. Le froid intérieur qu'il ressentait quelques minutes auparavant disparut subitement, remplacé par le feu brûlant du désir. Tel du verre exposé trop rapidement à un brutal changement de température, son self-control menaçait dangereusement de voler en éclats.

— Cette robe vous convient-elle mieux, monsieur Bronson ?

Elle avait posé cette question d'un ton cinglant, preuve qu'elle était toujours furieuse contre lui. Incapable de parler, Zachary se contenta de hocher la tête. Mais puisqu'elle lui en voulait encore, pourquoi diable s'était-elle changée pour revêtir cette robe provocante ? Était-ce sa façon à elle de le punir ? D'une certaine manière, c'était réussi. Zachary la désirait tellement que c'en était presque douloureux. Rien ne lui paraissait plus important, en cet instant précis, que de porter la jeune femme jusqu'à son lit. Mais aurait-elle été consentante… ?

Holly le balaya du regard d'une manière très féminine.

— Venez, lui dit-elle en lui faisant signe d'entrer. Vos cheveux sont en désordre. Je vais vous aider à réparer cela avant notre départ.

Zachary s'exécuta, un peu surpris. Holly ne l'avait jamais invité dans sa chambre – il savait que ce n'était pas convenable. Décidément, cette soirée s'annonçait imprévisible.

Tandis qu'il suivait la jeune femme vers la coiffeuse, il se rappela soudain ce pour quoi il était ici.

— Lady Holly… commença-t-il, se raclant la gorge à plusieurs reprises avant de pouvoir continuer : Au sujet de ce que je vous ai dit tout à l'heure… Je… euh… je regrette.

— J'espère bien, que vous le regrettez, répliqua Holly d'une voix coupante, même si on n'y sentait plus vibrer la colère. Vous avez dépassé les bornes de l'arrogance et de la goujaterie. Mais, venant de vous, un tel comportement n'aurait pas dû m'étonner.

D'ordinaire, Zachary aurait opposé à ce genre de propos son habituel sourire sardonique. Cette fois, il se contenta de hocher humblement la tête, l'esprit entièrement occupé par ce qu'il avait sous les yeux.

— Asseyez-vous là, ordonna-t-elle en lui désignant la chaise devant la coiffeuse. Debout, vous êtes trop grand pour moi.

Elle s'empara de sa brosse à cheveux pendant que Zachary s'installait. Le supplice de celui-ci ne fit que redoubler : à présent, il avait face à lui, dans le miroir de la coiffeuse, le reflet des seins de la jeune femme. Et il sentait sa présence juste dans son dos…

— Moi aussi, je tiens à m'excuser, reprit-elle. Je regrette de vous avoir parlé de votre… incapacité à aimer. J'ai dit cela parce que j'étais furieuse. En réalité, je suis convaincue qu'un jour vous donnerez votre cœur à quelqu'un. Reste à savoir qui.

«Toi, songea Zachary. Toi.»

Était-elle aveugle à ce point, pour ne pas deviner le désir qu'elle lui inspirait ? Ou s'imaginait-elle qu'elle n'était rien de plus, à ses yeux, que les autres femmes avec qui il s'était contenté de coucher ?

Holly avait commencé à manier la brosse.

— Vous avez tous les cheveux rebelles, dans la famille, remarqua-t-elle. Il faut des dizaines d'épingles pour arriver à domestiquer les boucles d'Elizabeth.

Zachary était incapable de répondre. Le contact des doigts de la jeune femme dans ses cheveux lui était une autre torture.

— Voilà, dit-elle, après l'avoir soigneusement coiffé en arrière. Cela tient. Vous avez plus que jamais l'air d'un gentleman.

— Vous aviez déjà fait ça ? ne put s'empêcher de demander Zachary. Je veux dire, pour George ?

Holly tressaillit. Leurs regards se croisèrent dans la glace et il put lire de l'étonnement dans celui de la jeune femme.

— En fait, non, finit-elle par avouer avec un sourire. Mais George était toujours impeccablement coiffé. Jamais une mèche ne dépassait.

Bien entendu. Zachary aurait dû s'en douter. George Taylor avait été l'homme le plus parfait de la terre. Même ses cheveux étaient irréprochables.

Il se releva, puis attendit que la jeune femme enfile ses gants. Tout en l'observant, Zachary se demandait si les hommes mariés étaient ainsi autorisés à assister aux ultimes préparatifs de leurs épouses avant de sortir. La scène avait quelque chose de charmant et d'intime qui l'emplissait d'une étrange nostalgie.

Zachary fut brutalement tiré de ses pensées par un cri étouffé, dans son dos. Il se retourna. Maud venait de pousser la porte. Elle ouvrait des yeux comme des soucoupes.

— Oh, je... Excusez-moi... balbutia-t-elle, rougissante.

La rose qu'elle tenait à la main tomba sur le tapis.

— Entrez, Maud, lui dit Holly, comme si la présence de Zachary dans sa chambre était parfaitement banale.

Recouvrant ses esprits, la domestique ramassa la rose et l'apporta à sa maîtresse. Puis elle aida Holly à la piquer dans sa chevelure. La jeune femme jugea de l'effet dans le miroir et, satisfaite, se tourna vers Zachary.

— Nous pouvons y aller, monsieur Bronson.

Zachary était à la fois désolé et soulagé de sortir de la chambre. Il devait se battre avec lui-même pour contenir le désir qui le consumait. Lady Holly n'était pas une séductrice née et il avait conscience de son expérience limitée avec les hommes. Et cependant, c'était elle qu'il voulait. Si cela n'avait été qu'une question d'argent, il lui aurait acheté tout ce qu'elle désirait.

Malheureusement, les choses n'étaient pas aussi simples. En dépit de sa fortune, Zachary ne pourrait offrir à Holly une existence semblable à celle qu'elle avait connue avec George. Même à supposer qu'elle lui dise oui – miracle bien improbable –, il savait qu'elle ne tarderait pas à être déçue et finirait par le détester. Au bout d'un moment, elle ne pourrait plus supporter ses manières si peu raffinées, ne voudrait plus de lui dans son lit. Leur liaison tournerait immanquablement au désastre. Paula, au fond, avait raison. Mieux valait laisser lady Holly en paix et s'intéresser à une femme qui conviendrait mieux à sa nature.

Hélas ! c'était plus facile à dire qu'à faire…

Dans l'escalier, Zachary jugea utile de renouveler ses excuses :

— Milady, je regrette d'avoir été désobligeant à propos de votre façon de porter le deuil. Je n'avais aucun droit de vous parler ainsi…

Et, déglutissant péniblement, il ajouta :

— Me pardonnez-vous ?

Holly le dévisagea avec un sourire énigmatique.

— Pas encore.

Elle avait le regard insolent et Zachary se rendit compte qu'elle était ravie d'avoir le dessus.

— Alors qu'attendez-vous de moi pour me pardonner ?

— Je vous le ferai savoir en temps voulu, monsieur Bronson.

Sur ces mots, elle lui prit le bras et ils descendirent les dernières marches.

Holly fut presque surprise du succès rencontré par ses protégés au bal des Plymouth. Un succès dû d'abord à l'attitude des Bronson eux-mêmes. Toute modestie mise à part, Holly constatait que ses leçons avaient porté leurs fruits. Les Bronson étaient plus à l'aise dans la foule, se sentaient plus familiers avec le grand monde, et le grand monde, en retour, était impressionné.

— Ce M. Bronson a fait beaucoup de progrès, entendit-elle dire une douairière à une autre douairière. Je ne me serais pas doutée, jusqu'à ce soir, que ses manières progressaient aussi vite que sa fortune.

— Vous ne songeriez quand même pas à lui pour votre fille ? s'était récriée l'autre. Ce n'est qu'un roturier. Et d'extraction tout ce qu'il y a de plus commune.

— L'important est ce qu'il est aujourd'hui, avait répliqué la première. Et sa fortune, elle, est hors du commun.

— C'est vrai, avait concédé son amie en contemplant Bronson d'un air songeur.

Tandis que Bronson allait d'un groupe à l'autre, Holly resta en compagnie de Paula et d'Elizabeth. La jeune fille, comme prévu, était le centre de toutes les attentions. Avant même que les danses aient commencé, une dizaine de cavaliers étaient déjà sur les rangs. Son carnet de bal aurait été rempli en moins d'une heure si Holly ne lui avait conseillé d'y ménager quelques espaces libres.

— Vous aurez peut-être envie, à un moment, de vous reposer. Ou vous rencontrerez un gentleman avec qui vous souhaiterez danser.

Elizabeth avait acquiescé nerveusement, comme si tout cela la dépassait encore un peu. L'hôtel particulier des Plymouth accueillait ce soir-là près de cinq cents invités, tous plus titrés ou riches les uns que les autres. Il y avait, en joyaux et bijoux divers, de quoi payer plusieurs fois la rançon d'un roi. Pour la première fois depuis la mort de George, Holly appréciait de retrouver cette atmosphère de fête si étincelante. Mais pour Elizabeth, c'était entièrement nouveau.

— Tout me semble irréel, murmura la jeune fille, après qu'un autre gentleman fut venu s'inscrire pour une danse. Cette fête est si belle et tout le monde est si gentil avec moi… Faut-il donc qu'il y ait tant de jeunes gens désargentés, pour qu'ils aient tous tellement envie de mettre la main sur la fortune de Zach !

— Pensez-vous réellement que ce soit l'unique raison pour laquelle ils désirent danser avec vous ? demanda Holly avec un sourire entendu. Pour l'argent de votre frère ?

— Bien entendu.

— Certains des gentlemen qui vous ont approchée ne sont pas le moins du monde désargentés, l'informa Holly. Lord Wolriche, par exemple, ou le beau M. Barkham. Ils viennent l'un et l'autre de familles immensément riches.

— Alors pourquoi voudraient-ils danser avec moi ? interrogea Elizabeth, perplexe.

— Peut-être parce que vous êtes belle, élégante et pleine d'esprit, lui suggéra Holly, avant d'éclater de rire en voyant la mine incrédule de la jeune fille.

Un autre gentleman s'approchait déjà. Mais cette fois, les trois femmes le connaissaient bien. C'était le cousin de Holly, Jason Somers, l'architecte que Zachary avait engagé pour construire sa nouvelle maison. À chacune de ses visites, Elizabeth se mêlait à la conversation et n'hésitait pas à critiquer les options de M. Somers quand elles lui paraissaient insolites. En retour, l'architecte l'abreuvait souvent de ses sarcasmes. Holly avait fini par suspecter que ces deux-là, derrière leur jeu du chat et de la souris, cachaient une attirance mutuelle. Elle se demandait si Bronson était arrivé à la même conclusion qu'elle, mais n'avait pas encore osé aborder le sujet avec lui.

Quoique Bronson parût apprécier le travail de Somers et ses talents en tant qu'architecte, il n'avait en effet jamais exprimé le moindre commentaire, positif ou négatif, sur son caractère. Cependant, Holly ne voyait pas pourquoi Bronson n'aurait pas voulu de Jason Somers comme beau-frère. Jason était beau garçon, intelligent, promis à une grande carrière et issu d'une famille très respectable. Certes, il n'était pas très riche. Et il faudrait sans doute attendre plusieurs années avant que son métier lui rapporte les revenus qu'il méritait.

Jason salua Holly, Paula et Elizabeth avec une égale courtoisie, mais son regard s'appesantit sur Elizabeth, dont les joues avaient subitement pris des couleurs. Jason était très séduisant, en habit de soirée, et Holly remarqua qu'il semblait littéralement fasciné par Elizabeth. Elle se tourna vers Paula, pour voir si la vieille dame l'avait aussi noté. Paula lui retourna son regard avec une esquisse de sourire.

— Mademoiselle Bronson, demanda Jason à la jeune fille, sur un ton excessivement formel, appréciez-vous cette soirée ?

Elizabeth semblait tout à coup avoir les mains embarrassées avec son réticule et son carnet de bal.

— Oui, beaucoup, monsieur Somers.

— J'ai pensé vous approcher avant que votre carnet de bal ne soit déjà plein… À moins que ce ne soit déjà trop tard ?

— Hmm… Laissez-moi regarder.

Elizabeth ouvrit son carnet et le consulta sans se presser, comme si elle cherchait délibérément à faire durer le plaisir.

— Je pense pouvoir vous trouver une place, répondit finalement la jeune fille. Que diriez-vous de la deuxième valse ?

— Va pour la deuxième valse. J'ai hâte de découvrir si vos talents de danseuse sont plus développés que vos goûts en architecture.

En guise de réponse, Elizabeth se tourna vers Holly :

— Dois-je prendre cela pour un mot d'esprit, milady ?

Holly se retint d'éclater de rire.

— Je pense que M. Somers cherche à vous taquiner.

— Vous croyez ?

Et reportant son attention sur Somers, Elizabeth ajouta :

— Le procédé vous sert-il souvent pour attirer les jeunes filles, monsieur Somers ?

— Je ne cherche pas à en attirer tant que cela. Juste une, en fait.

Holly s'amusa de voir Elizabeth se demander si elle était précisément celle-là.

Entre-temps, Jason s'était tourné vers Paula pour lui demander si elle désirait quelque rafraîchissement. La vieille dame refusa poliment et le jeune homme s'adressa alors de nouveau à Elizabeth :

— Mademoiselle Bronson, puis-je vous escorter jusqu'au buffet, avant que le bal ne commence ?

Elizabeth hocha la tête et lui prit le bras en essayant de masquer sa nervosité.

Holly les suivit des yeux, songeant qu'ils formeraient un très beau couple. Avec sa fougue naturelle et son franc-parler, Jason était sans doute le candidat idéal pour convaincre Elizabeth qu'elle méritait d'être aimée pour elle-même.

— Regardez-les, murmura Holly à Paula. Est-ce qu'ils ne vont pas bien ensemble, tous les deux ?

Paula semblait partagée entre espoir et inquiétude.

— Milady, pensez-vous réellement qu'un garçon aussi raffiné voudrait de Lizzie pour épouse ?

— Tout homme possédant un tant soit peu de bon sens ne pourrait qu'être attiré par Elizabeth. Or, mon cousin n'est pas un idiot.

Lady Plymouth, une femme un peu replète mais fort joviale, s'approcha d'elles sur ces entrefaites.

— Ma chère madame Bronson ! s'exclama-t-elle en étreignant chaleureusement la main de Paula. Je ne voudrais pas vous priver de la compagnie de lady Holland, mais j'avais l'intention de vous présenter à quelques-unes de mes amies. Et nous pourrions nous arrêter au buffet, nous désaltérer. Je commence à mourir de soif.

Tout en parlant, lady Plymouth entraînait déjà Paula, qui jeta derrière elle un coup d'œil impuissant.

— Lady Holland, ça ne vous ennuie pas si…

— Allez-y, l'encouragea Holly. Je chaponnerai Elizabeth à son retour.

Holly se promit de remercier lady Plymouth à l'occasion. Un peu plus tôt, en privé, elle lui avait demandé de présenter Paula à quelques ladies qui seraient disposées à la recevoir.

— Mme Bronson est très timide, avait confié Holly. Mais c'est la femme la plus adorable que je connaisse, avec un grand bon sens et beaucoup de générosité. Si seulement vous pouviez la prendre sous votre aile…

Son appel avait manifestement été entendu. Lady Plymouth était elle aussi réputée pour son bon cœur.

Voyant que Holly se retrouvait seule, trois hommes convergèrent vers elle, de trois endroits différents. La jeune femme n'était pas dupe. Elle savait bien que sa robe lui valait auprès des hommes un succès qu'elle n'avait jamais connu auparavant.

— Non, merci, je ne compte pas danser ce soir, répondit-elle à chacun d'entre eux.

Aucun ne s'éloigna, cependant, malgré la fermeté de son refus. Deux autres leur succédèrent, portant chacun un verre de punch pour étancher sa soif. Et un troisième se présenta avec un plateau rempli de canapés.

Holly commençait à s'alarmer de tant d'attentions. Elle n'avait jamais été aussi courtisée, et par autant d'hommes à la fois. Lorsqu'elle était jeune fille, ses différents chaperons veillaient toujours à l'éloigner d'une compagnie de mâles trop insistants. Ensuite, en tant que femme mariée, George avait été là pour la protéger. Mais à présent, tout le monde savait qu'elle était libre, et vivait chez les Bronson. Son indépendance nouvelle, associée à sa robe flamboyante, lui conférait un indubitable pouvoir de séduction sur la gent masculine.

Mais soudain, Zachary Bronson, se frayant un chemin au milieu du petit attroupement, surgit devant elle. Il semblait furieux et Holly put constater qu'il en imposait aux autres hommes par sa seule présence physique.

Il la prit par le bras avec une possessivité presque brutale qui, loin d'offenser la jeune femme, lui procura au contraire un délicieux – quoique indécent – frisson d'excitation.

— Milady, puis-je vous parler un instant ?

— Oui, certainement.

Sans attendre, Bronson l'entraîna dans un recoin.

— Les hypocrites ! grommela-t-il. Et ils prétendent que je ne suis pas un gentleman ! Moi, au moins, je ne salive pas sur les femmes en public.

— Vous exagérez, monsieur Bronson. Je n'ai vu personne saliver.

— Et la façon dont vous regardaient ces enf...

— Surveillez votre langage, monsieur Bronson, le coupa la jeune femme, qui avait cependant du mal à s'empêcher d'éclater de rire.

Il était donc jaloux ? Cette idée, étrangement, la ravissait.

L'orchestre assemblé sur l'estrade accordait ses instruments. Les premières notes résonnèrent dans la salle.

— Le bal va commencer, s'écria Holly en prenant soudain un air affairé. Avez-vous pensé à vous inscrire sur le carnet de bal de plusieurs ladies ?

— Pas encore.

— Alors, dépêchez-vous de le faire. Commencez donc par les jeunes femmes qui sont là-bas : Mlle Eugenia Clayton et son amie lady Jane Kirkby. Ah ! n'oubliez pas non plus celle-ci, près du buffet : lady Georgina Brenton. Elle est fille de duc.

— Ai-je besoin d'une tierce personne pour être présenté ?

— Dans une réception comme celle-ci, normalement, oui. Mais le fait que vous figuriez parmi les invités est un gage suffisant de votre respectabilité. Souvenez-vous que votre conversation doit rester légère, ni trop sérieuse ni triviale. Parlez d'art, par exemple. Ou de vos magazines favoris.

— Je ne lis pas de magazines.

— Alors évoquez les personnalités publiques que vous admirez ou... Oh, et puis vous savez très bien badiner ! Vous l'avez fait des dizaines de fois avec moi.

— C'était différent, répliqua Bronson.

— Et pourquoi donc ?

— Nom d'un chien, je n'en sais rien.

— Ne prononcez aucun juron, par pitié. Et ne dites surtout pas de choses indélicates à ces jeunes filles.

L'orchestre attaqua la première danse. Holly poussa Zachary du coude.

— Allez-y. Et n'oubliez pas qu'un vrai gentleman s'intéressera d'abord aux malheureuses qui font tapisserie sur leurs chaises, plutôt que de se précipiter sur la jeune fille la plus courtisée de la soirée.

Zachary laissa échapper un soupir à fendre l'âme. Toutes les jeunes filles que lui avait désignées Holly le laissaient de marbre. Il rêvait certes de s'allier à l'héritière d'un grand nom, qui lui apporterait le prestige de sa lignée, mais il ne se voyait pas passer le restant de ses jours avec l'une de ces poupées trop lisses.

— Elles se ressemblent toutes, marmonna-t-il.

— Peut-être, mais elles sont pourtant toutes différentes, objecta Holly. Tenez, regardez la jeune fille, là-bas, assise près d'une colonne. Vous la voyez, avec ses cheveux bruns et sa robe bleue? Elle s'appelle Alice Warner. Je connais bien sa famille.

— Pourquoi est-elle assise toute seule?

— Alice a cinq autres sœurs et sa famille n'est plus assez riche pour leur offrir une dot convenable. Ce qui a refroidi l'ardeur de beaucoup de prétendants au mariage. Mais vous, cela vous importe peu.

Et poussant à nouveau Bronson du coude, elle ajouta :

— Allez donc l'inviter.

Il tenta vainement de résister.

— Qu'allez-vous faire, pendant ce temps?

— Je vais rejoindre votre mère au buffet. Maintenant, jetez-vous à l'eau.

Bronson lui coula un regard ironique, mais finit par obtempérer, avec la mine d'un condamné montant à l'échafaud.

Dès qu'il se fut éloigné, de nouveaux cavaliers potentiels fondirent sur Holly. Pour éviter d'être cernée une seconde fois, elle entama un repli stratégique vers le hall, avec l'idée de trouver refuge dans l'un des nombreux petits salons ouverts aux invités. Mais alors qu'elle tournait les talons, elle buta contre un homme à la stature presque aussi imposante que Bronson.

— Pardonnez-moi, s'empressa-t-elle de dire. Je m'apprêtais à…

La jeune femme s'interrompit en reconnaissant celui qu'elle venait de bousculer.

— Ravenhill !

Holly ne l'avait plus revu depuis les funérailles de George et l'émotion lui serrait la gorge. Ravenhill semblait plus grave, il avait un peu vieilli – il arborait au coin des yeux des petites ridules qui n'existaient pas autrefois –, mais il était toujours aussi bel homme. La maturité lui allait à merveille.

Les souvenirs, tout à coup, affluaient. Combien d'après-midi d'été n'avaient-ils pas passés, tous les trois, à converser gaiement sur la terrasse, en profitant du soleil. À combien de concerts n'avaient-ils pas assisté ensemble… Holly se rappelait aussi s'être amusée avec George à dresser le portrait de la femme idéale pour Ravenhill. Puis George était tombé malade et Ravenhill avait répondu présent, apportant son indéfectible soutien à Holly dans cette épreuve. De le revoir aussi subitement, après cette longue séparation, projetait brutalement la jeune femme plusieurs années en arrière. Pour un peu, elle se serait presque attendue à voir George surgir près d'elle, un verre de punch à la main. Mais il n'était plus là, bien sûr.

— Lady Plymouth m'avait prévenu que vous assisteriez à son bal, expliqua Ravenhill. C'est la seule raison qui m'ait moi-même décidé à venir.

— Cela faisait si longtemps… murmura Holly, la voix empreinte d'émotion.

Elle avait soudain envie de parler de George avec lui et qu'ils se racontent mutuellement leur vie au cours des trois années écoulées.

Ravenhill lui offrit son bras.

— Venez.

Holly s'empara de son bras sans réfléchir. Elle avait le sentiment de vivre un rêve. Ravenhill lui fit traverser le grand salon et ils sortirent dans le jardin. L'air embaumait, et des lampions accrochés dans les arbres, pour prolonger la fête, diffusaient leur douce lumière.

Désireux de s'isoler, ils marchèrent un peu, jusqu'à la lisière du grand parc sombre et silencieux, et s'assirent sur un banc de pierre.

Holly se tourna vers son compagnon. Quoique l'obscurité l'empêchât de discerner parfaitement ses traits, elle supposait qu'il ressentait la même impatience qu'elle-même à l'idée de renouer une vieille amitié. Cependant, quelque chose dans son attitude, alarma la jeune femme. Ravenhill semblait un peu mal à l'aise, comme s'il retenait un secret lourd à porter.

— Holly… murmura-t-il en la contemplant. Vous êtes plus belle que jamais.

Holly aurait pu volontiers lui retourner le compliment. Cependant elle préféra garder le silence.

— Comment va Rose ? demanda-t-il.

— Elle est en pleine forme. Ravissante, intelligente, pleine de vivacité. Comme j'aurais aimé que George puisse la voir grandir…

Ravenhill ne répondit rien. Il fixait un point invisible, très loin devant lui, et semblait en proie à une grande émotion.

— Ravenhill, reprit la jeune femme, après un long silence, pensez-vous encore souvent à George ?

Il hocha la tête avec un sourire désabusé.

— Le temps ne fait pas aussi facilement son œuvre que certains le prétendent. Oui, je pense encore beaucoup à lui. Avant sa mort, je n'avais jamais perdu quelqu'un d'aussi cher.

Holly ne comprenait que trop bien. Adolescente, elle s'était imaginé que son existence serait toujours aussi idyllique que celle qu'elle avait connue. Elle était trop immature, alors, pour se douter qu'un jour le destin se chargerait de la faire souffrir.

— À mes yeux, George incarnait le sens de l'honneur et de l'intégrité. Mon père, comme vous le savez, est un ivrogne. Et je ne porte pas non plus mes frères en très haute estime. Quant à mes camarades d'université, ce n'étaient pour la plupart que des dandys superficiels. George était le seul homme que j'aie vraiment admiré.

Holly, très émue, lui étreignit la main.

— Je sais, murmura-t-elle avec un sourire empreint de fierté. C'était un homme merveilleux.

— Après sa disparition, j'ai traversé un passage à vide. Rien n'apaisait mon chagrin. Pas même l'alcool. Dieu sait pourtant si j'ai bu! Et bien pire, encore. Puis je suis parti sur le continent, où je me suis livré aux pires dépravations. Sans plus de succès pour soulager mon cœur. Si vous m'aviez vu, au cours de ces trois dernières années, Holly, vous ne m'auriez pas reconnu. Mais plus je restais éloigné et plus j'avais honte. J'étais parti, vous laissant seule, alors que j'avais promis à George…

Holly posa l'index sur les lèvres de Ravenhill, pour endiguer le flot de paroles.

— Vous n'auriez rien pu faire pour moi, lord Blake. J'avais besoin de solitude.

La confession de Ravenhill l'avait bouleversée. Pas une seconde Holly n'aurait imaginé qu'il puisse se laisser aller à se conduire de manière peu digne d'un gentleman. Elle ne l'avait jamais vu boire. À ses yeux il incarnait la mesure et la réflexion. Son récit apportait en tout cas la preuve que chaque individu vivait le deuil à sa façon. Tandis qu'elle-même s'était cloîtrée dans son chagrin, Ravenhill avait choisi la débauche. Mais l'important était qu'il fût revenu. Holly était heureuse de le revoir enfin.

— Pourquoi ne m'avez-vous pas rendu visite? J'ignorais que vous étiez rentré du continent.

Ravenhill baissa piteusement les yeux.

— J'ai laissé passer trois longues années sans tenir aucune des promesses que j'avais faites à George sur son lit de mort. Mais je veux réparer tout cela, sinon je ne serai bientôt plus capable de me regarder en face. Et j'ai pensé que la meilleure façon de commencer était d'implorer votre pardon.

— Il n'y a rien à pardonner, Ravenhill.

Il sourit.

— Vous êtes restée la parfaite lady dont j'avais gardé le souvenir.

— Peut-être pas tant que cela, rectifia Holly, une pointe d'ironie dans la voix.

Ravenhill la regarda droit dans les yeux.

— Holly, j'ai entendu dire que vous étiez employée par Zachary Bronson.

— C'est exact. J'apprends les règles du savoir-vivre à M. Bronson et à sa charmante famille.

Ravenhill ne semblait pas accueillir cette nouvelle avec le même plaisir que la jeune femme avait pris à la lui annoncer.

— Tout ceci est ma faute. Vous n'auriez jamais été réduite à de telles extrémités si j'avais honoré mes promesses.

— Non, Ravenhill. C'est une expérience réellement enrichissante, répliqua la jeune femme.

Et, cherchant ses mots pour essayer de bien faire comprendre quelles étaient ses relations avec les Bronson, elle ajouta :

— Je me sens beaucoup mieux depuis que je connais les Bronson. Ils m'ont apporté des choses que j'aurais moi-même du mal à expliquer.

— Votre naissance ne vous destinait pas à travailler, objecta Ravenhill. Inutile de vous dire ce que George en aurait pensé.

— Mais George n'est plus là, et je…

— Il faut que nous parlions, Holly. Ce n'est ni l'endroit ni le moment. Mais je voulais au moins savoir une chose : la promesse que nous avons faite ensemble à George tient-elle toujours pour vous ?

L'espace d'une seconde, Holly fut trop oppressée pour répondre. Elle avait l'impression que le destin s'abattait sur elle, telle une lame de fond. Puis, d'une certaine manière, elle en fut presque soulagée, comme si elle n'avait plus qu'à se laisser guider par des événements sur lesquels elle n'avait aucune prise.

— Oui, bien sûr, souffla-t-elle. Mais si vous ne souhaitez pas être tenu par elle, je…

— Je savais pertinemment ce que je faisais à ce moment-là. Et je sais ce dont j'ai envie aujourd'hui.

Ils restèrent un long moment assis côte à côte, enveloppés dans un silence songeur qui se passait de mots. Dans leur monde, le bonheur était presque accessoire, il ne pouvait être que la récompense – rare – d'un comportement honorable. Le sentiment d'avoir conservé son intégrité toute sa vie prévalait sur tout le reste.

— Nous reparlerons de tout cela plus tard, murmura Holly. Venez me rendre visite chez M. Bronson.

— Voulez-vous que je vous raccompagne dans la salle de bal ?

La jeune femme secoua la tête.

— Non, j'aime autant rester un peu ici. J'ai besoin de quelques minutes de solitude.

Devinant que Ravenhill allait protester, elle s'empressa d'ajouter :

— Je vous promets que je ne laisserai personne m'aborder pendant votre absence. Je suis simplement un peu fatiguée du vacarme.

Ravenhill finit par hocher la tête, quoique visiblement à contrecœur. Après avoir baisé la main gantée de la jeune femme, il consentit à s'éloigner.

Dès qu'elle fut seule, Holly exhala un long soupir. Elle se demandait pourquoi la perspective d'honorer la seule promesse que lui ait jamais extorquée George la séduisait aussi peu.

— Mon chéri, murmura-t-elle en fermant les yeux. Tu savais toujours ce qui était bien pour moi. Et j'ai gardé confiance en ton jugement. Je sais que ce que tu avais décidé pour nous relevait de la sagesse. Mais j'aimerais que tu m'envoies un signe pour me confirmer que c'est toujours bien ce que tu souhaites. Auquel cas, je serais ravie de finir ma vie comme tu l'avais souhaité. Certes, je ne devrais pas envisager cela comme un sacrifice, mais il se trouve que…

La jeune femme fut soudain interrompue dans sa prière par une voix irritée :

— Bon sang ! Qu'est-ce que vous faites dehors ?

Zachary avait déjà connu les affres de la jalousie. Mais pas à ce point. C'était comme un mélange de rage et d'angoisse qui vous rongeait les entrailles. Il n'était pas aveugle. Il avait bien vu, dans la salle de bal, les regards que s'échangeaient Holly et Ravenhill. Ces deux-là appartenaient au même monde. Ils étaient taillés dans la même étoffe. Et ils partageaient un passé auquel lui-même n'avait pas accès. D'un seul coup, Zachary avait haï Ravenhill, avec une intensité qui dépassait l'entendement. Sans doute parce que Ravenhill incarnait tout ce qu'il n'était pas… et ne serait jamais.

Si seulement ils avaient vécu en ces temps héroïques où il suffisait de s'imposer par la force pour obtenir ce qu'on voulait. Ces maudits nobles étaient d'ailleurs tous issus de cette époque-là. Les gentlemen et les ladies d'aujourd'hui n'étaient jamais que les descendants de guerriers qui avaient gagné leur statut à la pointe de leur épée. La richesse, les privilèges et l'éducation avaient fait leur œuvre civilisatrice au point qu'aujourd'hui, les aristocrates se permettaient de regarder de haut quelqu'un qui, au fond, ressemblait davantage qu'eux-mêmes à leurs ancêtres.

Mais là était justement tout le problème. Zachary était né quelques siècles trop tard. Il était fait pour se battre, conquérir, dominer.

Quand il avait vu Holly quitter le salon au bras de Ravenhill, il avait dû faire appel à tout son sang-froid pour garder les apparences d'un homme civilisé, alors qu'il n'avait qu'une envie : soulever la jeune femme dans ses bras et l'emporter avec lui, tel un barbare.

Au début, la partie rationnelle de son esprit lui avait conseillé de laisser Holly sortir sans chercher à la retenir. Du reste, elle ne lui appartenait pas. Elle était libre de faire les choix qui lui convenaient.

Mais cette analyse avait fait long feu. Zachary s'était finalement décidé à suivre discrètement le couple. À présent que la jeune femme était de nouveau seule, il brûlait d'envie de la secouer jusqu'à ce qu'on entende ses os craquer.

— Expliquez-moi, ajouta-t-il. Vous étiez supposée rejoindre ma mère au buffet, et je vous retrouve dans le jardin, à faire les yeux doux à Ravenhill.

— Je ne lui faisais pas les yeux doux ! protesta Holly, indignée. Nous évoquions des souvenirs de George et nous... Oh ! et puis, il faut que je retourne voir Elizabeth.

Zachary secoua la tête.

— Pas tout de suite. Je veux d'abord savoir ce qui se passe exactement entre Ravenhill et vous.

La jeune femme semblait tout à coup très embarrassée.

— C'est compliqué...

— Employez des mots simples, lui suggéra Bronson d'un ton acide. Pour que je puisse comprendre.

Holly se leva.

— Je préférerais remettre cette discussion à plus tard.

Zachary l'agrippa sèchement par le bras et la regarda droit dans les yeux.

— Non, maintenant.

— Vous n'avez aucune raison de vous mettre dans tous vos états, répliqua Holly, surprise par son geste.

— Je ne me mets pas dans tous mes états, simplement je...

Se rendant compte qu'il serrait trop fort le bras de la jeune femme, Zachary la relâcha, avant de poursuivre :

— Je veux savoir de quoi vous parliez avec Ravenhill.

Quoique Bronson ne lui ait pas vraiment fait mal, Holly se massa machinalement le bras.

— Cela concerne une promesse que j'ai faite longtemps avant que nous nous rencontrions.

— Dites-moi tout.

— Quelques heures avant de mourir, George s'est inquiété de ce qu'il adviendrait de Rose et de moi. Il savait qu'il partait sans nous laisser beaucoup d'argent, et même si sa famille lui avait promis de s'occuper de nous, il était terriblement angoissé. Rien de ce que je pouvais lui dire ne l'apaisait. Il prétendait que Rose aurait besoin d'un père pour la protéger et que je… Mon Dieu…

La gorge nouée, Holly se laissa retomber sur le banc. Gagnée par l'émotion, elle tenta, du bout de ses doigts gantés, d'essuyer les premières larmes qui perlaient à ses yeux.

Zachary farfouilla dans ses poches à la recherche de son mouchoir. Il extirpa sa montre, sa paire de gants, de la petite monnaie, une blague à tabac, mais ce satané mouchoir restait introuvable. Holly s'aperçut de son manège et faillit presque en rire, malgré son chagrin.

— Je vous avais pourtant dit de ne jamais sortir en société sans avoir de mouchoir sur vous.

— Oui, mais je ne sais plus ce que j'en ai fichu, grommela-t-il, et lui tendant un de ses gants, il ajouta : Prenez plutôt le mien.

Holly se tamponna les joues et les paupières avec le gant, qu'elle serra ensuite très fort entre ses doigts. Sans y avoir été invité, Zachary s'assit à côté de la jeune femme.

— Reprenez votre récit, l'encouragea-t-il.

Holly soupira profondément.

— George pensait que, sans mari, je serais trop seule. Que j'avais besoin de la protection et de l'affection d'un homme… Il redoutait que, livrée à moi-même, je commette des erreurs et que des gens peu recommandables en profitent. Alors il a fait venir Ravenhill. C'était son meilleur ami, celui en qui il avait la plus totale confiance. Quoique Ravenhill puisse paraître froid au premier abord, c'est un homme très chaleureux et généreux, qui…

— Assez parlé des qualités de Ravenhill, la coupa Zachary, qui sentait sa jalousie se raviver. Que lui voulait George ?

— Il…

Holly prit une profonde inspiration et expira lentement, comme si les mots avaient du mal à sortir.

— Il voulait que nous nous mariions après sa mort.

Il y eut un grand silence. Zachary se demandait s'il avait bien entendu et Holly n'osait plus tourner son regard vers lui.

— Je ne voulais pas être imposée à Ravenhill comme un fardeau, reprit finalement la jeune femme. Mais il m'assura ce jour-là que cette union lui agréait. Elle honorerait la mémoire de George.

— Je n'aurais jamais cru qu'on puisse imaginer un arrangement pareil, grommela Zachary, révisant du même coup son opinion sur George Taylor. Je suppose que vous avez l'un et l'autre repris vos esprits assez tôt pour rompre cet engagement stupide ?

— Eh bien, euh… nous ne l'avons pas vraiment rompu.

— *Quoi ?*

Incapable de s'en empêcher, Zachary saisit le menton de la jeune femme et la força à tourner les yeux vers lui.

— Comment ça, vous ne l'avez pas vraiment rompu ? Ne me dites quand même pas que vous avez l'intention de tenir cette promesse ridicule ?

— Monsieur Bronson…

Holly semblait déroutée par la virulence de sa réaction. Elle lui rendit son gant, qu'il s'empressa d'enfouir à nouveau dans sa poche.

— Retournons à l'intérieur, proposa-t-elle. Nous reparlerons de cela à un moment plus approprié.

— Je me moque bien de ce foutu bal ! explosa Zachary. Nous allons vider l'abcès ici et maintenant.

— N'élevez pas la voix devant moi, monsieur Bronson ! Et surveillez votre langage.

Holly se releva et ajusta les plis de sa robe. Le clair de lune allumait des reflets argentés sur sa peau et jetait des ombres enchanteresses dans la vallée qui séparait ses seins. Elle était si belle et si désirable que Zachary dut serrer les poings pour ne pas se jeter sur elle. Il se releva à son tour, plus que jamais partagé entre colère et frustration.

— Apparemment, Ravenhill ne désirait pas ce mariage autant qu'il le prétendait, fit-il remarquer. Cela fait plus de trois ans que George est mort et il n'a toujours pas mis sa promesse à exécution. C'est donc qu'il n'y tient pas plus que cela.

— C'est aussi ce que j'ai pensé, confessa Holly. Sauf que ce soir Ravenhill m'a expliqué qu'il lui avait fallu du temps pour faire son deuil de George et mettre de l'ordre dans ses idées. Mais qu'il était toujours désireux d'honorer les dernières volontés de George.

— Le contraire aurait été étonnant, après qu'il vous eut vue dans cette robe, ironisa Zachary.

Holly le fusilla du regard.

— Vous êtes insultant. Pour moi et pour lui. Ravenhill n'est pas le genre d'homme à…

— Vraiment ? la coupa Zachary en ricanant. Je puis vous assurer que tous les hommes présents à cette réception, *y compris* Ravenhil, aimeraient vous enlever votre robe. Son brutal désir de vous épouser n'a rien à voir avec l'honneur.

Ses paroles crues horrifièrent Holly. Elle avait envie de le gifler.

— Est-ce bien de Ravenhill, que vous parlez, ou de vous-même ? lâcha-t-elle, avant de réaliser, mais trop tard, l'énormité de ce qu'elle venait de dire.

Elle recula de quelques pas. Bronson s'approcha lentement d'elle.

— Enfin, nous y venons, milady. Oui, j'ai envie de vous. Ce n'est pas un grand secret. Je vous désire, mais si vous voulez tout savoir, ce n'est pas uniquement physique. Je vous comprends. Je vous… apprécie aussi beaucoup. Et je n'avais encore jamais dit une chose pareille à aucune femme.

Paniquée, Holly tourna les talons pour s'éloigner par un petit sentier. Non pas dans le sens qui l'aurait ramenée à la salle de bal, mais dans la direction opposée, vers le cœur du parc, là où personne ne risquait de les voir, ni de les entendre. « Parfait », se félicita Zachary, qui en avait déjà oublié toute raison pour ne plus écouter que son instinct. Il suivit la jeune femme sans hâte excessive, certain qu'elle ne pouvait lui échapper.

— Vous ne me comprenez pas, lui lança Holly par-dessus son épaule. Vous ne savez même pas ce que je désire, ni ce dont j'ai besoin...

— Je vous connais en tout cas mille fois mieux que Ravenhill ne vous connaîtra jamais.

La jeune femme approchait d'un jardin de sculptures. Elle éclata de rire.

— Je connais Ravenhill depuis des années, monsieur Bronson. Alors que je ne vous ai rencontré qu'il y a un peu plus de quatre mois. Qu'est-ce qui vous permet d'affirmer que vous me connaissez mieux que lui ?

— Par exemple, je sais que vous êtes le genre de femme à embrasser un inconnu dans un bal.

Holly se pétrifia.

— Oh...

Zachary l'avait rattrapée. Il s'immobilisa à sa hauteur et attendit qu'elle ait recouvré ses esprits.

— Alors, depuis tout ce temps, murmura-t-elle d'une voix blanche, sans oser le regarder, vous saviez que j'étais la femme que vous aviez embrassée ce soir-là. Et vous n'avez rien dit.

— Vous non plus.

Holly se tourna enfin vers lui, rouge de honte.

— J'espérais que vous ne me reconnaîtriez pas.

— Je me souviendrai encore de ce moment sur mon lit de mort. La douceur de vos lèvres, le goût exquis de...

— Chut ! le coupa-t-elle, horrifiée. Ne dites pas des choses pareilles.

— Depuis ce moment, je vous ai désirée plus qu'aucune autre femme avant vous.

— Vous désirez *toutes* les femmes, lui objecta Holly, et battant en retraite, elle alla se réfugier derrière une statue de déesse en marbre blanc.

Zachary la rattrapa.

— À votre avis, qu'est-ce qui donc, toutes ces dernières semaines, me retenait le soir chez moi, alors que j'aurais pu sortir m'amuser en ville ? Il se trouve que je retire plus de satisfaction à converser avec vous dans mon salon, qu'à lutiner les plus belles filles de Londres et à...

— Je vous en prie, épargnez-moi vos comparaisons sordides. Certaines femmes apprécient peut-être votre charme dépravé, mais ce n'est pas mon cas.

Zachary contourna la statue et attrapa la jeune femme par les épaules.

— Mon «charme dépravé», comme vous dites, agit aussi sur vous. Je vois très bien comment vous me regardez. Ou comment vous réagissez dès que je vous touche. Et je sais que je ne vous inspire aucun dégoût. Ce serait même plutôt le contraire. Oubliez-vous que vous m'avez rendu mon baiser, ce fameux soir, chez lady Bellemont ?

— Vous m'avez eue par surprise !

— Donc, si je vous embrassais de nouveau, cette fois vous ne répondriez pas ? C'est bien ce que vous prétendez ?

Holly était piégée, et elle en était parfaitement consciente.

— C'est exactement cela, monsieur Bronson, répliqua-t-elle d'une voix mal assurée. Maintenant, lâchez-moi s'il vous plaît, et...

En guise de réponse, Zachary l'attira à lui et approcha ses lèvres des siennes.

12

Holly se raidit, paralysée par le flot de sensations qui la submergeaient. Bronson l'embrassa avec la même avidité indécente que la première fois, et elle ne put faire autrement que de répondre à son baiser.

La nuit s'était refermée sur eux et les statues de marbre qui les entouraient évoquaient des sentinelles silencieuses les protégeant de l'intrusion de visiteurs importuns. Penché sur elle, Bronson explorait la bouche de la jeune femme avec fièvre, cherchant sa langue, la trouvant. Elle avait l'impression qu'un feu liquide irradiait tout son corps. Elle s'agrippa à lui, glissa les mains sous sa veste, avide de le sentir plus près encore.

— Holly… murmura-t-il, et sa voix trahissait un trouble égal au sien. Mon Dieu, Holly… répéta-t-il, interrompant un instant leur baiser pour plonger son regard dans celui de la jeune femme, avant de lui ravir à nouveau les lèvres.

Et Holly lui rendit ce baiser-là aussi. Avec une ferveur et un désir sans cesse grandissants.

Soudain, Bronson la souleva dans ses bras, avec une facilité déconcertante, et la porta jusqu'à une table en marbre, au milieu du jardin – une table, ou peut-être un cadran solaire. Il s'y assit, la jeune femme solidement calée sur ses genoux, sans avoir cessé un seul instant de lui dévorer les lèvres. Holly n'avait encore jamais expérimenté un plaisir physique aussi intense, aussi… primitif. Brûlant d'envie de toucher Bronson, elle se débarrassa frénétiquement de ses gants pour enfouir ses mains dans sa chevelure noire comme la nuit. Il laissa échapper un gémissement sourd.

Rompant alors leur baiser, il fit courir ses lèvres brûlantes sur le cou de la jeune femme, s'aventura plus bas, jusqu'à la naissance de sa gorge. Dans le mouvement, le bustier de sa robe avait glissé, laissant pratiquement ses seins sortir de leur écrin de soie. Holly recouvra alors ses esprits et posa une main pudique sur sa poitrine.

— Je vous en prie… Je ne devrais pas… Il faut nous arrêter !

Mais Bronson ne paraissait pas l'entendre. Il laissait maintenant sa langue errer sur la poitrine de la jeune femme, s'insinuant petit à petit dans le vallon qui séparait ses seins. Au désespoir, Holly ferma les yeux mais se trouva incapable de protester quand Bronson, d'un geste sûr, abaissa un peu plus son bustier. Elle l'arrêterait bientôt, très bientôt. Mais pour l'instant, le plaisir qu'elle en tirait était trop délicieux pour que toute idée de décence ou d'honneur ait la moindre influence sur son comportement.

La jeune femme étouffa un cri quand ses seins jaillirent du bustier, ils restèrent un court moment exposés à la caresse de la brise nocturne avant que Bronson ne les recouvre de ses larges mains. Incapable de croire à ce qui lui arrivait, Holly gardait les yeux scrupuleusement fermés. Elle sentit les lèvres de Bronson se poser sur l'un de ses seins, puis sa langue tracer de petits cercles de feu autour de sa pointe tendue. Gémissante, la jeune femme se cambra pour la pousser dans sa bouche. Ce fut alors un déluge de sensations comme Holly n'en avait jamais connu. Mais chaque nouvelle onde de plaisir, loin de la rassasier, ne faisait que décupler son désir.

— Zachary, arrêtez, gémit-elle à son oreille. Je vous en supplie, arrêtez…

Bronson cessa ses délicieuses tortures, mais ce fut pour s'emparer à nouveau de ses lèvres, tandis que ses mains, à présent, remplaçaient sa bouche sur les seins de la jeune femme. Et quand il renonça un court instant à l'embrasser, ce fut pour lui murmurer :

— Tu es ma femme, et ni Dieu ni personne ne t'enlèvera à moi.

Quiconque connaissait un tant soit peu Zachary Bronson savait qu'il ne parlait jamais à la légère. Holly aurait dû être horrifiée de se voir ainsi désignée comme lui appartenant. Et elle était horrifiée... de constater à quel point cette affirmation brutale trouvait un écho en elle. Elle, si raffinée, et qui s'était toujours montrée modérée en toutes choses, n'aurait jamais imaginé qu'elle arriverait un jour à réagir ainsi.

Dans un ultime sursaut de dignité, elle réussit à échapper à l'étreinte de Bronson et tenta de s'enfuir. Mais ses jambes étaient si faibles qu'elle serait probablement tombée s'il ne l'avait retenue. La jeune femme, cramoisie, remit son bustier en place pour cacher ses seins qui brillaient sous la lune.

— J'aurais dû me douter que cela arriverait, balbutia-t-elle. Connaissant votre réputation avec les femmes, j'aurais dû me douter qu'un jour ou l'autre, vous me feriez des avances.

— Ce qui vient de se passer entre nous est autre chose que des « avances ».

Sa voix était rauque, et Holly n'osait pas le regarder.

— Si je dois continuer à résider chez vous, il vaut mieux oublier cet incident.

— Cet *incident*, répéta-t-il d'un ton dédaigneux, se préparait depuis des mois. Depuis le jour où nous nous sommes rencontrés, en fait.

— C'est faux, rétorqua-t-elle. Je ne peux pas nier que je vous trouve séduisant. Je... Toute femme penserait la même chose, du reste. Mais si vous en avez déduit que je deviendrais votre maîtresse, je...

— Non, la coupa Zachary en lui prenant tendrement la tête entre ses mains pour l'obliger à le regarder. Je n'ai jamais pensé cela. J'attends beaucoup plus de vous qu'une simple aventure physique. Je veux…

— N'ajoutez plus rien, l'implora la jeune femme, qui avait fermé les yeux, incapable de soutenir le regard sombre et brûlant de passion de Bronson. Nous avons commis tous deux une folie. Maintenant, c'est terminé. Laissez-moi partir avant qu'il ne soit trop tard et que je ne puisse même plus habiter chez vous.

À sa grande surprise, Bronson parut immensément troublé par ses paroles. Il y eut un long silence, pesant. Puis Bronson la lâcha.

— Vous n'avez aucune raison de quitter ma demeure, dit-il. Nous traiterons cet épisode comme vous le désirerez.

Holly sentit sa panique refluer lentement.

— Je… je veux que nous fassions comme si rien ne s'était passé.

— Très bien, fit-il, quoique son regard exprimât un scepticisme évident. Comme il vous plaira, milady.

— Promettez-moi de ne pas vous mêler de mes relations avec Ravenhill. Je l'ai invité à me rendre visite. Je ne voudrais pas qu'il soit éconduit ou qu'on lui manque d'égards lorsqu'il se présentera. Toutes les décisions concernant mon avenir – et celui de Rose – ne dépendent que de moi, et de moi seule.

Bronson avait crispé les mâchoires.

— D'accord, répondit-il. Mais j'aimerais quand même insister sur un point : pendant trois ans, Ravenhill a couru l'Europe sans se soucier de sa promesse à George. Cette promesse vous liait vous aussi, et cependant, vous ne vous en êtes pas davantage souciée que lui. Ne me dites pas que vous y pensiez le jour où vous avez accepté de travailler pour moi ! Du reste, vous savez très bien que George n'aurait pas apprécié notre contrat. Il a dû s'en retourner dans sa tombe !

— J'ai accepté votre offre parce que j'ignorais si Ravenhill était encore ou non disposé à honorer cette promesse. Il fallait que je pense à l'avenir de Rose.

Quand vous êtes apparu, Ravenhill n'était toujours pas rentré d'Europe et cela m'a paru le meilleur choix, à l'époque. Je ne regrette rien. Quand j'aurai rempli mon engagement envers vous, je serai libre de tenir celui envers George.

— Quel parfait enchaînement de circonstances ! ironisa Bronson. Mais dites-moi une chose : si vous décidiez d'épouser Ravenhill, partageriez-vous son lit ?

Sa question fit rougir la jeune femme.

— Vous n'avez aucun droit de me demander ce genre de choses.

— Vous n'éprouvez aucun désir pour lui, lâcha-t-il tranquillement.

— Un mariage ne se limite pas, loin de là, à ce qui se passe dans le lit conjugal.

— Et avec George, ça se passait comment ? demanda abruptement Bronson. Vous faisait-il autant vibrer que moi ?

C'était passer les bornes de l'insulte. Holly n'avait jamais frappé personne de sa vie, mais là, sa main vola dans les airs et atterrit sur la joue Bronson. Ce n'était pas assez violent pour lui faire mal et, de toute façon, il en avait vu d'autres. Non seulement il n'en parut pas affecté, mais son regard trahit même une lueur de satisfaction. Holly réalisa, mortifiée, qu'elle venait de lui donner la réponse qu'il attendait. Retenant un sanglot, elle s'enfuit loin de lui du plus vite qu'elle put.

Zachary attendit un peu avant de rentrer à son tour dans la salle de bal. Il avait réussi à se recomposer une apparence extérieure calme, alors que toutes les fibres de son corps restaient tendues de désir. Du moins avait-il connu le bonheur de serrer Holly dans ses bras et de l'embrasser sans retenue. Du moins connaissait-il maintenant le goût de sa peau. Mais il en aurait voulu tellement plus...

Un serviteur passa près de lui avec un plateau chargé de coupes de champagne. Zachary en prit une, qu'il sirota d'un air absent en contemplant la foule des danseurs. Il repéra soudain Holly, si facilement identifiable dans sa robe rouge.

Contre toute attente, la jeune femme semblait parfaitement à l'aise. Elle conversait plaisamment avec Elizabeth, et lui présentait tous les jeunes gens qui s'approchaient d'elles. Seule la coloration peut-être un peu trop prononcée de ses joues trahissait son agitation intérieure.

Zachary finit par détourner le regard, sachant que les gens jaseraient s'il continuait à observer aussi fixement la jeune femme. De toute façon, il avait l'intuition qu'elle était consciente de sa présence, même s'ils étaient séparés par les couples qui valsaient. Il termina sa coupe de champagne, puis diverses connaissances – pour la plupart des partenaires en affaires – vinrent le saluer. Zachary s'efforça de se montrer cordial, rit à leurs plaisanteries qu'il écoutait d'une oreille distraite et donna son opinion sur des sujets qui ne l'intéressaient même pas. Toutes ses pensées étaient mobilisées par lady Holland Taylor.

Il devait se rendre à l'évidence : il était amoureux d'elle. Rien de ce qui le faisait vibrer d'ordinaire – ses succès professionnels, son ascension sociale, sa fortune sans cesse grandissante – ne comptait plus en regard des sentiments que la jeune femme lui inspirait. Et cela le terrifiait presque de découvrir qu'elle détenait un tel pouvoir sur lui. Il aurait préféré ne jamais aimer plutôt que d'aimer comme il aimait lady Holly. Cela ne le rendait pas heureux : au contraire, il était rongé par la peur de la perdre. Et l'idée de ne pas l'avoir, parce qu'elle se donnerait à un autre, le rendait tellement malade qu'il était prêt à tout pour la garder. Un mot d'elle, et il la couvrirait de cadeaux. Un signe d'elle, et il construirait un somptueux mausolée en marbre à la mémoire de George Taylor. Il était prêt à payer n'importe quel prix pour qu'elle reste avec lui.

Perdu dans ses pensées, Zachary ne s'aperçut pas tout de suite que la haute silhouette, immobile et solitaire, qui se tenait à quelque distance de lui était celle de Ravenhill. Leurs regards se croisèrent et il franchit les deux pas qui les séparaient.

— Dites-moi, lui demanda-t-il, quel genre d'homme irait demander à son meilleur ami d'épouser sa femme après sa mort ? Et quel genre d'homme faut-il être pour que l'épouse et le meilleur ami en question acceptent une idée aussi stupide ?

Ravenhill le toisa.

— Un homme bien meilleur que vous, ou moi.

Zachary ne put s'empêcher d'ironiser.

— Il semblerait que le mari idéal de lady Holland ait voulu continuer à la surveiller de sa tombe.

— Il voulait la protéger, répliqua tranquillement Ravenhill. D'hommes tels que vous.

Le calme apparent de son interlocuteur échauffait Zachary. Ravenhill paraissait si parfaitement confiant, comme s'il avait déjà remporté le combat avant même de l'avoir livré.

— Vous pensez qu'elle s'inclinera, n'est-ce pas ? Qu'elle est prête à sacrifier le restant de ses jours, simplement parce que George Taylor lui avait demandé de le faire.

— Oui, c'est effectivement ce que je pense, répondit toujours aussi posément Ravenhill. Et si vous la connaissiez mieux, vous sauriez que j'ai raison.

Zachary avait envie de demander « Pourquoi ? ». Mais la question ne franchit pas ses lèvres. Comment Ravenhill pouvait-il se montrer aussi affirmatif ? Holly avait-elle aimé à ce point son mari qu'il pût continuer de l'influencer après sa mort ? Ou n'était-ce qu'une question d'honneur ? Se pouvait-il que, par pure obligation morale, Holly se résolve à épouser un homme qu'elle n'aimait pas ?

— Je tiens à vous mettre en garde, reprit Ravenhill. Si vous offensez lady Holland d'une quelconque manière, vous aurez à m'en répondre.

— Votre sollicitude à son égard est touchante. Mais ne vient-elle pas un peu tard ?

Le trait avait porté. Ravenhill rougit légèrement, pour la plus grande satisfaction de Zachary.

— J'ai commis des erreurs, reconnut Ravenhill. Qui n'en commet, en ce bas monde ? George faisait exception. Et l'idée de prendre en quelque sorte sa succession m'intimidait. Comme elle aurait intimidé quiconque à ma place.

— Alors, qu'est-ce qui vous a fait revenir ? voulut savoir Zachary, qui espérait trouver un moyen, n'importe lequel, de persuader Ravenhill de repartir en Europe.

— Le sentiment que lady Holland et sa fille avaient besoin de moi.

— Ce n'est pas le cas. Je suis là.

On aurait dit deux généraux ennemis qui se défiaient avant la bataille, chacun traçant au sol les limites de son territoire. La bouche aristocratique de Ravenhill s'étira en un sourire méprisant.

— Vous êtes la dernière personne qu'il leur faut. Et je suis convaincu que vous en êtes le premier conscient.

Il s'éloigna sur ces mots. Zachary le suivit un moment des yeux, immobile, le visage fermé. Mais intérieurement il bouillait d'une colère indomptable.

Holly éprouva le besoin de boire un solide remontant. Un verre de cognac lui calmerait peut-être les nerfs et l'aiderait à dormir. Elle n'avait plus consommé d'alcools forts depuis deux ans. À l'époque qui avait suivi la mort de George, le médecin lui avait prescrit un verre de vin avant de s'endormir pour l'aider à surmonter cette période d'intense chagrin. Mais le remède n'avait pas suffi. Il lui fallait quelque chose de plus fort. Chaque soir, Holly chargeait alors Maud de lui monter discrètement un verre de cognac ou de whisky dès que la maisonnée s'était endormie. Sachant que les frères de George n'apprécieraient pas de savoir qu'elle buvait, et redoutant qu'on finisse par découvrir son manège en voyant le niveau des bouteilles du salon diminuer, Holly avait fini par garder dans sa chambre une bouteille que Maud lui avait procurée grâce à la complicité d'un valet. Le souvenir de cette bouteille emplissait aujourd'hui la jeune femme de nostalgie. Elle s'habilla pour la nuit et attendit impatiemment que la maisonnée Bronson se fût endormie.

Le trajet de retour du bal avait été un enfer. Heureusement, Elizabeth était trop excitée par son succès et les multiples attentions dont elle avait été l'objet de la part de Jason Somers tout au long de la soirée pour remarquer le silence pesant qui régnait entre Holly et son frère. Il n'avait, en revanche, pas échappé à Paula, mais elle s'était ingéniée à le masquer derrière un badinage anodin. Holly s'était efforcée de lui répondre sur le même ton, alors qu'elle avait l'impression d'être ravagée de l'intérieur.

Lorsqu'il n'y eut enfin plus le moindre bruit en provenance du rez-de-chaussée et que l'étage fut à son tour plongé dans un profond silence, Holly s'empara d'une chandelle et quitta subrepticement sa chambre. Elle décida de commencer par une petite visite à la bibliothèque, où Bronson gardait toujours quelques bonnes bouteilles en réserve.

La jeune femme descendit le grand escalier pieds nus. Elle brandissait bien au-dessus d'elle sa chandelle dont la flamme vacillante jetait des ombres mouvantes sur les murs. La maison, si animée dans la journée, ressemblait maintenant à une sorte de musée désert.

Holly poussa la porte de la bibliothèque, huma le délicieux parfum de cuir qui s'échappait des reliures alignées sur les étagères et traversa la première pièce pour se rendre dans le bureau de Bronson. Elle posa sa bougie sur le meuble en acajou et se dirigea droit vers l'armoire à liqueurs.

Quoique aucun bruit n'ait troublé le silence nocturne, la jeune femme perçut soudain qu'elle n'était pas seule. Elle se retourna et tressaillit en apercevant Bronson nonchalamment assis dans un large fauteuil de cuir, ses longues jambes étirées devant lui. Il la contemplait fixement, ses yeux d'obsidienne brillant dans l'ombre. Il portait encore son smoking, mais s'était débarrassé de sa cravate, et sa chemise, largement déboutonnée, laissait apercevoir son torse musclé. Il tenait une bouteille de whisky à la main et Holly en conclut qu'il devait être là depuis un moment déjà.

Le cœur de la jeune femme battait à tout rompre dans sa poitrine. Ses jambes, flageolantes, menaçaient de la trahir, et elle dut s'agripper à l'armoire à liqueurs pour ne pas s'effondrer.

Bronson se releva posément pour s'approcher d'elle. Il jeta un coup d'œil à l'armoire à liqueurs ; apparemment, il avait deviné ce qu'elle était venue chercher.

— Laissez-moi vous servir, murmura-t-il d'une voix veloutée.

Il ouvrit l'armoire, s'empara de la carafe de cognac et en remplit un verre qu'il tendit à la jeune femme.

Holly but aussitôt une rasade en espérant que le tremblement de ses mains n'était pas trop visible. Elle ne pouvait s'empêcher de fixer l'endroit où la chemise de Bronson était ouverte. George avait une poitrine lisse et blanche, qu'elle avait toujours trouvée séduisante. Mais la vue du torse de Zachary Bronson la troublait bien autrement. Elle brûlait d'envie d'y laisser courir sa main, de sentir les muscles de ses pectoraux rouler sous ses doigts.

À cette pensée, elle s'empourpra et avala en hâte une autre rasade de cognac pour dissimuler sa gêne. Le feu de l'alcool la fit tousser.

Bronson retourna s'asseoir dans son fauteuil.

— Allez-vous épouser Ravenhill ?

Holly faillit lâcher son verre.

— Je vous ai posé une question, insista Bronson. Allez-vous l'épouser ?

— Je ne connais pas la réponse.

— Bien sûr que si. Dites-le-moi, bon sang.

— Je... Il n'est pas impossible que je dise oui.

Bronson ne parut pas surpris. Et même, il éclata de rire.

— Il faudra quand même que vous m'expliquiez pourquoi. Les pauvres roturiers dans mon genre ont du mal à comprendre les arrangements de l'aristocratie.

— Je l'ai promis à George, répondit prudemment la jeune femme, qui se sentait affreusement mal à l'aise sous le regard insistant de Bronson.

Tel quel, dans l'ombre, avec ses cheveux noirs et ses yeux luisants, il avait tout de Lucifer assis sur son trône.

— Si vous me croyez un tant soit peu digne de considération, reprit-elle, alors vous ne pouvez pas souhaiter que je me conduise d'une manière qui ne serait pas honorable. On m'a toujours appris à ne jamais renier ma parole une fois donnée. Je sais que beaucoup de gens pensent que les femmes n'ont pas le même sens de l'honneur que les hommes, mais pour ma part...

— Grands dieux, mais je n'ai jamais douté de votre sens de l'honneur, Holly. En revanche, je considère que George n'aurait jamais dû exiger une telle promesse.

— Mais il l'a fait. Et je l'ai acceptée.

Bronson secouait la tête, incrédule.

— Alors, c'est aussi simple que ça ! Je ne vous aurais jamais crue capable d'une chose pareille – vous, la seule femme qui n'ait jamais hésité à vous élever contre mon mauvais caractère.

— George savait ce qui m'attendrait après sa disparition. Il voulait que je retrouve la protection d'un mari et, par-dessus tout, que Rose ait un père. Ravenhill partageait les mêmes valeurs que lui. George était sûr, en me confiant à lui, qu'il ne pourrait rien m'arriver de mal. Son meilleur ami ne…

— Assez ! la coupa sèchement Zachary. Je vous ai déjà dit ce que je pensais de votre bon Saint George. À mon avis, il craignait surtout de vous voir aimer un autre homme. Vous obliger à épouser ce bloc de glace qu'est Ravenhill était le plus sûr moyen de s'assurer qu'il resterait votre seul et unique amour.

Holly avait blêmi.

— Mais c'est affreux de dire de telles choses ! Vous vous trompez complètement. Vous ne savez rien de mon mari, ni de Ravenhill, et…

— Je sais au moins que vous n'aimez pas Ravenhill et que vous ne l'aimerez jamais. Si votre seule ambition est d'épouser un homme que vous n'aimez pas, vous pouvez aussi bien me choisir, à ce compte-là.

Holly s'attendait à tout, sauf à cela. Elle fixa Bronson, médusée. Puis elle termina son verre et le posa sur un guéridon.

— Dois-je le prendre pour une proposition ? demanda-t-elle dans un murmure.

Bronson s'approcha d'elle.

— Et pourquoi pas ? George voulait que quelqu'un vous protège. J'en suis capable. Et je pourrai aussi être un père pour Rose. Elle ne sait même pas qui est Ravenhill ! Je prendrai soin de vous deux.

Il glissa tendrement la main dans la chevelure de la jeune femme. Holly ferma les yeux et contint avec peine un gémissement de plaisir en sentant ses doigts lui caresser la nuque. Un simple effleurement de Bronson, et tout son corps répondait instantanément, le point culminant de ces sensations irradiant entre ses cuisses. C'était à la fois mortifiant et terriblement excitant : Holly n'avait jamais autant désiré être possédée par un homme qu'à ce moment précis.

— Je pourrais vous apporter des choses que vous n'auriez même pas osé espérer, souffla Bronson. Oubliez cette maudite promesse, Holly. Elle appartient au passé. Pensez plutôt à votre avenir, désormais.

Holly secoua la tête. Elle voulut ouvrir la bouche, pour manifester son désaccord, mais Zachary en profita pour s'emparer de ses lèvres. La jeune femme, cette fois, ne put réprimer un gémissement de pur plaisir. Il l'embrassait avec une telle fougue qu'il était impossible de ne pas succomber.

Sans lâcher ses lèvres, il posa les mains sur les seins de la jeune femme, les caressa doucement, avant de s'aventurer sur ses hanches, puis dans son dos. Quand il atteignit le bas de ses reins, un petit cri lui échappa. Bronson la plaqua fermement contre lui, ne lui laissant rien ignorer de son désir. C'était à la fois choquant et terriblement excitant. Même George n'avait jamais osé la serrer de façon aussi osée.

La jeune femme s'obligea à libérer un instant ses lèvres.

— Vous m'empêchez de penser…

— Je n'ai pas envie que vous pensiez, la coupa Zachary.

Et lui prenant la main, il la guida pour la presser sur son entrejambe. Holly sursauta, elle aurait dû protester, se débattre, elle le savait, mais elle trouva le geste incroyablement érotique. Elle était comme hypnotisée par tant de virilité. Mais Zachary Bronson n'était pas pour elle. Deux pôles opposés pouvaient s'attirer, cela ne voulait pas pour autant dire qu'ils étaient faits l'un pour l'autre. Les mariages réussis étaient le plus souvent ceux qui unissaient deux conjoints semblables. Et de toute façon, elle avait fait une promesse à George sur son lit de mort.

Ce souvenir la rappela brutalement à la réalité. La jeune femme se libéra de l'étreinte de Bronson puis, chancelante, se dirigea vers un siège et s'y laissa tomber. À son grand soulagement, Bronson resta immobile et ne chercha pas à la rejoindre. Pendant un long moment, la bibliothèque fut plongée dans un épais silence, brisé seulement par leurs deux respirations.

— Je ne peux pas nier notre attirance mutuelle, reconnut finalement la jeune femme.

Elle fit une pause, puis reprit après un petit rire tremblant :

— Mais je suppose que vous savez pertinemment que nous ne pourrions pas vivre ensemble ! Nous n'avons pas les mêmes rythmes. Vous allez trop vite pour moi. Ou c'est moi qui avance trop lentement pour votre ambition galopante. Je finirais vite par vous ennuyer. Et vous regretteriez de…

— Non.

— Il faudrait que l'un de nous deux change. Et nous risquerions tôt ou tard de le regretter. Notre mariage commencerait peut-être agréablement, mais l'amertume et les remords s'en mêleraient vite.

— Vous ne pouvez pas l'affirmer. Rien n'est jamais sûr.

— Mais je n'ai pas envie de courir le risque.

Bronson la contemplait intensément, comme s'il cherchait à deviner ses pensées. Puis il eut un geste surprenant : il s'approcha du fauteuil où elle se trouvait, s'agenouilla devant elle et prit ses mains dans les siennes.

— Vous me cachez quelque chose, murmura-t-il. Quelque chose qui vous soucie… Qui peut-être même vous fait peur. Est-ce à cause de moi ? De mon passé de boxeur ? Ou est-ce…

Elle rit.

— Mais non ! Je n'ai pas peur de vous.

— Je sais reconnaître la peur quand je la vois.

Holly secoua la tête, pour marquer son refus de débattre plus longtemps de ce sujet.

— Il faut que vous oubliiez toute cette soirée, sinon je serai obligée de partir et d'emmener Rose avec moi. Et je ne le souhaite pas. Je veux rester ici jusqu'au terme de notre contrat. Alors promettons-nous de ne plus jamais reparler de cela.

Il eut une moue sceptique.

— Pensez-vous que ce soit possible ?

— Il le faudra bien. S'il vous plaît, Zachary, promettez-moi au moins d'essayer.

— J'essaierai, dit-il d'une voix atone.

Elle soupira.

— Merci.

— Vous feriez mieux de partir, maintenant. Je ne pourrai pas supporter encore très longtemps de vous avoir devant moi en simple chemise de nuit. Je risque de ne plus répondre de mes actes.

Si elle ne s'était pas sentie aussi misérable, Holly aurait volontiers ri de sa remarque. Sa chemise de nuit en coton, boutonnée jusqu'au col, ne révélait rien de plus de son anatomie qu'une robe ordinaire. C'était simplement l'imagination enflammée de Bronson qui rendait tout à coup ce vêtement si osé.

— Et vous ? demanda-t-elle. Allez-vous bientôt vous coucher ?

— Non.

Il se releva pour aller remplir son verre.

— J'ai une bouteille à terminer, grommela-t-il, le dos tourné.

Holly s'efforça de sourire.

— Bonne nuit quand même.

— Bonne nuit.

Il ne se retourna pas, même après que la jeune femme eut refermé la porte derrière elle.

13

Durant les deux semaines qui suivirent, Holly ne croisa pratiquement pas Bronson. Elle en conclut qu'il cherchait délibérément à l'éviter jusqu'à ce qu'ils soient prêts, l'un et l'autre, à reprendre leur relation comme auparavant. Il semblait s'abrutir de travail, partant tôt le matin pour son bureau de Londres et ne revenant à la maison que pour le dîner. Il ressortait ensuite, pour ne rentrer que tard dans la nuit. Ni Paula ni Elizabeth n'émirent le moindre commentaire sur ces absences répétées, cependant, Holly était persuadée que la mère de Zachary en avait parfaitement compris la cause. Un matin, la jeune femme décida d'aborder le sujet.

— Je voudrais que vous sachiez, madame Bronson, que je ne souhaite pas du tout rendre malheureux quiconque de votre famille, commença-t-elle prudemment.

— Milady, ce n'est pas votre faute, répliqua Paula, avec sa franchise habituelle en prenant affectueusement la main de la jeune femme dans la sienne. Vous êtes le premier échec de mon fils. Jusqu'ici, il a toujours été habitué à obtenir ce qu'il désirait. Pour tout vous dire, je suis presque contente qu'il finisse par apprendre que tout a des limites dans la vie. Je l'ai si souvent mis en garde de ne pas passer son temps à désirer ce qui était hors d'atteinte.

— Vous a-t-il parlé de moi ? ne put s'empêcher de demander Holly en rougissant.

— Non. Il ne m'en a pas dit un mot. Mais il n'en avait pas besoin. Une mère devine toujours tout.

— C'est un homme merveilleux, s'empressa de commenter Holly, qui craignait que Paula s'imagine qu'elle ne trouvait pas Zachary assez bien pour elle.

— C'est aussi mon avis, bien sûr. Mais ça ne veut pas dire pour autant qu'il est fait pour vous. Ni que vous êtes faite pour lui.

D'apprendre que la mère de Zachary l'approuvait aurait dû rassurer Holly. Et cependant, ce n'était pas le cas. Chaque fois que la jeune femme croisait Bronson, aussi furtif que cela fût, son désir pour lui renaissait intact. Du coup, elle commençait sérieusement à se demander si elle pourrait aller jusqu'au terme de son contrat. Il restait encore près de six mois. Heureusement, Rose l'occupait beaucoup. Elizabeth également. Depuis le bal des Plymouth, la jeune fille était littéralement assaillie de soupirants. Comme l'avait prévu Holly, sa beauté heureusement combinée à son charme naturel et à sa fortune séduisaient assez les gentlemen pour qu'ils fassent abstraction des circonstances de sa naissance. Chaque jour, désormais, Holly ou Paula devaient se relayer comme chaperons, pour accompagner la jeune fille en promenade, ou à des pique-niques. Mais de tous les jeunes gens qui se pressaient auprès de la jeune fille, un seul semblait vraiment retenir son attention : Jason Somers.

Elizabeth aurait pu cependant s'enorgueillir de prétendants plus titrés, ou plus fortunés. Mais aucun ne possédait le charme de Somers, ni son assurance. C'était le seul capable de répondre du tac au tac à la jeune fille qui se montrait volontiers taquine. Si tout se passait comme Holly l'espérait, ils formeraient un très beau couple.

Parfois, à voir les deux jeunes gens si heureux de passer l'après-midi à se promener simplement côte à côte en devisant des sujets les plus anodins, Holly se remémorait l'époque où George la courtisait. Comme elle était innocente et pleine d'espérances, alors ! Mais tout cela était bien loin, à présent. Et sa vie avec George ressemblait à un rêve enfoui dans sa mémoire.

Un après-midi que Paula accompagnait Elizabeth et Jason au musée, Holly décida de prendre un peu de temps pour elle. Elle confia Rose à Maud, puis se choisit un livre dans la bibliothèque, qu'elle emporta au jardin. Comme le ciel était couvert, la jeune femme s'installa dans le petit chalet d'été.

Elle se cala confortablement sur les coussins d'une des banquettes qui couraient le long des murs et débuta sa lecture. Bientôt captivée par les rebondissements du roman qu'elle lisait – une histoire d'amour, bien sûr –, la jeune femme entendit à peine les premiers coups de tonnerre annonciateurs d'un orage. Puis le ciel s'assombrit tout à fait, jusqu'à être presque noir, et la pluie commença à tomber à grosses gouttes sur le toit du chalet. Holly releva alors le nez de son livre et, avisant la situation, fronça les sourcils.

— Zut, marmonna-t-elle en réalisant qu'elle allait être obligée d'interrompre prématurément sa lecture, si elle voulait rentrer à la maison sans se faire trop mouiller.

Mais il pleuvait de plus en plus fort. La jeune femme tabla sur une averse de courte durée et décida d'attendre. Elle referma son livre et regarda la pluie tomber sur le jardin, tandis qu'une odeur d'humidité montait déjà à ses narines.

Soudain, quelqu'un ouvrit la porte du chalet à la volée, interrompant sa contemplation.

C'était Zachary Bronson. Haletant, il referma d'un geste sec le grand parapluie noir qui l'abritait et claqua la porte d'un coup de pied.

— Je vous croyais en ville, s'étonna Holly, qui dut hausser la voix pour couvrir le bruit de l'orage.

— J'y étais. Mais je suis rentré plus tôt, justement pour échapper à la pluie.

— Comment avez-vous su que j'étais dehors ?

— Maud s'inquiétait. Elle m'a dit que vous étiez quelque part dans le parc. Je n'ai pas eu beaucoup de mal à vous trouver : il n'y a pas tellement d'endroits pour s'abriter.

Et la regardant droit dans les yeux, il ajouta le plus sérieusement du monde – mais ses prunelles noires pétillaient de malice :

— Je suis venu vous sauver, milady ?

— J'ignorais que j'avais besoin d'être sauvée, répliqua Holly. J'étais perdue dans ma lecture. Pensez-vous que la pluie va s'arrêter bientôt ?

Comme si le ciel voulait se montrer sarcastique, un nouveau coup de tonnerre ponctua la question de la jeune femme et la pluie redoubla d'intensité. Holly éclata de rire.

— Laissez-moi vous ramener à la maison, lui proposa Bronson.

Holly contempla le déluge en frissonnant. Tout à coup, la maison lui paraissait très loin.

— Nous allons être trempés. Et les chemins sont déjà boueux. Ne ferions-nous pas mieux d'attendre ici jusqu'à ce que l'orage soit passé ?

Puis, abandonnant son banc, elle se releva, tira un mouchoir de sa poche et s'en servit pour éponger le front humide de pluie de Bronson. Il la laissa faire, le visage indéchiffrable, mais elle le sentit se raidir.

— J'ai peur que ça ne dure des heures, répondit-il. Et je ne me fais pas confiance si je reste seul avec vous plus de cinq minutes.

Il ôta son manteau, pour en couvrir les épaules de la jeune femme. Le vêtement paraissait ridiculement démesuré sur elle.

— Donc, reprit-il, à moins que vous n'ayez envie que je vous viole dans ce chalet, allons-y tout de suite.

Mais ni l'un ni l'autre ne bougea.

Holly passa son mouchoir sur la joue de Bronson, pour essuyer les dernières gouttes qui y ruisselaient. Elle ne parvenait pas à comprendre pourquoi la seule vue de cet homme lui procurait autant de plaisir, pourquoi le simple fait d'être avec lui lui paraissait aussi agréable. À l'inverse, de savoir que leur relation était limitée dans le temps et que dans six mois chacun repartirait de son côté la mettait à l'agonie. Bronson avait pris, en si peu de temps, tellement d'importance dans sa vie...

— Vous m'avez manqué, murmura-t-elle.

Les mots étaient sortis d'eux-mêmes. Ils n'étaient que l'expression voilée de ce désir ardent, tenace, qui la taraudait sans relâche depuis leur dernier face-à-face dans la bibliothèque.

— Il fallait que je me tienne à l'écart, répliqua Bronson. Je ne peux pas rester près de vous sans...

Il ne termina pas sa phrase, mais son regard était éloquent. La jeune femme se débarrassa alors de son manteau. Il ne bougea pas. De même qu'il ne bougea pas davantage quand elle vint tout contre lui et noua ses bras à son cou. Elle frotta sa joue contre sa chemise et le serra du plus fort qu'elle put, avec un sourire de pur contentement, comme si, enfin, elle tenait ce qu'elle voulait.

Zachary l'enlaça à son tour et Holly se sentit enivrée par sa force virile. L'orage n'existait plus. Ni la pluie. Seul comptait ce moment suspendu dans le temps, où leurs deux solitudes ne faisaient plus qu'une.

«Juste une fois...» se dit la jeune femme. Juste cette fois... Personne n'en saurait jamais rien, mais au moins elle garderait un souvenir qu'elle pourrait savourer longtemps, très longtemps, même après que sa jeunesse se serait envolée.

La violence du tonnerre n'était rien comparée aux furieux battements de son cœur. Fébrilement, elle commença à déboutonner la chemise de Bronson. Zachary était toujours immobile, mais le rythme accéléré de sa respiration trahissait son trouble.

— Holly, murmura-t-il d'une voix misérable. Savez-vous bien ce que vous êtes en train de faire ?

Pour toute réponse, la jeune femme écarta les pans de sa chemise pour se repaître du spectacle de sa beauté. C'était la première fois qu'elle pouvait enfin contempler à loisir ce torse sculptural qui l'avait si souvent fait rêver. Elle s'aventura même à le toucher, émerveillée d'en sentir les muscles durs sous ses doigts. Puis elle fit glisser sa main plus bas, le long de son ventre parfaitement plat, jusqu'à son nombril. Bronson laissa échapper un gémissement sourd, avant de s'emparer du poignet de la jeune femme, pour écarter sa main.

— Si vous me touchez encore, je ne réponds plus de rien, voulut-il la mettre en garde. Je vous posséderai là, tout de suite. Le comprenez-vous, Holly ?

La jeune femme ne répondit pas davantage. Se pressant contre Zachary, elle posa sa joue contre son torse nu, et sentit ses résistances faiblir. Elle frissonna de plaisir quand il l'enlaça de nouveau. Puis il s'empara avidement de ses lèvres, en même temps qu'il lui déboutonnait le haut de sa robe. En quelques secondes, Holly se retrouva les seins nus, leurs pointes déjà durcies par la fraîcheur de l'air. Zachary les prit dans ses mains pour les caresser.

— Zachary… murmura-t-elle, Zachary, s'il te plaît, j'ai envie de toi.

À présent qu'elle avait décidé de s'abandonner à la passion, Holly n'éprouvait plus aucune gêne, ni retenue. Elle voulait que Zachary la possède complètement, que sa virilité lui fouaille le corps.

Sans cesser de l'embrasser, Zachary acheva de se débarrasser de sa chemise, puis il s'installa sur les coussins et attira la jeune femme à lui, lui écartant les cuisses pour l'asseoir à califourchon sur lui. Holly devint rouge d'excitation en sentant son sexe érigé sous l'étoffe de son pantalon lui frotter l'entrejambe. Dans le même temps, Zachary approcha ses lèvres de ses seins et la jeune femme haleta de plaisir lorsqu'il laissa courir sa langue autour d'un des mamelons, puis de l'autre.

Renversant la tête en arrière, Holly arqua son buste vers lui, totalement offerte. Plus tard, elle serait mortifiée de sa propre audace. Plus tard… Mais pour l'instant, seul Zachary comptait. Lui, son corps musclé, sa bouche aventureuse et experte. Et Holly était bien décidée à savourer chaque instant de leur étreinte.

Zachary lui agaçait toujours les seins, mais ses mains, à présent, s'étaient insinuées sous les jupes de la jeune femme, pour remonter jusqu'aux rondeurs de ses fesses. Ses caresses s'étaient faites plus mesurées, presque paresseuses, et leur sagesse rendait Holly encore plus folle de désir. Puis Zachary dénoua ses sous-vêtements et commença à les faire glisser sur ses hanches. Elle se tortilla maladroitement pour l'aider à les lui ôter complètement.

— Dis-moi comment m'y prendre, l'implora la jeune femme, soudain consciente de son ignorance.

Cette étreinte passionnée, au beau milieu d'un déluge torrentiel, n'avait rien à voir avec les interludes nocturnes qu'elle avait partagés avec George. Zachary Bronson témoignait d'une telle expérience qu'elle avait peur de ne pouvoir le satisfaire.

— Tu veux savoir comment me faire plaisir ? chuchota-t-il à son oreille. Mais tu n'as même pas besoin d'essayer.

Et sur ces mots, il écarta un peu plus les cuisses de la jeune femme. Au-dehors, le tonnerre continuait de gronder et la pluie de tomber, mais c'est à peine si Holly entendait quoi que ce soit. Toute son attention était concentrée sur cet homme qui la tenait sur ses genoux et qui approchait maintenant la main de sa féminité. Quand ses doigts commencèrent à jouer avec les boucles soyeuses qui en gardaient l'accès, la jeune femme murmura son nom dans un gémissement de plaisir.

Holly n'avait jamais appris comment se conduire avec un homme dans une chambre à coucher – on ne parlait pas de ces choses-là, dans la bonne société. Mais George et elle avaient partagé la même approche intuitive du sujet, à savoir qu'un gentleman respectait toujours sa femme, même dans l'étreinte conjugale. George s'était toujours abstenu de la caresser de manière indécente, ou de lui murmurer des paroles érotiques.

Mais, visiblement, personne n'avait enseigné ces règles de bonne conduite à Zachary Bronson. Il ne cessait de lui chuchoter des mots torrides à l'oreille, en même temps qu'il caressait son intimité avec une adresse torturante. À la fin, n'y tenant plus, la jeune femme se plaqua contre sa main, et retint son souffle lorsqu'elle sentit le doigt de Bronson s'insinuer en elle. Un éclair de plaisir lui vrilla le corps tandis qu'elle s'agrippait à ses épaules, incrédule.

De sa main libre, Bronson commença à déboutonner son pantalon. Sans hâte, comme s'il avait peur d'effrayer la jeune femme par des gestes trop brusques. Holly tressaillit en sentant son sexe se presser entre ses cuisses. Elle ferma les yeux, sentit Bronson la saisir par les hanches et la soulever légèrement. Il la pénétra en douceur.

— Je te fais mal ?

Leur position était si incroyablement intime que Holly fut incapable de répondre. À la tension qui avait précédé la pénétration succéda une détente absolue. S'abandonnant totalement, elle se cramponna à lui, ses jambes lui enserrant la taille avec force.

Zachary ferma alors les yeux et s'empara avidement de ses lèvres, tandis que ses mains allaient et venaient le long de ses hanches, en un rythme lancinant qui s'accordait aux mouvements de son bassin.

Holly aurait voulu être complètement nue, et que Zachary le soit aussi, pour savourer le contact de leurs peaux l'une contre l'autre. Une fièvre étrange s'était emparée d'elle. Elle était comme enivrée par les caresses de Zachary, pressait son corps contre le sien, pleinement consciente de sa virilité qui l'emplissait toute.

Et tandis que leurs mouvements s'accéléraient, elle eut soudain l'impression que la terre s'arrêtait de tourner, que le temps se suspendait. Elle se crispa à l'instant où le plaisir se répandait en elle, la faisant trembler de la tête aux pieds.

Si elle ne comprit pas aussitôt ce qu'il lui arrivait, Zachary lui n'eut aucun doute. Continuant à aller et venir en elle, il atteignit très vite le point de non-retour, et, après une dernière et puissante poussée, la rejoignit dans la jouissance.

Holly, un peu ivre comme si elle avait bu, se laissa retomber sur le torse de Zachary, leurs deux corps toujours unis et secoués de spasmes. Elle avait envie de rire et de pleurer en même temps, et un gloussement nerveux s'échappa de sa gorge.

— Tu n'avais jamais connu cela avec ton mari, n'est-ce pas ? dit-il en lui caressant le dos.

Holly secoua la tête.

— J'aimais faire l'amour avec George, commença-t-elle, stupéfaite de pouvoir parler ainsi avec lui, alors que son sexe palpitant était encore logé en elle. C'était toujours plaisant. Mais il y avait des choses qu'il ne faisait jamais et je... Cela n'aurait pas été convenable, tu comprends ?

Au-dehors, l'orage ne désarmait pas.

— Qu'est-ce qui n'aurait pas été convenable ?

Holly répondit avec précaution :

— Une lady ne doit jamais encourager les instincts bestiaux d'un homme. Je t'ai déjà expliqué une fois que faire l'amour devait être...

— L'expression la plus noble du véritable amour, récita Zachary de mémoire.

— Oui, c'est cela, approuva-t-il, étonnée qu'il s'en soit souvenu.

— Alors j'imagine qu'aujourd'hui tu te considères comme une dégénérée, la taquina Zachary.

— J'ai simplement eu une relation illicite avec mon employeur, dans un moment d'égarement. Je ne pense pas que cela suffise à me définir comme dégénérée.

Puis, rougissante, elle contempla leurs deux corps toujours intimement enlacés.

— En fait, je n'arrive pas à réaliser ce que j'ai fait, murmura-t-elle, mortifiée.

— Pour ma part, je sais déjà que je chérirai ce moment jusqu'à la fin de mes jours, répliqua Zachary. Je crois même que je vais mettre une plaque commémorative sur ce chalet. En souvenir.

Holly s'inquiéta qu'il pût parler sérieusement, mais elle vit, à son regard, qu'il n'en était rien.

— Oh, comment peux-tu plaisanter avec cela !

Elle s'écarta de lui et voulut remettre ses vêtements en ordre, mais Zachary, lui écartant les mains, s'en chargea à sa place. De toute évidence, il avait une grande pratique des toilettes féminines et il avait probablement répété les mêmes gestes des dizaines de fois avec ses précédentes maîtresses. Holly réalisa qu'elle n'était que la dernière en date sur une liste déjà très longue.

— Zachary, murmura-t-elle, les yeux clos, alors qu'il déposait une pluie de baisers sur son cou. Je me sens toute faible, avec toi. Mais je suppose que je ne suis pas la première femme à te dire cela.

— Je ne me rappelle pas d'autres femmes.

Elle rit, comme pour lui montrer qu'elle n'était pas dupe. Mais Zachary la serra très fort contre lui, l'obligeant à rouvrir les yeux.

— Ce que je viens de vivre avec toi, Holly, était unique. Je ne sais pas si c'est cela qu'on appelle la communion des âmes, en tout cas, ça y ressemblait.

— Ce fut un moment volé au temps, le modéra la jeune femme, le regard rivé sur son torse musclé. Un intermède qui n'avait rien à voir avec nos vies réelles. Je n'aurais d'ailleurs pas dû... C'est juste que... que j'avais envie de faire cela avec toi, au moins une fois. Je le désirais tellement que je ne me suis plus souciée du reste.

Zachary la fixait avec incrédulité.

— Et tu crois vraiment que maintenant tu vas pouvoir faire comme si rien ne s'était passé ?

Holly secoua la tête.

— Non, bien sûr. Je… je ne vais plus pouvoir rester, désormais.

Zachary déposa un baiser sur son front.

— Holly, ma chérie, tu ne peux quand même pas raisonnablement t'imaginer que je vais te laisser partir.

Holly ne se serait jamais doutée, avant cet instant, que la joie et le chagrin pussent s'imbriquer aussi étroitement. Elle étreignit Zachary, l'embrassa avec une sorte de vénération, comme si elle voulait profiter de ces derniers instants d'intimité pour l'éternité. Puis, s'arrachant à lui, elle chercha ses chaussures, qu'elle trouva sous un banc. Pendant ce temps, Zachary récupérait ses propres vêtements pour se rhabiller à son tour.

La jeune femme contemplait maintenant le paysage détrempé. Elle laissa échapper un long soupir.

— Je savais depuis un moment qu'il me faudrait partir, dit-elle, tournant le dos à Zachary. Le moment est maintenant venu. Après ce qui s'est passé, nous ne pouvons plus continuer à vivre sous le même toit.

— Je ne veux pas que tu partes.

— Mes sentiments pour toi ne peuvent rien changer à mon devoir. Je t'ai déjà tout expliqué.

Il resta silencieux.

— Alors, tu as toujours l'intention d'épouser Ravenhill, risqua-t-il finalement d'une voix blanche. Après ce qui vient de se passer.

— Non, ce n'est pas cela.

Holly avait froid, tout à coup ; la fièvre de leur étreinte était définitivement envolée. Et de songer à l'avenir ne lui réchauffait pas davantage le cœur. Devait-elle vraiment se réfugier dans l'existence qu'avaient depuis toujours choisie pour elle d'abord son père, puis ensuite George ?

— Je ne sais pas ce qui se passera avec Ravenhill, reprit-elle. Sincèrement.

Zachary vint se planter devant la jeune femme.

— Mais moi, je le sais, lâcha-t-il. Je me suis toujours battu pour obtenir ce que je voulais dans la vie, mais je ne me battrai pas pour t'avoir. Tu es venue à moi parce que tu le désirais. Il n'est pas question une seconde que je te supplie de rester. Je sais bien que chez les gens de ta caste un seul Ravenhill vaut plus que cent Bronson réunis. Personne ne te blâmera de l'épouser, et d'autant moins que c'était le souhait de George. Peut-être même seras-tu un peu heureuse avec lui, au début. Mais tôt ou tard tu finiras par réaliser que tu as commis une erreur. Seulement, il sera trop tard pour nous deux.

Holly avait pâli, mais s'efforça de rester calme.

— En ce qui concerne notre arrangement... Je te rendrai l'argent.

— Non. Garde cet argent pour Rose. Il n'y a pas de raison qu'elle paie pour la lâcheté de sa mère.

La jeune femme se sentit devenir blême.

— Tu es cruel.

— Je pense que je pourrais devenir un vrai gentleman dans beaucoup de domaines, mais pas quand il s'agit de te perdre. Ne compte pas sur moi pour le prendre de bonne grâce, Holly.

La jeune femme baissa les yeux.

— Je veux rentrer à la maison, murmura-t-elle.

Malgré le parapluie et la protection du manteau de Zachary, Holly était trempée jusqu'aux os quand ils atteignirent enfin la maison. Et elle frissonnait. Zachary aurait voulu la prendre dans ses bras, l'emmener jusqu'à sa chambre pour la débarrasser de ses vêtements mouillés, puis l'aider à se réchauffer, d'abord devant un bon feu, puis avec son propre corps. Mais la jeune femme, malgré leur apparente proximité physique, était aussi éloignée de lui, par ses promesses et ses obligations morales, que s'ils avaient été séparés par un mur de granit.

— Demain, dit-elle, j'annoncerai mon départ à ta mère et à ta sœur. Je leur expliquerai que mon travail ici est terminé et que je n'ai donc plus de raisons de rester. Ensuite, je commencerai mes bagages. Maud, Rose et moi serons parties d'ici à la fin de la semaine.

— J'irai demain à Londres pour quelques jours, marmonna Zachary. Je préférerais rôtir en enfer plutôt que de rester ici, à te regarder partir en faisant comme si rien ne s'était passé entre nous.

— Oui, je comprends.

Holly se tenait devant lui, résolue, presque bornée, et en même temps si visiblement amoureuse de lui. Zachary était furieux que son maudit sens de l'honneur lui fasse préférer son devoir à son bonheur, cependant il se sentait impuissant. En affaires, il avait l'habitude de forcer la main de ses interlocuteurs plus souvent qu'à son tour, mais il ne voulait pas user de ces méthodes avec Holly. C'était à elle de choisir sa vie.

— Juste une dernière chose, lui dit-il, d'une voix où perçait malgré lui son amertume. Si tu pars, ne reviens plus jamais. Je ne t'accorderai pas une seconde chance.

Des larmes brillèrent dans les yeux de la jeune femme. Elle détourna la tête.

— Pardonne-moi, murmura-t-elle, avant de se diriger vers l'escalier en courant presque.

14

— Je ne comprends pas! lâcha Elizabeth, au comble de la frustration. Ai-je fait quelque chose de mal? Ou pensez-vous finalement que vous n'arriverez à rien avec moi? Je vous promets, milady, de m'appliquer encore plus et de…

— Cela n'a rien à voir avec vous, s'empressa de la rassurer Holly en étreignant la main de la jeune fille.

Après une nuit blanche, elle s'était levée, les paupières lourdes, mais sa détermination intacte. Il fallait qu'elle parte avant que la situation n'empire. L'épisode de la veille, dans le chalet, lui avait laissé une étrange langueur dans tout le corps. Jusqu'alors, Holly ne connaissait rien de l'ivresse physique, elle n'avait jamais compris d'où lui venait ce pouvoir de briser des couples, de ruiner des vies. Mais à présent, elle savait.

George n'aurait sans doute pas reconnu sa tendre et vertueuse épouse dans la créature qui s'était offerte aussi impudiquement à Zachary Bronson. Nul doute qu'il aurait été horrifié de voir ce qu'elle était devenue. Bourrelée de remords, la jeune femme avait demandé à Maud de boucler leurs bagages le plus vite possible. Puis elle avait expliqué à Rose en quelques mots simples qu'il était maintenant temps de rentrer chez les Taylor. La fillette, c'était prévisible, avait été bouleversée par la nouvelle.

— Mais j'aime bien vivre ici, moi! avait-elle protesté, les larmes aux yeux. Je veux rester, maman. Maud et toi, vous pouvez repartir si vous voulez, mais moi, je reste.

— Nous ne sommes pas chez nous, Rose. Tu savais bien que nous devrions partir un jour.

— Tu avais dit qu'on était là pour un an, lui avait fait remarquer la fillette, qui serrait Mlle Crumpet contre elle, comme pour la protéger. Et ça ne fait pas encore un an.

— Oui, mais j'ai fini d'apprendre à M. Bronson tout ce qu'il avait besoin de savoir, avait répliqué Holly sur un ton très ferme. Le sujet est clos, Rose. Je comprends que tu sois triste, mais je ne veux pas que tu ennuies les Bronson avec cette histoire.

Après que la fillette fut partie cacher ses larmes dans un recoin de la maison, Holly avait réclamé un entretien à Paula et à Elizabeth, sitôt le petit-déjeuner terminé. L'épreuve s'avéra pénible car, à son propre étonnement, la jeune femme avait réalisé que la mère et la fille lui manqueraient beaucoup plus qu'elle ne l'aurait imaginé.

— Ce doit être à cause de Zach, supputa la jeune fille. Il était d'humeur exécrable, ces derniers temps. S'est-il montré impoli avec vous ? Si c'est cela, je vais de ce pas lui…

— Tais-toi, Lizzie, la coupa sa mère. Tu ne résoudras rien du tout en te mêlant de cette affaire. Au contraire, tu ne feras que rendre la situation de lady Holly un peu plus délicate. Si elle désire s'en aller, nous n'allons quand même pas la remercier de sa gentillesse envers nous en lui mettant des bâtons dans les roues.

— Merci, madame Bronson, murmura Holly, qui ne se sentait pas le courage de regarder la mère de Zachary dans les yeux.

Elle se doutait que Paula, avec l'intuition qui la caractérisait, avait tout deviné de ce qui s'était passé entre elle et son fils.

— Mais je ne veux pas que vous partiez, s'entêta Elizabeth. Vous allez tellement me manquer… Vous êtes ma plus sincère amie et… Oh, et puis, Rose aussi va tellement me manquer !

— Nous continuerons à nous voir, voulut la réconforter Holly avec un sourire. Nous resterons amies, Lizzie. Vos visites seront toujours les bienvenues.

Sentant l'émotion la gagner, Holly s'était relevée.

— Maintenant, si vous voulez bien m'excuser... Je voudrais aider Maud à préparer nos bagages.

Elle s'était presque enfuie, de peur que les deux femmes ne la voient pleurer. Mais à peine avait-elle refermé la porte derrière elle qu'elle les entendit parler avec animation.

— Tu crois que lady Holly s'est brouillée avec Zach ? demanda Lizzie à sa mère. Ça expliquerait que Zach ait soudain disparu et que lady Holly veuille quitter la maison.

— Ce n'est pas aussi simple, commença de répondre Paula.

Non, ce n'était pas simple du tout.

Holly essaya de se représenter au côté de Zachary, partageant en tant qu'épouse sa vie trépidante et ostentatoire. Elle serait obligée d'abandonner son passé... De devenir, en somme, une autre femme. Or, si elle désirait Zachary de tout son être, cette perspective l'effrayait quelque peu. Elle ne savait pas exactement pourquoi, mais cette crainte était profondément ancrée en elle.

Zachary n'avait jamais accepté la défaite. Sauf de manière relative, et parce qu'il était persuadé qu'au bout du compte il obtiendrait ce qu'il désirait. Mais il n'avait connu aucun véritable échec. Jusqu'à celui-ci, le plus énorme qui se puisse imaginer. C'était tellement rageant qu'il aurait voulu étrangler quelqu'un. À d'autres moments, il avait envie de rire de sa propre folie.

Au fond, il savait qu'il payait aujourd'hui pour avoir montré une ambition démesurée. Il n'aurait jamais dû convoiter une femme qui n'était clairement pas faite pour lui. Et cependant, rien ne le tourmentait plus que la conviction qu'il aurait peut-être pu avoir Holly. Mais l'idée de la forcer lui répugnait. Il aurait voulu que la jeune femme l'aime aussi passionnément qu'elle avait aimé George. Cette seule idée aurait sans doute fait rire beaucoup de gens. À commencer par lui-même. Que devait penser Holly quand elle le comparait à son défunt mari ? Zachary ne serait jamais vraiment un gentleman. Ravenhill s'imposait à l'évidence comme un bien meilleur choix. Le seul acceptable si Holly désirait une existence identique à celle qu'elle avait connue avec George.

Fuyant l'étage où Maud avait commencé de préparer les bagages, Zachary entra dans la bibliothèque, chercher des papiers qu'il comptait emporter à Londres. Pendant ce temps, ses domestiques rassemblaient également ses affaires. Zachary aurait préféré se damner plutôt que d'assister au départ de Holly. C'est lui qui partirait le premier.

Il s'installa à son bureau, pour fouiller dans ses dossiers, quand un bruit de sanglots attira soudain son attention. Réalisant qu'il n'était pas seul, Zachary abandonna son siège et, s'approchant de la cheminée, découvrit la petite Rose lovée dans un fauteuil, le visage ravagé par les larmes, sa poupée serrée contre elle.

Il chercha d'abord un mouchoir dans ses poches mais, n'en trouvant pas, il dénoua sa cravate de lin et la tendit à la fillette.

— Mouche-toi, lui dit-il.

La fillette obéit, visiblement amusée de se moucher dans une cravate d'homme.

— Je suis pas contente contre vous, monsieur Bronson !

Zachary s'agenouilla devant elle.

— Qu'y a-t-il, princesse ? demanda-t-il tendrement, bien qu'il connût déjà la réponse.

— Maman dit que nous devons retourner habiter chez mes oncles, mais moi, je veux rester ici.

Elle fondit de nouveau en larmes et Zachary en fut plus affecté qu'il ne se serait douté. Ses adieux avec Holly n'avaient déjà pas été faciles, mais cette scène avec Rose menaçait de l'achever. Au fil des mois, il s'était pris à aimer cette fillette vive et intelligente. Tout à coup, il se rendait compte que sa présence allait terriblement lui manquer.

— Dites à maman que nous devons rester avec vous, lui intima Rose. Vous, vous pouvez la faire rester.

— Ta maman sait mieux que moi ce qui est bon pour vous, murmura Zachary, qui s'obligea à sourire bien qu'il se sentît bouleversé. Il faut que tu sois une gentille petite fille et que tu fasses comme elle en a décidé.

— J'ai toujours été une gentille fille, protesta Rose, accompagnant ses paroles de grands reniflements. Oh, monsieur Bronson, que vont devenir tous mes jouets ?

— Je te les enverrai chez les Taylor.

— Ils ne tiendront pas tous. Ma chambre, là-bas, est toute petite.

— Rose…

Zachary poussa un long soupir, puis il pressa sa joue contre l'épaule de la fillette. Elle resta un instant immobile, lui caressant même la joue, avant de s'écarter :

— Vous écrasez Mlle Crumpet !

— Oh, je suis désolé ! s'excusa Zachary, la mine contrite, en s'empressant de redresser le chapeau de la poupée.

— Est-ce que je vous reverrai ? Et Lizzie ?

Zachary ne se trouva pas le droit de lui mentir.

— Pas souvent, j'en ai peur.

— Vous allez me manquer, assura la fillette, avant de fouiller dans sa poche.

Elle en tira un minuscule objet qu'elle tendit à Zachary.

— C'est pour vous, dit-elle. C'est mon bouton parfumé. Quand vous serez triste, vous n'aurez qu'à le mettre sous votre nez et vous vous sentirez tout de suite mieux. Ça a toujours marché avec moi.

Zachary en avait la gorge serrée d'émotion.

— Princesse, je ne peux pas te prendre un de tes boutons préférés.

Il voulut le lui rendre, mais la fillette refusa.

— Vous en aurez besoin, insista-t-elle. Gardez-le et ne le perdez pas.

— Bon, d'accord.

Zachary serra le bouton dans sa main, un sanglot dans la gorge, mais conscient qu'il ne récoltait que ce qu'il avait semé. C'était lui qui avait intrigué pour que Holly vienne habiter sous son toit. Mais il n'avait pas, alors, imaginé les conséquences qu'aurait son geste. Si seulement il avait su...

— Vous allez pleurer, monsieur Bronson? lui demanda la fillette, soudain inquiète.

Zachary réussit à lui sourire.

— Juste un peu, à l'intérieur.

La fillette le regarda gravement, puis elle se leva de son fauteuil et déposa un baiser sur sa joue.

— Au revoir, monsieur Bronson, murmura-t-elle avant de quitter la pièce, le laissant seul avec sa douleur.

La matinée touchait à sa fin quand l'attelage de Zachary fut prêt. Plus rien ne le retenait chez lui, sinon son cœur brisé. Mais considérant ce qu'ils s'étaient déjà dit, Zachary jugeait inutile une dernière conversation avec Holly. La jeune femme déciderait seule de son destin.

Toutefois, avant de s'en aller, il voulait régler un dernier détail. S'étant assuré que Holly était sortie dans le parc avec Rose, il monta dans la chambre de la jeune femme, où Maud achevait de préparer les bagages de sa maîtresse. Elle parut surprise de le voir.

— Monsieur? dit-elle en serrant contre elle la pile de linge qu'elle tenait à la main.

— J'ai quelque chose à vous demander, Maud.

De plus en plus intriguée, la domestique posa le linge sur le lit, où étaient déjà rassemblés d'autres effets : des gants, des chapeaux, une boîte en ivoire et un petit cadre retourné, auquel Zachary n'aurait sans doute pas prêté attention si Maud, en posant sa pile de linge, n'avait tenté de le dissimuler.

— Vous voulez dire un travail à me demander, monsieur ?

— Non, pas exactement, répondit Zachary, le regard rivé sur le cadre. Qu'est-ce que c'est que ça ?

— Oh, c'est… c'est un objet personnel de lady Holly et…

Zachary s'était approché. Maud voulut le repousser.

— Monsieur, lady Holly n'aimerait pas que…

— C'est une miniature ?

— Oui, monsieur, mais…

Zachary s'empara du cadre. La femme de chambre laissa échapper un soupir impuissant.

— Monsieur, vraiment, vous ne devriez pas. Mon Dieu…

Zachary contempla brièvement la miniature.

— George, murmura-t-il sur le ton de l'évidence.

Il n'avait encore jamais vu de portrait de lui, n'avait même pas cherché à en voir, alors qu'il se doutait bien que Holly conservait forcément avec elle un souvenir de son mari. Mais elle aurait sans doute refusé de le lui montrer.

Zachary s'imaginait qu'il éprouverait de l'animosité en découvrant le visage de Taylor. Mais ce fut tout le contraire. Plus il contemplait le portrait et plus il ressentait quelque chose qui ressemblait à de la pitié.

Il s'était toujours représenté George Taylor comme un homme de son âge, alors que le visage qu'il avait devant les yeux, avec ses boucles blondes et son regard d'un bleu pur, respirait encore la prime jeunesse. Taylor n'avait probablement pas plus de vingt-quatre ans lorsqu'il était mort. C'est-à-dire pratiquement dix ans de moins que l'âge qu'avait maintenant Zachary.

George était mort avant d'avoir vraiment goûté à la vie, en laissant derrière lui une veuve qui était encore plus innocente que lui.

Dans ces conditions, Zachary ne pouvait plus lui en vouloir d'avoir cherché à protéger Holly en imaginant cet arrangement avec Ravenhill qui permettrait tout à la fois d'assurer la sécurité de son épouse et l'avenir de leur fille. George Taylor avait probablement redouté que sa ravissante épouse ne tombe, après sa disparition, entre les griffes de tous les Zachary Bronson de la Terre.

— Le diable l'emporte, marmonna Zachary en reposant la miniature sur le lit.

— Que puis-je pour vous, monsieur ? demanda Maud, qui le regardait d'un œil craintif.

Zachary se ressaisit et fouilla dans sa poche.

— Je vous ai apporté ceci, dit-il en lui tendant une bourse remplie de pièces d'or. Prenez-la et promettez-moi de m'avertir si jamais lady Holland a besoin d'aide ou de quoi que ce soit.

La soubrette avait pâli de surprise. Elle prit la bourse, la soupesa, puis regarda Zachary avec des yeux comme des soucoupes. Pour une domestique de sa condition, il y avait là une petite fortune.

— Vous n'avez pas besoin de me payer pour ça, monsieur.

— Prenez-la, insista-t-il d'un ton brusque.

Maud glissa la bourse dans la poche de son tablier.

— Vous êtes un bon maître, monsieur, dit-elle avec un sourire. Ne vous inquiétez pas pour lady Holland et Mlle Rose. Je les servirai loyalement, et je vous préviendrai s'il arrive quelque chose.

— Parfait.

Zachary était déjà retourné vers la porte, mais il s'arrêta sur le seuil, pour poser une dernière question :

— Pourquoi avez-vous tenté de me cacher la miniature ?

Maud rougit légèrement, mais elle regarda Zachary droit dans les yeux avant de répondre :

— Je voulais vous épargner sa vue, monsieur. Je sais ce que vous ressentez pour lady Holland,

— Ah bon? fit Zachary de sa voix la plus neutre possible.

La domestique hocha vigoureusement la tête.

— C'est une femme admirable, et il faudrait qu'un homme ait un cœur de pierre pour ne pas s'intéresser à elle.

Et, baissant la voix, elle ajouta sur le ton de la confidence :

— Entre vous et moi, monsieur, si milady était libre de choisir, c'est vous qu'elle aurait pris. Ça ne fait pas de secret qu'elle tient à vous. Mais monsieur George a emporté une bonne partie de son cœur dans la tombe.

— Regarde-t-elle souvent son portrait? voulut savoir Zachary, impassible.

Maud réfléchit un moment.

— Plus aussi souvent depuis que nous habitons ici, monsieur. Je dirais même qu'elle n'y a pas touché depuis un bon mois. Il commençait à y avoir de la poussière dessus.

Cette nouvelle était pour Zachary d'un maigre réconfort, mais c'était tout de même mieux que rien.

— Adieu, Maud.

— Bonne chance à vous, monsieur.

De retour du parc, Holly monta directement dans sa chambre. Elle trouva Maud à peine plus avancée dans la préparation de leurs bagages qu'en partant.

— Quels progrès spectaculaires, Maud! ironisa la jeune femme avec un sourire.

— Je n'ai pourtant pas arrêté une seconde, milady. Mais le maître est venu ici et ça m'a interrompue dans mon travail, expliqua Maud, qui rangeait une robe dans une malle.

Holly laissa percer sa surprise.

— Ah? Et que voulait-il? Me voir?

— Non, milady. Il m'a seulement demandé de bien veiller sur vous et sur Mlle Rose, et je lui ai promis de le faire.

— Oh...

Holly s'empara d'une de ses chemises de nuit, dans l'intention de la plier, mais le vêtement semblait lui résister et elle ne réussit qu'à confectionner un amas informe.

— C'est gentil de sa part, murmura-t-elle.

Maud se sentait partagée entre l'amusement et l'apitoiement.

— Je ne pense pas qu'il soit venu par gentillesse, milady. C'est surtout qu'il semblait en proie à un gros chagrin d'amour. En vérité, il avait à peu près la même expression que vous en ce moment.

Et voyant comment les doigts maladroits de sa maîtresse chiffonnaient la chemise de nuit, elle s'offrit pour la plier à sa place.

Holly lui céda le vêtement sans protester.

— Savez-vous où se trouve M. Bronson en ce moment ?

— En route pour Londres, je suppose. Il ne donnait pas l'impression de vouloir s'attarder.

Holly se précipita vers la fenêtre, qui surplombait l'allée menant vers les grilles du domaine. Elle ne put retenir un soupir déçu en voyant l'attelage de Bronson s'engager sur la grande route. Elle posa la main contre la vitre froide, essayant de contenir ses émotions. Il était parti, et bientôt ce serait son tour. Et c'était mieux ainsi. Holly était convaincue d'agir pour son propre bien comme pour celui de Zachary. Mieux valait le laisser épouser une jeune héritière avec qui il pourrait partager toutes les premières fois : les premiers vœux, la nuit de noces, le premier enfant...

Quant à elle, elle savait pertinemment qu'après être revenue chez les Taylor, son destin serait d'y rester pour toujours. Elle n'épouserait pas Ravenhill, malgré sa promesse, mais n'en éprouvait aucun remords :

après tout, ce dernier méritait de s'unir à une femme qu'il aimerait vraiment.

— Je retourne à mon point de départ, murmura la jeune femme avec un sourire désabusé.

Sauf que maintenant elle était plus triste qu'à son départ. Plus sage aussi peut-être. Et bien moins sûre de son infaillibilité morale.

— Il vous faudra du temps, voulut la rassurer Maud. Comme on dit toujours, le temps vient à bout de tout.

Holly, la gorge sèche, se contenta de hocher la tête. Mais elle était persuadée que Maud avait tort. Ni les années ni les siècles ne suffiraient à lui faire oublier la passion aveugle qu'elle éprouvait pour Zachary Bronson.

15

Les Taylor saluèrent la réapparition de Holly comme le retour de la fille prodigue. Il y eut quelques commentaires, bien sûr, les uns et les autres ne pouvant résister à la tentation de raconter comment ils avaient su, depuis le début, que la jeune femme commettait une grave erreur en allant vivre chez Bronson. Holly était partie la bourse vide, mais une réputation au-dessus de tout soupçon. Si elle revenait avec une bien meilleure situation financière, sa réputation en revanche s'était beaucoup ternie.

La jeune femme, cependant, n'en avait cure. D'ici que Rose ait atteint ses dix-huit ans, beaucoup d'eau aurait passé sous les ponts. Et sa fille serait à la tête d'une assez jolie dot pour que des prétendants honorables préfèrent oublier le scandale qui avait autrefois éclaboussé sa mère.

Holly ne chercha pas à reprendre contact avec Ravenhill, sachant que la nouvelle de son déménagement lui parviendrait très vite. Effectivement, il rendit visite aux Taylor moins d'une semaine après le retour de la jeune femme. William, Thomas et leurs épouses l'accueillirent chaleureusement, tel le sauveur miraculeux. Holly le reçut ensuite en privé, dans un petit salon.

— Ainsi vous avez quitté ce lieu de perdition, lança-t-il d'entrée de jeu, le visage grave, mais une lueur taquine au fond des yeux.

Elle ne put s'empêcher de rire, surprise par sa remarque irrévérencieuse.

— Méfiez-vous, milord, rétorqua-t-elle, votre visite ici pourrait ternir votre réputation.

— Après les trois années que je viens de passer en Europe, je suis bien le dernier à avoir le droit de faire la fine bouche sur votre réputation. Comment pourrais-je vous blâmer d'être allée vivre chez Bronson, alors que tout est ma faute ? J'aurais dû venir à vous tout de suite, et vous protéger, ainsi que George me l'avait demandé.

— Lord Blake, en ce qui concerne cette fameuse promesse...

Holly, rougissante, n'eut pas le courage de poursuivre sa phrase.

— Oui ? l'encouragea-t-il.

— Je... je pense que, finalement, ce n'est plus... nous n'avons pas besoin, vous et moi, de...

Ravenhill étreignit les mains de la jeune femme, qui ne bougea pas.

— Pensez à un mariage entre deux excellents amis heureux d'être en compagnie l'un de l'autre, lui dit-il. Deux amis qui auraient pris l'engagement de toujours tout se dire. Un couple qui partagerait les mêmes intérêts et les mêmes idéaux. C'est tout ce que je désire. Et je ne vois pas de raison pour que nous ne l'obtenions pas ensemble.

— Mais vous ne m'aimez pas. Et je...

— Je veux vous donner la protection de mon nom, la coupa-t-il.

— Je ne suis pas sûre que cela suffise à effacer le scandale et les ragots qui...

— Ce sera toujours mieux que votre situation actuelle, lui fit remarquer Ravenhill, non sans raison. Du reste, vous vous trompez sur un point. Je vous aime. Je vous connais depuis que vous avez épousé George et je n'ai jamais autant respecté une femme que vous. En outre, j'ai toujours pensé qu'un mariage entre deux amis était le meilleur de tous.

Holly avait bien conscience qu'il ne faisait pas référence à la sorte d'amour qu'elle avait partagé avec

George. Et qu'il ne lui offrait pas davantage l'échange passionné qu'elle avait connu avec Zachary Bronson. C'était un mariage de pure convenance, qui servirait les intérêts des deux parties, tout en honorant la dernière volonté de George.

— Mais si un jour cela ne vous suffit plus ? voulut savoir la jeune femme. Vous pourriez rencontrer quelqu'un... Quelques semaines après notre mariage, ou des années plus tard, peu importe, mais cela peut arriver un jour. Et alors, vous ne me verrez plus que comme une gêne.

Ravenhill secoua la tête sans hésiter.

— Je ne suis pas fait de cette étoffe, Holly. J'ai déjà connu l'amour une fois, mais aussi ses chagrins et sa mélancolie. Maintenant, je n'aspire plus qu'à la tranquillité.

Et avec un sourire ironique, il ajouta :

— Aujourd'hui, j'ai envie d'être un homme marié respectable, même si j'en suis le premier étonné.

— Lord Blake...

Holly traçait du doigt le contour d'une fleur de lys brodée sur le velours de son fauteuil. Elle prit une profonde inspiration avant de continuer :

— Vous ne m'avez pas demandé pourquoi j'étais partie aussi brusquement de chez M. Bronson.

Il y eut un long silence.

— Vous souhaitez m'en parler ? répondit finalement Ravenhill, quoique, à son ton, il ne semblât guère désireux de poursuivre sur ce sujet.

Holly secoua la tête. Elle se sentait partagée entre le rire et les larmes.

— Pas vraiment, en fait. Mais je me sentais obligée de me confesser. Je ne voudrais pas vous mentir et je...

— Je n'ai nul besoin d'entendre votre confession, Holly.

Il lui prit la main, qu'il tapota tendrement, attendant que la jeune femme le regarde dans les yeux, avant de reprendre :

— Je ne *veux* même pas l'entendre. Parce qu'alors je serais obligé de me confesser en retour. Ce serait inutile, voire néfaste. Donc, gardons chacun notre passé pour nous. Tout le monde a le droit à ses petits secrets.

Holly ressentit soudain une bouffée d'affection pour lui. Quelle femme ne rêverait d'avoir un tel mari ? Après tout, épouser Ravenhill ne lui semblait plus aussi inenvisageable. Ils seraient un peu plus que de bons amis et un peu moins que deux amants. Mais cet arrangement lui paraissait toutefois trop artificiel.

— Je vous avoue que j'ai du mal à me déterminer. Je n'arrive pas à savoir ce qui serait le mieux pour moi.

Ravenhill éclata de rire.

— Laissez-moi vous faire la cour. Nous pouvons nous accorder du temps. Je suis disposé à attendre jusqu'à ce que vous soyez convaincue du bien-fondé de notre mariage.

Sur ces mots, il approcha son visage du sien en souriant. Holly lui rendit son sourire, mais un vague sentiment de panique s'empara d'elle quand elle comprit ce qu'il avait l'intention de faire.

Ravenhill effleura les lèvres de la jeune femme, s'y attarda. Ce n'était pas un baiser impérieux, comme pouvait en donner Zachary Bronson, mais il dénotait toutefois une grande expérience des choses de l'amour. Holly se demanda si George, en mûrissant, aurait acquis la même assurance tranquille que Ravenhill mettait dans chacun de ses gestes.

Ravenhill s'écarta, un sourire aux lèvres.

— Puis-je vous voir demain matin ? demanda-t-il. Nous pourrions nous promener à cheval dans Hyde Park.

— Entendu, murmura la jeune femme.

Elle ne savait plus très bien où elle en était et désirait surtout, dans l'immédiat, un peu de solitude pour remettre de l'ordre dans ses idées. Heureusement,

Ravenhill déclina l'invitation des Taylor à rester dîner. Holly le raccompagna jusqu'à la porte.

Olinda, l'épouse de Thomas, une grande blonde élégante, la rejoignit alors que Ravenhill venait tout juste de partir.

— Quel bel homme ! s'exclama-t-elle, une pointe d'admiration dans la voix. Du vivant de George, on ne le remarquait pas vraiment, mais à présent qu'il n'est plus dans son ombre...

Réalisant que sa remarque n'était pas forcément pleine de tact, Olinda s'interrompit brutalement.

— Il vit toujours dans l'ombre de George, répondit tranquillement Holly.

Après tout, Ravenhill ne s'apprêtait-il pas à l'épouser uniquement parce que George en avait décidé ainsi ? Cette idée aurait dû la rassurer, et cependant, ce n'était pas le cas.

— Je suppose qu'à vos yeux n'importe quel homme sera toujours inférieur à George, commenta Olinda. Il était si parfait en tout point qu'il éclipsait tous les autres.

Il fut un temps, pas si éloigné, où Holly aurait approuvé sans détour. Mais ce jour-là, elle préféra ne pas répondre.

Elle fut longue à s'endormir, ce soir-là. Et quand enfin le sommeil la gagna, ce fut un sommeil léger, peuplé de rêves agités. Elle se vit marchant sous un brûlant soleil dans un jardin empli de roses rouges. Les roses étaient si magnifiques qu'elle en cueillit une et la porta à son nez, pour en respirer le parfum. Mais, tout à coup, une douleur lui transperça le doigt. Elle s'était piquée à une épine et sa blessure saignait. Apercevant une petite fontaine d'eau fraîche qui cascadait dans un bassin de marbre, elle s'en approcha alors, pour laver sa main. Mais les rosiers se resserrèrent soudain sur son passage et bientôt Holly se retrouva prisonnière d'une masse végétale hérissée d'épines. Elle appelait au secours, mais comme personne ne venait et que les épines poursuivaient leur progression inexorable, elle se roula en boule par terre, sa main blessée serrée sur son cœur.

Elle se vit ensuite étendue dans l'herbe ; soudain, quelque chose, ou plutôt quelqu'un, lui bloqua la vue du ciel et des nuages. « Qui est là ? » demanda-t-elle plusieurs fois, ne recueillant chaque fois qu'un éclat de rire pour toute réponse. Puis elle sentit une main masculine lui remonter doucement ses jupes et s'insinuer entre ses cuisses, tandis qu'une bouche vorace s'emparait de ses lèvres. « Zachary, murmura-t-elle en reconnaissant son compagnon au moment où il lui écartait les cuisses d'un geste impérieux. Oh oui, Zachary, continue, je t'en prie… »

Holly s'était réveillée en sursaut, au bruit de sa propre voix. Regardant autour d'elle, elle vit qu'elle était seule et une vague déception l'envahit. Elle se rallongea, un oreiller serré dans les bras, pour méditer. Où pouvait bien se trouver Zachary, à ce moment précis ? Dormait-il seul dans son lit, d'un sommeil lourd de rêves, ou s'était-il réfugié dans les bras d'une autre femme ? La jalousie taraudait Holly tel un poison insidieux. Les mains pressées sur les yeux, elle essaya de repousser les insupportables visions qui lui venaient immanquablement à l'esprit.

— Peu importe, maintenant, j'ai fait un choix, murmura-t-elle à haute voix. Et puis, il m'a dit de ne pas revenir. C'est fini… C'est vraiment fini.

Fidèle à sa parole, Ravenhill fit sa cour à Holly. Il lui rendait visite pratiquement chaque jour, l'accompagnait en promenade, ou à des pique-niques avec quelques amis choisis. Les Taylor se félicitaient de la tournure prise par les événements et espéraient un mariage pour bientôt.

— Quand vous aurez épousé Ravenhill, dit un jour William à la jeune femme, plus personne n'osera émettre le moindre ragot sur votre relation avec Bronson.

— Vous avez sans doute raison, William, répondit calmement Holly. Mais ce mariage n'a encore rien de certain.

William partit d'un éclat de rire ironique.

— Allons, ma chère, ne vous inquiétez pas. Ravenhill est bien ferré. J'ai eu une petite discussion avec lui, récemment, et je puis vous assurer de ses intentions. Il vous conduira à l'autel.

— Je connais aussi ses intentions, William. C'est moi, qui hésite encore. J'ai besoin d'un peu de temps avant de prendre ma décision.

— Et pourquoi hésiteriez-vous ? s'impatienta William. Comment pourriez-vous refuser la chance qui s'offre à vous ? De vous à moi, sans le prestige de notre famille, votre déchéance aurait été consommée. En épousant Ravenhill, vous allez pouvoir enfin restaurer votre réputation. Par maints aspects, il incarne le candidat idéal au mariage. Et accessoirement, c'était lui que mon frère avait choisi pour lui succéder auprès de vous. Si George avait confiance en Ravenhill, je ne peux pas faire moins.

En repensant plus tard à cette conversation, Holly fut bien obligée d'admettre que William n'avait pas tort. Devenir l'épouse de Ravenhill serait plus valorisant socialement que de rester une veuve scandaleuse. D'autant que la jeune femme ne détestait pas Ravenhill. Loin de là, même : elle l'appréciait et, surtout, elle avait confiance en lui. En outre, leurs fréquentations quotidiennes de ces derniers temps leur avaient permis de se découvrir de nombreuses affinités. Cependant, Holly attendait toujours un signe quelconque du destin, qui lui ferait comprendre que le moment était venu de bannir définitivement Zachary Bronson de sa mémoire, pour honorer les derniers vœux de George.

Malheureusement, la jeune femme continuait de penser à Zachary. Et de le désirer. Non seulement son souvenir ne faiblissait pas dans sa mémoire, mais il devenait si obsédant qu'elle en perdait peu à peu l'appétit et le sommeil. C'en était au point que Holly se trouvait encore plus misérable qu'après la mort de George. En dehors des heures qu'elle passait avec Rose, ses journées lui semblaient pesantes et ternes.

Une semaine passa ainsi, puis une autre et une troisième… Cela faisait maintenant plus d'un mois qu'elle avait quitté les Bronson.

Holly se réveilla très tôt, ce matin-là, après une nouvelle nuit difficile. Quittant son lit, elle s'approcha de la fenêtre et écarta les rideaux pour contempler la rue qu'éclairaient les premières lueurs de l'aube. Dans la maison, les bruits matinaux se faisaient déjà entendre : les domestiques rallumaient les feux, ouvraient les volets et préparaient le petit-déjeuner. « Une nouvelle journée commence », songea la jeune femme, qui se sentait soudain très lasse à l'idée de devoir se laver, s'habiller, se coiffer et descendre prendre son petit-déjeuner alors qu'elle n'avait même pas faim. Elle aurait préféré retourner au lit et enfouir sa tête sous son oreiller.

« Je devrais pourtant être heureuse », se dit-elle, intriguée par son manque d'énergie et ce sentiment de vide si pesant qui l'étreignait. Une vie simple, bien ordonnée et confortable lui tendait les bras. Et pourtant, cet avenir tout tracé ne lui faisait pas envie.

Un souvenir lui revint soudain à la mémoire. Un matin, elle s'était rendue avec Rose chez un bottier afin de choisir de nouvelles chaussures pour sa fille. Elle-même en avait profité pour essayer un modèle qui lui plaisait. Cependant, quoique le modèle affichât bien sa pointure, elle n'avait pas réussi à y glisser le pied.

— Elles sont trop serrées, avait conclu Holly en les rendant au bottier.

— Ça veut dire que tu grandis, maman ! s'était exclamée Rose, toute fière.

Revenir habiter chez les Taylor dans l'attente d'épouser Ravenhill, c'était comme de vouloir entrer à toute force dans ces bottines trop serrées. Pour son malheur ou pour son bien, Holly avait le sentiment d'avoir grandi. D'avoir échappé à la monotonie qui la guettait. Ces six mois passés chez les Bronson avaient fait d'elle une autre femme, peut-être pas meilleure, mais en tout cas différente.

Que faire, maintenant ?

Holly revint vers sa table de nuit et s'empara de la miniature représentant George. La vue de son portrait l'aiderait peut-être à trouver la réponse qui lui faisait défaut.

Cependant, pour la première fois, la contemplation du portrait de son défunt mari ne lui apporta aucun réconfort. Elle comprit que George ne lui manquait plus, du moins que sa présence physique ne lui manquait plus. Aussi incroyable que cela pût paraître, elle était désormais amoureuse d'un autre homme. Elle aimait Zachary Bronson aussi profondément qu'elle avait aimé son mari. Et aujourd'hui, seul Zachary existait en chair et en os. C'est de lui qu'elle avait besoin. Ses sourires taquins lui manquaient. Leurs conversations nocturnes au coin du feu lui manquaient. Sa présence, son infatigable énergie lui manquaient. Et par-dessus tout, ses baisers lui manquaient. La vie sans Zachary était fade et triste.

Oui, Holly en était certaine désormais, elle aimait Zachary. Mais cette constatation la terrifiait. Pendant des mois, son cœur avait résisté vaillamment aux sentiments qu'elle sentait naître en elle parce qu'elle avait eu terriblement peur de souffrir si elle perdait à nouveau l'homme qu'elle aimait. Pour Holly, cette angoisse constituait un obstacle à leur relation bien plus important que la promesse faite à George, ou même que leur différence de statut social.

Elle reposa la miniature sur la table de nuit et alla vers sa coiffeuse pour remettre de l'ordre dans sa chevelure. Tout à coup, elle éprouvait le désir irrépressible de rejoindre Zachary. Elle aurait voulu être déjà habillée, et qu'un attelage l'attende devant le perron pour aller immédiatement lui dire ce qu'elle avait dans le cœur.

Mais était-ce vraiment le bon choix que d'unir leurs existences ? Il y avait entre eux tant de différences : ils n'avaient ni le même passé, ni les mêmes caractères, ni forcément les mêmes attentes. Quelqu'un de sage et d'avisé leur aurait-il conseillé de se marier ? L'idée que l'amour pouvait venir à bout de toutes les difficultés relevait du cliché. C'était une réponse trop simple à un problème tellement compliqué. Et cependant… les réponses les plus simples étaient souvent les meilleures. La seule chose vraiment importante n'était-elle pas ce qu'ils ressentaient mutuellement au fond de leur cœur ?

Holly était maintenant déterminée à rejoindre Zachary. Sa seule crainte était qu'il ne veuille plus d'elle. Lorsqu'elle l'avait quitté, il lui avait clairement fait comprendre que c'était pour toujours. À coup sûr, elle se doutait qu'elle ne serait pas accueillie à bras ouverts.

Holly reposa sa brosse sur sa coiffeuse puis s'observa dans la glace. Elle était pâle et fatiguée, des cernes sombres soulignaient ses yeux. Zachary l'avait connue autrement plus séduisante. Mais qu'importe, elle était décidée à aller jusqu'au bout, et elle irait.

Ouvrant sa penderie, elle inspecta les robes que Zachary lui avait offertes, cherchant le modèle le plus coloré qui soit. S'il acceptait qu'elle revienne, Holly se promit de ne plus jamais porter de robe grise de sa vie. Finalement, elle opta pour la robe en soie vert jade.

Juste au moment où elle commençait d'enfiler ses sous-vêtements, on frappa à sa porte, avant d'ouvrir.

— Milady ? chuchota Maud.

Elle parut surprise et en même temps soulagée de trouver sa maîtresse réveillée.

— Oh, milady, je suis bien contente de vous voir déjà debout. Figurez-vous que vous avez de la visite.

Holly écarquilla les yeux.

— Qui est-ce, Maud ?

— Mlle Elizabeth Bronson, milady. Elle est venue ici toute seule. Sans même un valet pour l'accompagner !

— Aidez-moi à m'habiller, Maud. Il a dû arriver quelque chose.

Moins de dix minutes plus tard, Holly rejoignit le petit salon du rez-de-chaussée où une servante avait déjà apporté une tasse de café à la visiteuse. Dieu merci, le reste de la maisonnée dormait encore. Si les Taylor avaient été réveillés, Holly aurait eu toutes les peines du monde à les empêcher d'intervenir.

— Lizzie ! s'exclama-t-elle joyeusement, à peine franchi le seuil du salon.

Aussi impétueuse qu'à son ordinaire, Elizabeth bondit du sofa et se jeta pratiquement sur elle.

— Milady ! dit-elle, avant de la serrer fougueusement dans ses bras.

Holly échappa à son étreinte pour la contempler avec du recul. La jeune fille était vêtue à la dernière mode, d'une tenue d'équitation bleue et d'un petit chapeau de velours assorti, orné de plumes.

— Vous avez l'air en pleine forme, Lizzie.

— Non, je ne le suis pas, répondit la jeune fille, le regard soudain triste. En fait, ça ne va pas du tout. Je suis tellement malheureuse que j'ai parfois des envies de meurtre contre mon frère et…

Elizabeth s'interrompit un instant en voyant les cernes de Holly.

— Oh, vous semblez si fatiguée, milady ! Et vous avez maigri !

— C'est parce que votre frère ne me donne plus de petits-fours, répondit Holly en se forçant à la légèreté.

Elle fit signe à sa visiteuse de se rasseoir avec elle sur le sofa.

— Dites-moi ce qui vous amène ici de si bonne heure. Et toute seule, en plus ! Vous avez pris des risques avec votre sécurité.

— C'est bien le moment de me soucier de ma sécurité. Tout va horriblement mal et vous êtes la seule personne vers qui je puis me tourner.

Holly commençait à s'alarmer.

— Que se passe-t-il ? C'est à cause de votre mère ? Ou de votre frère ?

— De Zach, bien sûr.

Elizabeth avait bondi du sofa, incapable de tenir en place. Elle se mit à faire les cent pas sur le tapis tout en expliquant :

— Depuis un mois, je ne crois pas l'avoir vu à jeun une seule fois. Aussitôt après votre départ, il est devenu infernal. Il n'a jamais un mot aimable pour personne et il est impossible à satisfaire. Il passe ses journées à boire et ses nuits chez les catins.

— Pour l'instant, je reconnais encore votre frère, voulut ironiser Holly.

— Mais je ne vous ai pas raconté le pire. Il n'a plus l'air de tenir à personne. Ni à moi, ni à maman, ni même à lui. J'ai essayé de me montrer patiente avec lui, mais là, c'est la goutte d'eau qui a fait déborder le vase et je…

Holly essayait péniblement de suivre le fil du récit au milieu de ce flot de paroles.

— Quelle goutte a fait déborder le vase, Lizzie ?

Un sourire éclaira soudain le visage de la jeune fille.

— Votre cousin, M. Somers, m'a demandé ma main.

— C'est vrai ? s'exclama Holly, sincèrement ravie. Alors vous avez réussi à lui mettre un fil à la patte ?

— Oui, répondit la jeune fille d'un air de triomphe. Jason m'aime et je lui rends ses sentiments au centuple. Je n'aurais jamais imaginé que l'amour pouvait être une chose aussi merveilleuse !

— Ma chère Lizzie, je suis si heureuse pour vous ! J'imagine que votre famille l'est également ?

Cette dernière question ramena brutalement la jeune fille à la réalité.

— Justement, non. Zach n'est pas content, lui. Et il m'a même interdit d'épouser Jason.

— *Quoi ?* s'étrangla Holly, incrédule. Et pourquoi donc ? Mon cousin est un garçon parfaitement respectable, promis à une brillante carrière. Quel motif a pu donner votre frère pour justifier ses objections ?

— Zach prétend que Jason n'est pas assez bien pour moi ! Il prétend que je dois épouser un homme titré et fortuné, et que je mérite mieux qu'un vulgaire architecte issu d'une famille ordinaire. C'est d'un snobisme incroyable. Surtout, venant de mon frère !

Holly était médusée.

— Que lui avez-vous répondu, Lizzie ?

Le visage de la jeune fille s'était soudain durci, comme pour montrer sa détermination.

— J'ai dit à Zach la vérité, à savoir que je me moque qu'il approuve ou non mon mariage. J'épouserai Jason Somers de toute façon. Et tant pis si Zach me refuse une dot. Jason pourvoira à nos besoins. Peu lui importe que je sois riche ou pauvre. Quant à moi, je n'ai pas besoin de bijoux, ni d'une grande maison pour être heureuse. Mais ça me crucifie quand même de devoir me marier dans de telles conditions. Maman est effondrée, mon frère et mon fiancé ne s'adressent plus la parole… J'ai peur que notre famille ne vole en éclats. Et tout ça à cause…

Elizabeth n'alla pas jusqu'au bout de sa phrase. Au bord des larmes, elle se prit la tête entre les mains.

— À cause de quoi ? l'encouragea Holly.

Elizabeth prit une profonde inspiration.

— Eh bien, j'ai failli dire « à cause de vous », mais je me suis retenue, parce que je ne voulais pas que cela sonne comme une accusation. Mais le fait est, milady, que Zach a changé du tout au tout après votre départ. J'étais sans doute déjà trop occupée par ma relation avec Jason pour m'apercevoir de ce qui se passait entre vous, mais maintenant je pense avoir compris. Mon frère… mon frère est tombé amoureux de vous, n'est-ce pas ? Mais pas vous. Au fond, vous aviez de bonnes raisons de quitter la maison. Vous avez toujours été si sage, si avisée et…

— Non, Lizzie. Je ne suis ni sage ni avisée, murmura Holly.

— … je sais que vous êtes habituée à fréquenter des hommes qui ne sont pas du même milieu que Zach, et je comprends que vous n'ayez pu lui retourner ses sentiments. Mais je suis venue vous demander une faveur.

Elizabeth essuya furtivement une larme, avant de poursuivre :

— Allez le voir, s'il vous plaît. Parlez-lui et dites-lui quelque chose qui l'aide à reprendre pied. Je ne l'ai jamais vu dans un tel état. Et je suis convaincue que vous êtes la seule personne au monde qu'il écoutera. Ramenez-le à la raison. Sinon, il va se détruire et détruire tous ceux qui l'entourent.

— Oh, Lizzie…

Holly serra très fort la jeune fille contre elle. Les deux amies restèrent un moment ainsi enlacées, puis Holly se décida à rompre le silence.

— Il ne voudra peut-être pas me recevoir.

— C'est un risque, admit Elizabeth. Zach a interdit que votre nom soit prononcé devant lui. Il prétend que vous n'existez plus.

À ces mots, Holly sentit un grand vide se creuser en elle.

— Tout ce que je peux vous promettre, c'est au moins d'essayer. Mais je ne vous garantis pas le résultat, ni même qu'il acceptera de me parler.

Elizabeth hocha tristement la tête.

— Il va falloir que je reparte. Je ne voudrais pas que Zach se doute que je suis venue ici.

— Cette fois, vous ferez le trajet avec un domestique des Taylor, décréta Holly sur un ton sans appel.

Elizabeth lui sourit.

— D'accord, milady. Mais il me quittera au dernier carrefour, pour qu'on ne puisse pas l'apercevoir de la maison.

Et, coulant vers la jeune femme un regard plein d'espoir, elle ajouta :

— Quand comptez-vous rendre visite à Zach, milady ?

— Je l'ignore, confessa Holly, qui se sentait partagée entre angoisse et excitation. Quand je me sentirai les nerfs assez solides !

16

Longtemps après le départ d'Elizabeth, Holly n'avait toujours pas bougé du petit salon. Une tasse de thé à la main, elle récapitulait en pensée les arguments qu'elle comptait employer pour tenter de convaincre Zachary de lui accorder une seconde chance. Mais quelle que soit son éloquence, la jeune femme savait que, de toute façon, c'était lui qui déciderait. Le mieux était donc de jouer la carte de la franchise et de prier pour que tout se passe bien. Par certains côtés, la situation ne manquait pas d'ironie. Holly se souvenait que, plus jeune, elle avait appris les différentes manières d'éconduire un gentleman. Mais on ne lui avait jamais enseigné comment le faire revenir. Connaissant l'orgueil de Zachary, Holly se doutait qu'il ne succomberait pas facilement. Il s'ingénierait au contraire à lui faire payer chèrement son départ. Il exigerait probablement une reddition sans conditions.

— Grands dieux ! Que vous paraissez songeuse, ma chère ! s'exclama soudain une voix.

C'était lord Blake. Perdue dans ses pensées, Holly en avait oublié qu'ils avaient rendez-vous pour une promenade à cheval.

Il pénétra dans la pièce, l'allure confiante, d'une élégance parfaite dans sa tenue d'équitation. Ravenhill avait de quoi faire rêver bien des femmes. Cependant, Holly comprit que le moment était venu de mettre les choses au clair avec lui.

— Bonjour, milord, l'accueillit-elle en lui désignant un siège près d'elle.

— Vous n'êtes pas habillée pour faire du cheval, lui fit-il remarquer. Suis-je en avance ? Ou avez-vous changé votre programme de la matinée ?

— J'ai changé mon programme sur beaucoup de choses, attaqua-t-elle d'emblée.

— Ah, je vois que vous souhaitez une discussion sérieuse, dit Ravenhill avec un sourire taquin, mais son regard était attentif.

— Lord Blake, j'ai bien peur que vous ne me retiriez votre amitié après avoir entendu ce que j'ai à vous dire.

Il lui prit la main pour la baiser tendrement.

— Chère amie, vous ne perdrez jamais mon amitié. Quoi que vous me disiez, aujourd'hui ou un autre jour.

Ce mois écoulé durant lequel ils s'étaient vus quotidiennement avait renforcé leur confiance mutuelle. Holly se devait donc d'être la plus franche possible.

— J'ai décidé de ne pas vous épouser.

Il ne cilla pas, ni ne manifesta la moindre surprise.

— Je suis désolé de l'entendre, se contenta-t-il de répondre d'une voix parfaitement posée.

— Vous méritez mieux qu'un mariage de convenance, lord Blake. Ce qu'il vous faut, c'est une femme que vous aimerez passionnément, sans laquelle vous ne sauriez vivre un instant. Quant à moi…

— Quant à vous ? l'encouragea Ravenhill, qui tenait toujours la main de la jeune femme dans la sienne.

— Je vais essayer d'avoir le courage de demander à M. Bronson de me prendre pour épouse.

Il y eut un long silence.

— Je suppose, dit-il finalement, que vous êtes consciente que votre choix pourrait vous aliéner les faveurs de la bonne société ?

— Cela n'a aucune importance ! répliqua Holly, avec un rire étranglé. Ma réputation irréprochable ne me fut d'aucun réconfort dans les années qui suivirent la mort de George. Je la brade volontiers en échange d'un véritable amour. Je regrette seulement d'avoir mis si long-temps à comprendre ce qui était réellement important. Après la mort de George, j'étais terrifiée à l'idée de donner à nouveau mon cœur à quelqu'un. Pour cette raison, je me suis menti à moi-même, comme j'ai menti à tout le monde.

— Dans ce cas, ne tardez plus. Allez voir Bronson et dites-lui la vérité.

Holly lui sourit avec affection. Elle était émue par la générosité de sa réaction.

— Lord Blake, vous étiez supposé me rappeler mes devoirs et me parler de mon honneur, ironisa-t-elle.

— Ma chère Holly, je crois assez en votre bon sens pour vous savoir capable de décider seule ce qui est le mieux pour vous-même et pour Rose. Si votre choix est d'épouser Bronson, je l'accepte.

— Vous me surprenez, milord.

— Je ne souhaite que votre bonheur, Holly. Les chances d'être heureux sont si rares, dans la vie, que je m'en voudrais de gâcher les vôtres.

La sollicitude inattendue avec laquelle Ravenhill accueillait sa décision soulagea grandement la jeune femme.

— Si seulement tout le monde était comme vous, lui dit-elle, avec un sourire de gratitude.

— Mais ce n'est pas le cas, répondit-il, une pointe d'ironie dans la voix.

Et ils se sourirent mutuellement, leurs mains toujours jointes, avant que Holly ne retire finalement la sienne.

— Pensez-vous que George aurait aimé M. Bronson ? ne put-elle s'empêcher de demander.

Ravenhill faillit éclater de rire.

— Je ne le pense pas, non. Ils n'auraient pas eu assez de points communs pour s'entendre. Bronson aurait paru un peu trop rustre au goût de George. Mais cela a-t-il vraiment de l'importance, aujourd'hui ?

— Non, confessa Holly. Je souhaite de toute façon épouser M. Bronson.

Ravenhill lui reprit la main, cette fois pour l'aider à se lever.

— Allez donc le voir sans plus tarder. Mais avant que nous nous quittions, je voudrais que vous me promettiez quelque chose.

— Oh, non, plus de promesses ! protesta la jeune femme en riant. Elles m'ont trop coûté.

— Celle-ci ne vous coûtera rien. Promettez-moi seulement que si jamais il vous arrivait quelque chose, vous penserez à vous tourner vers moi.

— C'est entendu, répondit Holly.

Elle ferma les paupières, le temps qu'il dépose un baiser sur son front, puis les rouvrit, pour ajouter :

— Je voulais aussi vous dire, lord Blake, qu'à mes yeux vous avez grandement honoré votre promesse envers George. Pas un seul instant vous n'avez démérité de l'amitié qu'il avait placée en vous.

Pour toute réponse, Ravenhill l'étreignit chaleureusement, avant de la quitter.

Quand son attelage s'immobilisa enfin devant la demeure des Bronson, Holly se sentait les nerfs à fleur de peau. Un valet se précipita pour lui ouvrir la portière et l'aider à descendre, tandis que Mme Burney s'avançait sur le perron. Holly faillit rire en songeant que jamais elle n'aurait imaginé être un jour aussi heureuse de revoir la gouvernante. La maison et ses domestiques lui semblaient merveilleusement familiers. Comme si elle rentrait chez elle. Cependant, son estomac se nouait à l'idée que Zachary Bronson puisse la renvoyer dès qu'il l'apercevrait.

— Ravie de vous revoir, milady, l'accueillit Mme Burney, qui paraissait cependant mal à l'aise, malgré son sourire de circonstance.

— Bonjour, madame Burney, répliqua Holly. Comment allez-vous ?

La gouvernante haussa les épaules d'un air las.

— Pas très bien, ma foi…

Et, baissant la voix, elle ajouta :

— Depuis votre départ, tout va de travers. Le maître…

Elle n'osa pas poursuivre, se souvenant tout à coup qu'un domestique ne devait pas se mêler de la vie de ceux qu'il servait.

— Je suis venue voir M. Bronson, expliqua Holly, qui se sentait brusquement aussi anxieuse qu'une fillette de dix ans s'apprêtant à demander une faveur à une grande personne. Pardonnez-moi de ne pas vous avoir prévenue de ma visite, mais c'est assez urgent.

Le visage de la gouvernante s'était assombri. Elle se triturait nerveusement les mains.

— Milady, je ne sais trop comment vous le dire, mais… Enfin, voilà : le maître a reconnu votre voiture depuis une fenêtre et il… il ne reçoit pas de visites.

Baissant encore la voix, elle précisa :

— Il ne va pas bien, milady.

Holly haussa les sourcils.

— Serait-il malade, madame Burney ?

— Pas exactement.

La gouvernante devait vouloir dire que Zachary avait bu. Troublée, Holly hésita.

— Je devrais peut-être revenir une autre fois, dit-elle. Quand M. Bronson aura les idées plus claires.

La gouvernante semblait en plein désarroi.

— J'ignore quand cela se produira, milady.

Leurs regards se croisèrent. Quoique la gouvernante s'interdît d'exprimer le moindre avis personnel, Holly eut la conviction qu'elle souhaitait qu'elle reste.

— Je ne voudrais surtout pas déranger M. Bronson, reprit-elle, mais il se trouve que… euh… en partant d'ici, j'ai oublié certaines… certains effets personnels dans ma chambre. Verriez-vous une objection à ce que je les récupère ?

La gouvernante parut grandement soulagée par cette nouvelle proposition.

— Non, milady, aucune objection, s'empressa-t-elle de répondre. C'est bien naturel que vous repreniez ce qui vous appartient. Désirez-vous que je vous accompagne, ou saurez-vous retrouver le chemin toute seule ?

— Ne vous inquiétez pas, je n'ai pas oublié, la rassura Holly avec un sourire. En revanche, vous pourriez peut-être me dire où se trouve M. Bronson, pour que j'évite de le déranger ?

— Je crois savoir qu'il est dans sa chambre, milady.

— Je vous remercie, madame Burney.

Holly entra dans la maison, qui dégageait une atmosphère de mausolée. Le hall était désert, et baignait dans une semi-obscurité. À vrai dire, Holly ne tenait pas à rencontrer Paula, ni Elizabeth. Elle aurait été obligée de les saluer et se serait sentie distraite de sa mission. Elle s'empressa donc de gravir le grand escalier. La perspective de revoir Zachary lui causait une telle excitation qu'elle avait du mal à contenir les battements de son cœur. Et c'est presque en tremblant qu'elle se dirigea vers sa chambre, dont la porte était restée entrouverte. Elle songea un moment à frapper, puis se ravisa, pour ne pas donner à Zachary l'occasion de la mettre dehors.

Elle poussa le battant le plus doucement possible. C'était la première fois que la jeune femme pénétrait dans la chambre de Zachary et le décor l'émerveilla. Le lit, immense, était recouvert de brocart et de velours bleu. Quatre grandes fenêtres entourées de boiseries ouvraient sur le parc. Zachary se tenait devant l'une d'elles, un verre à la main. Ses cheveux étaient encore humides de sa toilette matinale et il portait un peignoir de soie imprimée qui descendait presque jusqu'à ses pieds nus.

— Qu'a-t-elle dit ? demanda-t-il, s'imaginant qu'il avait affaire à la gouvernante.

Holly prit une profonde inspiration avant de se jeter à l'eau.

— Elle a insisté pour vous voir.

Zachary se raidit instinctivement en reconnaissant sa voix.

— Sors, dit-il froidement. Retourne auprès de Ravenhill.

— Je n'appartiens pas à lord Blake, murmura la jeune femme. Pas plus qu'il ne m'appartient.

Zachary se retourna lentement. Il but une rasade d'alcool, ses prunelles noires rivées sur la jeune femme. Holly fut stupéfaite de voir combien il avait changé depuis leur dernier face-à-face. Il était blême et de grands cernes noirs entouraient ses paupières. Elle mourait d'envie de se jeter dans ses bras. « Mon Dieu, pria-t-elle, faites qu'il ne me renvoie pas. » Elle était horrifiée de voir que ces beaux yeux sombres, qui l'avaient autrefois contemplée avec chaleur et passion, ne la regardaient plus aujourd'hui qu'avec une morne indifférence.

— Que veux-tu dire exactement ? demanda-t-il d'une voix monocorde, comme si le sujet ne l'intéressait pas plus que cela.

Holly referma la porte et rassembla son courage pour s'approcher de quelques pas.

— Lord Blake et moi avons décidé de rester bons amis, mais de ne pas nous marier. Je lui ai expliqué que je ne pourrais pas tenir la promesse faite à George parce que…

Holly n'eut pas la force de continuer, paralysée par l'absence de réaction de Zachary.

— Parce que ? répéta-t-il de sa même voix monocorde.

— Parce que mon cœur est déjà pris ailleurs.

Un long, très long silence suivit l'aveu de la jeune femme. Pourquoi Zachary ne réagissait-il pas ? Pourquoi restait-il aussi froid ?

— C'était une erreur, lâcha-t-il finalement.

Holly n'était pas sûre d'avoir bien compris à quoi il faisait allusion.

— Mon erreur, c'est de t'avoir quitté, dit-elle précipitamment. Et si je suis revenue, c'est pour t'expliquer les choses et te demander…

— Non, Holly, la coupa Zachary, en secouant la tête. Tu n'as rien à expliquer. J'ai très bien compris les raisons de ton départ.

Il eut un sourire las, avant d'ajouter :

— Après un mois de réflexion, j'ai fini par accepter ta décision. Tu as fait le bon choix. Tu avais raison : ça se serait mal terminé, entre nous. Mieux valait rester sur de bons souvenirs.

Ses propos définitifs alarmèrent la jeune femme.

— Zachary, je t'en prie, n'ajoute plus rien. Écoute-moi d'abord. Je te dois la vérité, toute la vérité. Quand tu l'auras entendue, si tu souhaites toujours me voir partir… alors je partirai. Mais je ne quitterai pas cette pièce tant que je ne t'aurai pas dit tout ce que j'ai sur le cœur.

— Et si je refuse de t'écouter ? demanda-t-il avec un faible sourire.

— Je ne te laisserai pas un instant de repos. Je te suivrai partout et je te crierai ma vérité jusqu'à ne plus avoir de voix.

Zachary termina son verre, puis se dirigea vers la table de nuit où l'attendait une bouteille de whisky.

— Très bien, dit-il en remplissant son verre. Dis ce que tu as à dire. Je t'accorde cinq minutes. Pas plus. Après, tu t'en iras. D'accord ?

— D'accord.

Holly déglutit péniblement. Mettre son âme à nu n'était pas un exercice facile, surtout devant un homme tel que Zachary Bronson. Mais c'était l'unique moyen d'avoir une chance de le reconquérir.

— Je t'ai aimé tout de suite, commença-t-elle en s'obligeant à le regarder droit dans les yeux. Mais je ne l'ai compris que plus tard, parce qu'au début je ne me rendais même pas compte de ce qui m'arrivait. Et surtout, je ne voulais pas affronter la réalité en face.

Elle espérait une réaction de Zachary, mais il gardait un visage impassible.

— Quand George est mort dans mes bras, reprit-elle, j'ai eu envie de mourir, moi aussi. Et je ne voulais surtout pas connaître une seconde fois un tel chagrin. Le meilleur moyen était donc de ne jamais retomber amoureuse et de ne surtout plus donner mon cœur à quelqu'un. Alors je me suis servie de la promesse que j'avais faite à George pour te tenir à l'écart.

Holly eut tout à coup l'impression que Zachary reprenait quelques couleurs. Encouragée par ce changement qu'elle jugeait positif, elle continua en hâte :

— Je crois que j'aurais utilisé n'importe quel prétexte pour me défendre de t'aimer. Et puis... Quand nous avons... Dans le petit chalet...

Elle baissa les yeux.

— De ma vie je n'avais jamais rien ressenti de tel. C'était merveilleux, et en même temps, j'étais déboussolée. J'avais l'impression d'avoir perdu le contrôle de mon cœur et de mes pensées, alors je me suis affolée et je t'ai quitté. Mon intention était de reprendre mon ancienne existence, mais cela n'a pas marché. Je me suis aperçue que j'avais changé. À cause de toi. Grâce à toi.

Elle sentit soudain les larmes lui brouiller la vue.

— J'ai fini par réaliser qu'il y avait pire que de te perdre... C'était de ne pas t'avoir du tout.

Et d'une voix à peine plus forte qu'un murmure, elle termina :

— Laisse-moi rester, Zachary, s'il te plaît. Aux conditions que tu voudras. Je t'aime trop pour vivre sans toi.

La chambre était silencieuse comme une tombe. Zachary n'avait toujours rien dit et il restait parfaitement immobile. S'il avait encore voulu d'elle, songea Holly, s'il avait tenu encore un tant soit peu à elle, il l'aurait prise dans ses bras. Son absence de réaction lui donnait l'envie de disparaître sous terre. Elle n'avait aucune idée de ce qu'elle ferait, ni où elle irait après avoir quitté cette maison. Comment réussirait-elle à se reconstruire une nouvelle vie, alors qu'elle serait rongée de regrets ? Le cœur brisé, elle fixait le sol, luttant pour ne pas sangloter ouvertement.

Tout à coup, les pieds nus de Zachary s'encadrèrent dans son champ de vision. Elle ne l'avait pas entendu approcher. Il lui prit la main gauche et la contempla sans mot dire. Holly comprit qu'il regardait son alliance. Elle ne l'avait jamais retirée depuis le jour où George la lui avait passée au doigt devant l'autel. Elle libéra sa main, fit glisser l'anneau de son doigt et le laissa tomber sur le tapis. Puis elle contempla la marque blanche qu'il avait laissée sur son annulaire, avant d'oser lever ses yeux brillant de larmes sur Zachary.

Elle l'entendit murmurer son nom puis, à sa grande stupéfaction, elle le vit s'agenouiller devant elle et enfouir son visage dans ses jupes, comme un enfant épuisé ou malheureux.

Muette d'étonnement, la jeune femme lui caressa les cheveux, qu'il avait si épais et si soyeux en même temps.

— Mon amour… murmura-t-elle encore et encore.

Zachary se releva tout d'un coup, d'un mouvement leste, pour la regarder dans les yeux. Il avait l'expression d'un homme revenu de l'enfer.

— Maudite sois-tu, marmonna-t-il en essuyant du pouce une larme sur la joue de la jeune femme. Je devrais t'étrangler pour tout ce que tu nous as fait subir.

— Tu m'avais dit de ne jamais revenir, sanglota Holly, au comble du soulagement. J'avais si peur que… que tu me rejettes.

— J'étais tellement malheureux de te perdre. Mais je ne pensais pas un mot de ce que je te disais.

Il l'écrasa contre lui et enfouit ses mains dans sa chevelure.

— Tu m'avais dit que tu ne m'accorderais pas de seconde chance…

— Mille chances, au contraire. Dix mille chances.

— Pardonne-moi, balbutia-t-elle. Pardonne-moi…

— Maintenant, tu vas m'épouser, la coupa Zachary d'un ton sans appel.

— Oui, oui… murmura Holly, avant de l'embrasser fougueusement, comme elle en avait eu si souvent envie au cours du mois écoulé.

Zachary lui rendit son baiser avec une passion si violente qu'elle en eut le cœur chaviré.

— Je te veux dans mon lit, dit-il d'une voix rauque. Tout de suite.

Holly, rougissante, eut à peine le temps de hocher la tête en signe d'acquiescement que Zachary l'avait déjà soulevée dans ses bras pour la porter jusqu'au lit. Apparemment, il ne lui laissait pas vraiment le choix, mais l'aurait-elle eu qu'elle n'aurait même pas songé à lui refuser cette privauté. Elle l'aimait au-delà de toute limite, au-delà de toute morale. Désormais, elle lui appartenait comme il lui appartenait.

Zachary la déshabilla fiévreusement, n'hésitant pas à tirer sur les boutons de sa robe quand ils lui résistaient. Assise au bord du lit, Holly l'aidait de son mieux, délaçant elle-même ses bottines, ôtant ses bas, levant les bras au-dessus de sa tête quand il voulut la débarrasser de sa fine chemise de coton. Lorsqu'elle fut entièrement nue, elle s'allongea sur le lit. Zachary ôta son peignoir et vint s'étendre auprès d'elle.

Le spectacle de son corps, si musclé et si terriblement viril, émerveilla la jeune femme.

— Oh, Zachary, tu es si beau… murmura-t-elle en lui caressant le torse d'une manière presque respectueuse.

Il sourit.

— C'est toi, qui es belle. Je ne me suis jamais remis de cette première vision de toi, au bal de lady Bellemont.

— Pourtant, il faisait noir.

— Je t'ai suivie après notre baiser dans le jardin, expliqua-t-il. Je t'ai vue monter dans ton attelage et j'ai pensé que je n'avais jamais vu créature plus ravissante, ajouta-t-il en déposant un baiser sur l'épaule de la jeune femme.

— Et c'est alors que tu as commencé à comploter pour m'avoir sous ton toit, devina Holly.

— Oui. Je voulais coucher avec toi et j'ai fini par comprendre que le meilleur moyen de t'avoir, c'était d'abord de t'employer. Mais ce qui ne devait être qu'un exercice de séduction s'est transformé en histoire d'amour.

— Et tes intentions, répréhensibles au départ, sont devenues honorables à l'arrivée, s'amusa la jeune femme.

— Non. J'ai toujours envie de coucher avec toi.

— Zachary Bronson ! le gronda Holly.

Il rit, avant de s'allonger sur elle. La jeune femme sentit son pouls s'accélérer tandis que son genou s'insinuait doucement entre ses jambes et les lui écartait.

— L'épisode du chalet, reprit-il, m'avait semblé paradisiaque. Mais la façon dont tu m'as quitté, juste après, a ressemblé à une descente aux enfers.

— J'avais peur, se justifia Holly, pleine de remords, en déposant une pluie de baisers sur son visage. Peur de moi-même, peur de mes sentiments…

— Moi aussi j'avais peur. Je ne savais pas si j'arriverais jamais à me remettre de ton départ.

Elle sourit.

— À t'entendre, on croirait que je suis une maladie.

Zachary lui rendit son sourire.

— Une maladie contre laquelle il n'existe aucun remède. J'ai bien pensé voir d'autres femmes, mais c'était impossible. Bon sang, je ne désire plus que toi.

Holly en aurait pleuré de soulagement. L'idée que Zachary ait pu faire l'amour à d'autres femmes pendant leur séparation l'avait torturée jusqu'à lui ôter le sommeil.

— Alors, tu n'as pas…

— Non, je n'ai pas, répliqua-t-il dans un grognement. À cause de toi, j'ai subi un mois d'abstinence complète et crois-moi que, maintenant, tu vas me le payer.

Holly ferma les yeux, et c'est toute frissonnante qu'elle l'entendit lui chuchoter à l'oreille :

— J'aime autant te prévenir que durant les heures à venir, tu n'auras d'autre tâche que de satisfaire tous mes désirs.

— Oui, murmura-t-elle. Je ne demande pas mieux…

Elle ne put en dire davantage. Penché sur elle, Zachary avait entrepris de lui titiller de la langue la pointe d'un sein, jusqu'à ce qu'il se contracte, alors, il le prit en pleine bouche. Holly frissonna de la tête aux pieds. Elle agrippa les épaules de son amant, émerveillée une nouvelle fois de sentir ses muscles puissants rouler sous ses doigts, tandis que se poursuivait l'exquise torture.

Sans abandonner ses seins, il immisça sa main entre les cuisses de la jeune femme. Il approcha de la fleur de sa féminité, qu'il se contenta de frôler du bout des doigts, jusqu'à ce que Holly, haletante de désir, s'arque contre lui en écartant grand les cuisses.

— S'il te plaît, Zachary, l'implora-t-elle.

Pour toute réponse, Zachary s'empara de ses lèvres, en un baiser impérieux auquel elle s'abandonna totalement. Elle s'enivrait de sentir sa virilité palpiter contre son ventre et, sans réfléchir, saisit son sexe durci d'une main un peu tremblante. Elle commença à le caresser doucement, stupéfaite de sa propre audace, et rougit lorsqu'elle sentit la main de Zachary s'enrouler autour de la sienne pour l'inciter à le caresser avec vigueur.

— Tu es sûr que je peux y aller si fort ? murmura Holly, cramoisie d'embarras et d'excitation mêlés.

— Les hommes ne sont pas comme les femmes, répliqua-t-il. Vous préférez la douceur, nous avons besoin… d'enthousiasme.

Holly lui fit la démonstration de son enthousiasme, jusqu'à ce que Zachary lui écarte la main en grognant un juron.

— Ça suffit, murmura-t-il. Je ne voudrais pas arriver trop vite à la conclusion.

Holly noua les bras autour de son cou et lui couvrit le visage de baisers avides.

— J'ai envie de toi, Zachary, souffla-t-elle. Terriblement envie...

— Tu veux revivre ce que tu as connu dans le chalet d'été, n'est-ce pas ?

La jeune femme acquiesça silencieusement. Tout son corps vibrait du désir d'être possédée. Zachary la regarda un instant, les yeux brillants, puis il s'agenouilla entre ses jambes et, lentement, fit courir ses lèvres depuis ses seins jusqu'à son bas-ventre, laissant une traînée de feu dans le sillage de sa bouche. Il lui empoigna fermement les hanches et Holly tressaillit de surprise et poussa un cri étranglé lorsqu'elle le sentit s'aventurer au cœur même de sa féminité. Zachary s'interrompit un instant pour lever les yeux vers elle.

— Aurais-je choqué milady ?

— Ou... oui, murmura Holly.

— Pose tes jambes sur mes épaules.

La jeune femme le regarda, mortifiée.

— Zachary, je ne peux pas...

— Pose tes jambes sur mes épaules.

Holly ferma les yeux et s'exécuta. Presque aussitôt, elle sentit qu'il immisçait ses doigts en elle, puis ce furent ses lèvres et sa langue. Une onde de plaisir comme elle n'en avait jamais connu lui incendia le ventre. Elle gémit, elle cria, ce qui sembla exciter encore davantage son amant. Il lui agrippa solidement les fesses, sa langue allait et venait, la torturait avec un art consommé, et Holly se sentait perdre pied. Lorsque le plaisir la surprit, elle ne put retenir un cri sauvage. La bouche de Zachary continua son office tant que les dernières convulsions voluptueuses agitaient le corps de sa compagne. Quand elle fut enfin apaisée, il reposa avec précaution ses jambes tremblantes sur les draps et revint s'étendre sur elle.

Holly sentit aussitôt son sexe érigé se presser contre son bas-ventre.

— Pitié, Zachary, murmura-t-elle.

— Pas de pitié pour toi, milady.

Et il l'embrassa avec ardeur, tout en s'introduisant doucement en elle. Holly pensait avoir atteint les sommets de la jouissance et de l'épuisement, mais de sentir Zachary en elle raviva son désir et elle se cambra instinctivement pour l'accueillir.

— Tu es à moi, chuchota-t-il en commençant à se mouvoir en elle. Tu m'appartiens, Holly. Pour toujours…

— Oui… gémit-elle.

— Dis-le-moi. Je veux t'entendre me le dire, la pressa-t-il, accélérant le rythme.

— Je t'aime, Zachary. J'ai tant besoin de toi…

Il la récompensa d'une poussée plus forte que toutes les autres et la jeune femme, à son grand étonnement, renoua avec la jouissance, à l'instant même où Zachary, dans un grognement, s'abandonnait à son tour.

Ils demeurèrent un instant immobiles, leurs souffles saccadés troublant seuls le silence de la chambre. Puis Zachary fit mine de se retirer, et Holly le retint en protestant.

— Je t'écrase, souffla-t-il.

— Je m'en moque, reste.

Un sourire aux lèvres, il roula sur le côté en l'entraînant avec lui.

— C'était encore mieux que dans le chalet, s'émerveilla Holly.

Il rit doucement.

— Je sens que je vais adorer être ton professeur.

Sa remarque, curieusement, assombrit la jeune femme.

— Zachary, commença-t-elle gravement, je ne peux m'empêcher de me demander si un homme comme toi pourra vraiment se contenter d'une seule femme.

Zachary prit le visage de la jeune femme entre ses mains et lui embrassa le front. Puis la relâchant, il la regarda droit dans les yeux.

— Je t'attendais depuis des années. C'est toi seule que je veux. Maintenant et pour toujours. Si tu ne me crois pas, je...

— Je te crois, le coupa-t-elle en posant un doigt sur ses lèvres. Je n'ai nul besoin de preuves, ni de promesses, ajouta-t-elle avec un sourire.

— Cela ne me gênerait pas de te le prouver à nouveau, répliqua-t-il en lui agrippant les fesses.

— Non, Zachary, sois sérieux. Il faut qu'on parle. Je voudrais te demander quelque chose...

Zachary lui caressait paresseusement les reins.

— Hmmm?

— Pourquoi as-tu éconduit M. Somers quand il t'a demandé la main d'Elizabeth?

La question le fit sursauter.

— Comment sais-tu cela?

Elle secoua la tête.

— Réponds à ma question, s'il te plaît.

Il étouffa un juron et laissa retomber sa tête sur l'oreiller.

— Je l'ai éconduit parce que je veux le tester.

— Le tester? répéta Holly, qui s'écarta de Zachary et s'appuya sur un coude pour le regarder, incrédule. Mais pourquoi? Tu ne crois quand même pas qu'il veut épouser Elizabeth pour sa... pour ta fortune?

— Je n'écarte aucune éventualité.

— Zachary, tu ne peux pas passer ton temps à manipuler les gens comme s'ils n'étaient que de vulgaires pions sur un échiquier. Surtout, quand il s'agit des membres de ta famille.

— Je m'efforce simplement de protéger les intérêts de Lizzie. Si Somers veut quand même d'elle sans mon approbation – et donc, sans la dot qui ira avec –, alors, il aura remporté le test.

Holly soupira de frustration.

— Zachary, ta sœur aime Jason. Tu dois respecter son choix. Et même si Jason passe ton test avec brio, Elizabeth et lui ne te pardonneront jamais ton attitude. Il en restera des séquelles.

— Que veux-tu que je fasse ?

— Tu le sais très bien, murmura la jeune femme en se lovant contre lui.

— Écoute, Holly, j'ai toujours mené ma vie selon certains principes et je n'ai pas envie d'en changer. C'est dans ma nature de me protéger et de protéger ma famille de tous ceux qui voudraient profiter de nous. Si tu veux faire de moi…

— Je ne veux rien faire de toi, Zachary. Je t'aime tel que tu es. Mais je voudrais tellement que ta sœur soit heureuse. Oserais-tu lui interdire de connaître le bonheur que nous connaissons toi et moi ? Laisse tomber ce maudit test et donne ta bénédiction à Jason.

Il resta un moment sans rien dire. Holly devinait la lutte qui avait lieu en lui, entre sa tendance à tout contrôler et l'amour qu'il portait à sa sœur. Tandis qu'il réfléchissait, elle n'avait cessé de le caresser, si bien qu'il finit par éclater de rire.

— Je déteste qu'on me manipule, marmonna-t-il.

— Je n'essaie pas de te manipuler, mon chéri. Mais simplement de faire appel aux bons côtés de ton caractère.

Il rit encore et Holly eut le sentiment que la partie était gagnée.

— Alors tu vas rappeler Jason ? Et tout arranger pour Elizabeth ?

— Oui, mais plus tard, dit-il en lui caressant un sein.

— Mais, Zachary, protesta la jeune femme, qui avait deviné ses intentions. Tu ne peux pas déjà refaire ça… Pas si vite après…

Holly n'acheva pas sa phrase. Elle venait de sentir le sexe de Zachary s'immiscer entre ses cuisses, et un gémissement d'étonnement et de plaisir mêlé monta dans sa gorge.

— Tu vas voir si je ne peux pas, lui murmura-t-il tendrement à l'oreille.

Holly et Zachary se promenaient main dans la main dans le parc de la propriété. Un soleil printanier jetait ses rayons sur les crocus et les iris qui bordaient l'allée, tandis que les arbres fruitiers embaumaient l'air du parfum de leurs fleurs. Holly respirait à pleins poumons et se sentait gagnée par une douce euphorie.

— Ta maison est une horreur architecturale, mais le parc est une vraie merveille. Un petit avant-goût du paradis.

Zachary, amusé, lui étreignit un peu plus fort la main. L'après-midi s'était écoulé de manière enchanteresse à faire l'amour, à rire et à converser. Maintenant qu'ils s'étaient réconciliés, ils avaient des milliers de choses à se dire et le temps passait trop vite.

Toutefois, Holly était impatiente de rentrer chez les Taylor pour annoncer à sa fille son prochain mariage. Quand ils apprendraient la nouvelle, les Taylor crieraient probablement au scandale, mais elle n'en avait cure. Elle n'avait de toute façon pas le choix : elle ne se voyait plus vivre sans Zachary.

— Reste avec moi, lui dit-il à cet instant, comme s'il avait lu dans ses pensées. J'enverrai un domestique chercher Rose et vous habiterez toutes les deux ici en attendant le mariage.

— Tu sais bien que ce n'est pas possible.

Zachary fronça les sourcils.

— Je n'aime pas te savoir loin de moi.

Holly détourna la conversation en évoquant leur mariage, qu'elle voulait simple et discret. Malheureusement, Zachary semblait désirer une cérémonie plus grandiose : messe en grande pompe, banquet de cinq cents couverts, bal somptueux et autres billevesées du même acabit. Holly dut se montrer ferme.

— Je tiens à une cérémonie intime, Zachary.

— Bon, d'accord. Tout bien considéré, nous n'avons pas besoin d'inviter plus de trois cents personnes.

Holly le regarda, médusée.

— Quand je disais « intime », je n'avais pas ce chiffre en tête. Je pensais à une douzaine d'invités tout au plus.

Zachary serra les dents.

— Je veux que tout Londres sache que j'ai eu ta main, s'obstina-t-il.

— Ils le sauront, ne t'inquiète pas, répliqua la jeune femme avec flegme. Les commérages iront bon train.

Et, avec un sourire enjôleur, elle ajouta :

— L'avantage d'un petit mariage, c'est qu'on peut l'organiser plus vite. Je n'ai pas envie d'attendre plus longtemps que nécessaire pour t'appartenir.

L'argument avait porté. Zachary se pencha vers elle et lui mordilla l'oreille avant de chuchoter :

— J'ai envie de toi. Viens, rentrons à la maison, mon amour. Je vais te…

Holly trouva la force de le repousser.

— Plus rien, tant que nous ne serons pas mariés, décréta-t-elle. Je crois que je me suis assez compromise comme cela pour aujourd'hui.

— Ce n'est pas mon avis, répliqua Zachary en laissant ses mains errer sur le buste de la jeune femme.

Elle éclata d'un rire mal assuré.

— Tu n'oserais quand même pas ! Un gentleman doit traiter sa fiancée avec respect et…

Zachary lui attrapa la main, pour la poser sur son entrejambe.

— Sens donc la taille de mon respect.

Holly aurait dû protester avec véhémence, mais elle n'en fit rien et lui abandonna sa main.

— Zachary Bronson, tu es horriblement vulgaire.

Il rit.

— C'est précisément l'une des choses que tu aimes chez moi.

— Très juste.

Zachary l'embrassa tendrement dans le cou.

— Laisse-moi t'emmener jusqu'au chalet d'été. Juste quelques minutes. Personne n'en saura rien.

Holly s'écarta de lui à contrecœur.

— Mais *moi*, je le saurai !

Zachary secoua la tête en soupirant de frustration.

— Très bien. Je ne te toucherai plus jusqu'à notre nuit de noces. Mais tu regretteras de m'avoir fait attendre.

— Je le regrette déjà, confessa la jeune femme.

Il plongea son regard dans le sien, et ils restèrent ainsi un long, très long moment.

Le lendemain, Zachary se leva à 8 heures, ce qui était tard, pour lui. Pour la première fois depuis un mois, il avait très bien dormi. Il ne se souvenait pas s'être jamais senti aussi détendu. Après des années de lutte acharnée, il avait l'impression d'avoir enfin atteint le sommet qu'il convoitait. Pour la première fois de sa vie peut-être il allait goûter au vrai bonheur. La raison de ce changement était à la fois merveilleuse et d'une extrême banalité. Il était amoureux. Zachary avait fini par trouver la femme de sa vie, et cela ressemblait à un miracle.

Tout en prenant son petit-déjeuner solitaire, il se promit d'adresser un mot à Jason Somers dès qu'il serait à son bureau. Mais le jeune homme le surprit en lui rendant de lui-même une visite matinale. Zachary terminait tout juste son café quand la gouvernante vint lui annoncer son arrivée. Il lui demanda d'introduire l'architecte dans la salle à manger.

Pâle, amaigri et vêtu comme s'il se rendait à des funérailles, Jason Somers avait des allures de héros tragique. Zachary ne put s'empêcher d'éprouver une pointe de remords en se rappelant la façon dont il avait sèchement éconduit le jeune homme lors de leur dernière entrevue. Somers devait s'en souvenir mot pour mot, ce qui expliquait sa mine et la détermination qui se lisait sur son visage.

Zachary, qui n'avait pas pris le temps de s'habiller et ne portait que sa robe de chambre, lui fit signe de le rejoindre à table.

— Pardonnez ma tenue, mais il est un peu tôt pour rendre visite aux gens. Désirez-vous du café ?

— Non, merci, répliqua Somers, sans bouger.

Zachary allongea les jambes devant lui et sirota une gorgée de café.

— Le hasard fait bien les choses, attaqua-t-il. J'avais justement prévu de vous écrire aujourd'hui.

Les yeux du jeune homme s'étrécirent.

— Ah ? Au sujet de votre propriété du Devon, j'imagine ?

— Non. Au sujet de ce dont nous avons discuté la dernière fois.

— Pour autant que je me souvienne, il n'y a pas eu de discussion, répliqua Somers. Je vous ai demandé la main d'Elizabeth et vous avez sèchement refusé.

— C'est exact, acquiesça Zachary, qui s'éclaircit la voix, avant de continuer : Eh bien, je…

— Vous ne m'avez pas laissé le choix, monsieur, le coupa Somers, se jetant à l'eau. Malgré tout le respect que je vous dois, je suis venu vous avertir que j'épouserai Elizabeth, avec ou sans votre consentement. Quoi que vous, ou d'autres, puissent penser, ce n'est pas l'argent qui m'intéresse. J'aime votre sœur. Et j'ai la fatuité de penser que ce sentiment est réciproque. Je travaillerai dur pour subvenir à nos besoins et je traiterai mon épouse avec tout le respect qu'elle mérite. Si cela ne vous suffit pas, vous pouvez aller au diable.

Zachary était impressionné par l'attitude du jeune homme – ce n'était pas si souvent que quelqu'un osait lui tenir ainsi tête.

— J'aimerais vous poser une question, monsieur Somers. Pourquoi aimez-vous Elizabeth ?

— Parce que nous sommes faits l'un pour l'autre et que nous avons mille points communs.

— Pas socialement.

— Je me moque parfaitement du statut social de votre sœur. Cela n'a aucun rapport avec l'amour.

La réponse satisfaisait Zachary. Son instinct lui disait que Somers était un homme de confiance et qu'il aimait sincèrement Elizabeth.

— Dans ce cas, vous avez mon accord pour épouser Lizzie. Mais à une petite condition.

Somers le fixa un moment, médusé.

— Laquelle? finit-il par demander d'un ton suspicieux.

— J'ai un autre projet pour vous.

Somers secoua la tête.

— Je ne veux pas passer ma carrière à travailler pour vous et à être accusé de favoritisme. Je suis trop orgueilleux pour cela. Je préfère trouver d'autres clients, et vous recommander un nouvel architecte, si vous le désirez.

— Ce n'est qu'un petit projet, en fait, répondit Zachary, sans tenir compte du refus du jeune homme. Je possède des terrains, à l'est de la ville, que je souhaiterais lotir pour y loger des ouvriers. J'ai dans la tête un concept entièrement nouveau. Je voudrais de très grands immeubles, capables d'accueillir plusieurs dizaines de familles, avec des appartements décents et des fenêtres dans toutes les pièces. J'aimerais aussi une belle façade, pour que ses occupants puissent entrer ou sortir de l'immeuble sans éprouver de la honte. Et par-dessus tout, je souhaiterais que l'ensemble ne coûte pas trop cher, pour que d'autres, après moi, aient envie de m'imiter. Vous sentez-vous capable de relever ce défi?

— Je pense que oui, répondit Somers, manifestement impressionné par l'ampleur du projet et toutes les retombées qu'il impliquait.

Un soupçon d'admiration dans la voix, il ajouta :

— Je n'avais encore jamais rencontré de gentleman qui s'intéressât aux conditions de vie des pauvres.

— Je suis né pauvre, lui rappela Zachary. J'ai simplement eu un peu plus de chance que les autres.

Il fit une pause et, considérant l'affaire entendue, reprit :

— Vous savez, Somers, vous pourriez faire pire choix que de ne travailler que pour moi. Avec ma fortune et votre talent, nous...

— Non, monsieur Bronson, l'interrompit le jeune homme, amusé. Je vous respecte beaucoup, mais je n'ai pas envie de devenir votre employé. Ce n'est pas votre argent que je veux. Seulement votre sœur.

Zachary songea à prodiguer toutes sortes de conseils à son futur beau-frère : sur la manière dont devait être traitée sa sœur, ou les conséquences auxquelles il s'exposerait s'il manquait à ses devoirs. Mais finalement, il préféra ne rien dire. Il réalisait tout à coup qu'il ne pourrait pas éternellement contrôler la vie de sa petite famille – mais il ressentait une curieuse impression à l'idée de confier sa sœur aux bons soins d'un étranger.

— Très bien, conclut-il en se levant de table et en tendant la main à Somers : Vous avez ma bénédiction.

— Merci.

Les deux hommes se serrèrent chaleureusement la main. Somers semblait au comble de la félicité.

— Pour ce qui est de la dot, reprit Zachary, je souhaiterais...

— Comme je vous l'ai expliqué, le coupa Somers, je ne veux pas d'argent.

— C'est pour Elizabeth, précisa Zachary. Une femme a droit à un minimum d'indépendance financière dans le mariage.

Outre que c'était réellement sa conviction, Zachary avait trop vu de veuves de bonne famille réduites à la misère après la mort de leur époux pour souhaiter le même sort à sa sœur.

— Dans ce cas, je m'incline, répliqua Somers. Je ne peux que vouloir le bien d'Elizabeth. Mais nous reparlerons des détails plus tard. Dans l'immédiat, je voudrais annoncer la bonne nouvelle à votre sœur.

— Merci, sourit Bronson. J'avoue que je commençais à en avoir assez de jouer le rôle de ce vilain ogre qu'elle m'accusait d'être depuis quelques jours.

Les deux hommes se saluèrent, puis Zachary raccompagna son visiteur jusqu'à la porte. En chemin, une idée lui traversa l'esprit.

— Au fait, Somers, j'imagine que vous ne voyez pas d'objection à ce que je m'occupe des préparatifs de votre mariage?

— Faites comme bon vous semblera, répondit l'architecte, qui était visiblement impatient de retrouver Elizabeth.

— Parfait, marmonna Zachary, satisfait.

Et sitôt Jason Somers parti, il se rendit dans son bureau pour dresser la liste des cinq cents invités du mariage de sa sœur...

17

Comme Holly s'y était attendue, aucun des Taylor ne se déplaça pour assister à la petite cérémonie de mariage organisée dans la propriété de Zachary. Connaissant l'opinion de son ancienne belle-famille sur Bronson, et leur déception à l'idée qu'elle ait pu ne pas honorer sa dernière promesse à George, elle ne pouvait pas vraiment leur en vouloir. Elle savait qu'avec le temps les Taylor finiraient par lui pardonner. Surtout lorsqu'ils verraient tous les bénéfices que Rose tirait de cette alliance. Quant à la fillette, justement, l'annonce du mariage l'avait emplie de joie.

— Alors, vous allez devenir mon papa ? avait-elle demandé à Zachary, un jour que sa mère l'avait emmenée en visite chez les Bronson.

— Ça te plairait ? avait répondu Zachary.

Rose avait réfléchi un moment.

— Je suis bien contente de revenir vivre dans votre belle maison. Et je suis contente pour maman si elle est heureuse de vous épouser. Mais je ne sais pas si je pourrai vous appeler papa. Peut-être que ça rendrait triste mon papa qui est au Ciel.

Ces paroles avaient tellement stupéfié Holly qu'elle n'avait su quoi dire. Zachary quant à lui avait caressé la joue de la fillette en souriant.

— Alors, tu m'appelleras comme tu voudras, avait-il répliqué. De toute façon, je ne chercherai pas à remplacer ton papa. Je veux juste bien m'occuper de toi et de ta maman. J'imagine – j'espère – que ton papa sera soulagé de voir que quelqu'un veille sur vous deux quand il ne peut plus le faire.

Rose avait paru satisfaite de cet arrangement.

— Comme ça, c'est très bien. Tant qu'on n'oublie pas papa. N'est-ce pas, maman ?

— Oui, avait murmuré Holly, la gorge nouée par l'émotion. Tu as tout à fait raison, ma chérie.

Le jour du mariage, Holly et Zachary ne furent entourés, comme l'avait voulu la jeune femme, que d'un petit groupe d'amis ou de parents proches. Il y avait bien sûr Elizabeth, Paula et Jason Somers, mais aussi les parents de la mariée. Ils étaient venus spécialement du Dorset pour l'occasion et, même s'ils ne désapprouvaient pas cette union, ils paraissaient surpris que leur fille aînée se remarie dans un milieu si différent du sien.

— M. Bronson me fait l'effet d'un homme honorable, quoique ses manières ne soient pas toujours parfaites, commenta sa mère, juste avant la cérémonie. Et puis, il ne manque pas de charme. Encore qu'il soit un peu trop musclé pour être un vrai gentleman.

— Maman, avait demandé Holly, amusée, dois-je comprendre que tu m'approuves, ou non ?

— Disons que oui, quoique M. Bronson n'ait que bien peu de ressemblance avec ton premier mari.

Holly avait du mal à ne pas sourire. Elle serra sa mère dans ses bras.

— Maman, tu verras que M. Bronson est un homme merveilleux.

— Si tu le dis… Quoique…

Et les deux femmes avaient éclaté de rire.

Alors que tout le monde était rassemblé dans la petite chapelle privée des Bronson, Holly flanquée d'Elizabeth et de Rose, et Zachary de Jason Somers, qui avait accepté d'être son témoin, un invité imprévu se joignit à la cérémonie. Lord Blake, comte de Ravenhill, fit son entrée, un œillet blanc à la boutonnière. Holly lui sourit. Après l'avoir saluée, Ravenhill alla se placer derrière ses parents.

— Que fait-il ici ? marmonna Zachary, l'œil sombre.
Holly lui pinça le bras.

— C'est un grand honneur, répliqua-t-elle à voix
basse. En assistant à notre mariage, lord Blake
témoigne publiquement qu'il approuve cette union.

— À moins qu'il ait voulu en profiter une dernière
fois pour te reluquer.

Holly le fusilla du regard, mais il ne sembla même
pas y prendre garde, tant il la dévorait des yeux. La
mariée portait une robe jaune pâle, en soie italienne
très fine, avec des manches bouffantes et un petit bouquet épinglé à la taille. L'ensemble était sobre et frais,
rehaussé seulement de quelques fleurs d'oranger
piquées dans les cheveux de la jeune femme.

Le vicaire s'adressa d'abord à Zachary :

— Acceptez-vous de prendre lady Holland pour
épouse et de vivre avec elle dans le respect des sacre-
ments du mariage ? Jurez-vous de l'aimer, pour le
meilleur et pour le pire, aussi longtemps que vous
vivrez ?

— Je le jure, répondit Zachary d'une voix calme et
ferme.

Le prêtre se tourna ensuite vers Holly, pour répéter
les mêmes paroles.

Après l'échange de vœux et celui des alliances, le
vicaire termina par une courte prière. Désormais,
Holly n'était plus veuve. Elle était redevenue une
femme mariée, songeait-elle, émue. Et mariée à
Zachary Bronson. L'homme de ses rêves.

La cérémonie terminée, Zachary déposa un baiser
sur les lèvres de la jeune femme et les invités vinrent
congratuler les nouveaux mariés.

Le souper qui suivit fut un enchantement. Zachary
avait commandé un orchestre de violonistes et la
conversation fut égayée par les vins de grands crus qui
coulaient à flots. Rose fut admise, un moment, à partager la table des grandes personnes. Quand Maud vint
la chercher pour la coucher, la fillette protesta bruyam-

ment, mais Zachary la fit taire en glissant un petit objet dans sa main. Rose se dépêcha alors d'embrasser sa mère et suivit Maud d'un pas léger.

— Que lui as-tu donné ? voulut savoir Holly, déjà prête à le morigéner.

— Des boutons.

— Des boutons ? Et qui venaient d'où ?

— L'un de ma veste de marié et l'autre de ta robe. Rose voulait ajouter à sa collection un souvenir qui lui rappellerait cette occasion.

— Tu as pris un bouton de ma robe ? s'écria Holly, stupéfaite qu'il ait pu commettre ce petit larcin sans qu'elle s'en soit aperçue.

— Sois heureuse que je me sois contenté d'un seul.

Holly préféra ne rien répondre. Elle attendait déjà avec assez d'impatience leur nuit de noces.

Le souper terminé, tandis que les hommes restaient à table pour siroter un cognac, Holly monta dans la chambre contiguë à celle de Zachary et, avec l'aide de Maud, se débarrassa de sa toilette de mariée. Elle enfila ensuite une chemise de nuit brodée puis, après avoir congédié la domestique, se chargea elle-même de brosser les longues boucles qui cascadaient dans son dos.

Cela lui faisait tout drôle d'attendre, de nouveau, la visite conjugale de son mari. Mais la sensation était délicieusement agréable. Holly se savait chanceuse d'avoir pu connaître deux grandes amours dans sa vie. Quand elle eut reposé sa brosse, elle murmura une prière silencieuse pour remercier le Seigneur.

La porte s'ouvrit quelques secondes plus tard. La jeune femme regarda dans le miroir Zachary s'approcher.

En chemin, il ôta sa veste et la jeta négligemment sur un dossier de chaise. Puis, arrivé derrière Holly, il posa les mains sur ses épaules et croisa son regard dans le miroir de la coiffeuse.

— J'aurais peut-être dû attendre encore un peu, par politesse pour nos invités, murmura-t-il. Mais plus je pensais à ma douce et ravissante femme dans cette chambre et plus j'avais envie de monter.

Sans quitter Holly du regard, Zachary dénoua lentement le ruban qui fermait le col de sa chemise de nuit, puis il fit glisser le vêtement sur ses épaules, et entreprit de lui caresser les seins.

Holly, le souffle court, s'abandonna contre le dossier de sa chaise. Ses mamelons s'étaient durcis au seul contact des doigts de Zachary, et à mesure qu'il poursuivait ses caresses, elle sentait des ondes de volupté se propager dans tout son corps.

— Zachary… souffla-t-elle. Je t'aime.

Il s'agenouilla à côté de sa chaise et captura la pointe d'un de ses seins entre ses lèvres. Holly frissonna, se pencha légèrement pour effleurer de sa bouche la chevelure sombre de son mari.

S'écartant un instant, Zachary la dévisagea, une lueur taquine au fond des yeux.

— Dis-moi, ma douce, penses-tu toujours qu'une vraie lady ne doit jamais encourager les vils instincts de son mari ?

— En tout cas, je devrais le penser.

— Dommage, lâcha-t-il, amusé. Parce qu'il n'y a rien que je préfère que de te voir lutter contre tes désirs inconvenants.

Et, se redressant, il la souleva dans ses bras avec une aisance déconcertante, pour la porter jusqu'au lit. La lumière des chandelles jetait sur sa peau des reflets de bronze tandis qu'il se déshabillait, et Holly s'émerveilla une fois de plus du spectacle de sa nudité.

— Zachary, lui murmura-t-elle à l'oreille quand il l'eut rejointe sur le lit, dis-moi ce dont tu as envie. Je ferai tout ce qui te plaira. Tout.

Il la regarda un long moment dans les yeux, avec un mélange de solennité et d'adoration. Puis il s'empara de sa bouche avec une ardeur inégalée, tandis qu'il guidait sa main pour lui apprendre à le caresser là où il aurait le plus de plaisir.

Jamais Holly n'aurait imaginé qu'elle oserait des gestes aussi indécents, et encore moins qu'elle y prendrait un tel plaisir. Elle avait l'impression qu'elle ne se rassasierait jamais du corps de Zachary, de ses muscles à la fois si durs au toucher et si souples sous la caresse, de sa virilité fièrement dressée.

Après de longs préliminaires, de baisers enflammés, de caresses inouïes, Zachary écarta les cuisses de la jeune femme et la stimula d'un doigt habile.

— Zachary… gémit-t-elle, pantelante de désir. Prends-moi tout de suite, s'il te plaît…

Mais au lieu de s'exécuter, il roula sur le dos et l'installa à califourchon sur son bassin. Comprenant ce qu'il voulait, Holly tendit une main hésitante pour empoigner son sexe dressé et le guider en elle. Dans son inexpérience, elle eut quelques difficultés à trouver l'angle exact, mais Zachary vint à son secours. Lorsqu'elle le sentit entièrement en elle, elle commença à onduler des hanches, lentement d'abord, puis de plus en plus frénétiquement, se mordant la lèvre pour ne pas hurler tandis que son corps se tendait comme un arc sous l'impitoyable montée du plaisir. Zachary lui avait laissé trouver le rythme de leur étreinte et il se contenta de la suivre, jusqu'à ce qu'elle atteigne le paroxysme de la jouissance. Elle s'abattit sur lui en gémissant et s'empara de sa bouche avec ferveur. Alors, seulement, il lui agrippa les fesses et la pénétra d'une dernière poussée libératrice.

Holly resta lovée contre lui un long moment. Zachary avait soufflé les chandelles et ils étaient maintenant enlacés dans le noir. Le sommeil finit par les gagner. Mais ils se réveillèrent en pleine nuit, repris par un même désir.

Ils s'embrassèrent et se caressèrent avec une fièvre renouvelée, puis, lorsque Zachary sentit Holly prête à le recevoir, il la retourna pour la faire s'allonger sur le ventre.

— Tu me fais confiance ? lui chuchota-t-il à l'oreille.

La jeune femme se détendit et laissa échapper un petit gémissement d'encouragement, tandis qu'elle s'ouvrait complètement à son désir. Elle se demanda vaguement si ce n'était pas immoral, si elle devait le laisser continuer, mais ses interrogations furent vite balayées par des ondes d'un plaisir nouveau. Tout en la possédant dans cette position inédite, Zachary lui mordillait tendrement la nuque et Holly en éprouvait des frissons délicieux.

Ils refirent encore l'amour alors que les premiers rayons de l'aube pointaient à la fenêtre.

— Je voudrais ne jamais quitter ce lit, murmura la jeune femme, quand ils furent enfin apaisés.

— Il va bien falloir, pourtant. Mais nous aurons d'autres nuits.

Elle laissa courir son doigt sur le torse de son mari.

— Zachary ?

— Oui, mon amour ?

— Tous les combien tu… Enfin… Que préfères-tu…

La gêne de la jeune femme à formuler sa question sembla beaucoup l'amuser.

— Mais *toi*, lui dit-il. Qu'est-ce que tu aimerais comme rythme ?

— Eh bien, avec George, c'était… au moins une fois par semaine.

— Une fois par semaine ! répéta Zachary, se retenant d'éclater de rire. J'ai bien peur de requérir votre participation conjugale plus souvent que cela, lady Bronson.

Holly, rougissante, songeait qu'elle aurait dû se douter que Zachary montrerait un solide appétit sexuel. Mais la perspective de partager toutes ses nuits avec lui n'était pas pour lui déplaire.

— On m'a toujours appris qu'il fallait de la modération en toute chose, dit-elle. Mais avec toi, j'en oublie volontiers cette règle.

— Eh bien, cela me semble de bon augure pour l'avenir, milady. Tu ne trouves pas ?

Et il l'embrassa avant qu'elle puisse répondre.

Holly pensait bien connaître Zachary Bronson pour avoir déjà vécu près de six mois sous son toit. Cependant, il y avait un monde entre loger chez lui, et vivre avec lui en étant sa femme. Au bout d'un mois de mariage, elle avait appris beaucoup de choses nouvelles sur Zachary. Par exemple, qu'il pouvait se montrer impitoyable en affaires ou très dur avec les gens qui lui avaient déplu, mais qu'il n'était pas rancunier.

Même s'il ne croyait pas en Dieu, il n'ignorait pas pour autant la charité chrétienne. Mieux encore, il savait se montrer généreux pour ceux qu'il devinait faibles ou vulnérables. Mais il répugnait à le reconnaître et, souvent, quand il était surpris à faire le bien, il prétendait n'obéir qu'à des motivations purement mercantiles.

Ce comportement ambigu intriguait tellement Holly qu'un jour elle décida de s'en ouvrir à lui.

— Les immeubles pour tes ouvriers, les écoles que tu construis pour leurs enfants, la réduction des horaires de travail dans tes usines... Tout cela n'aurait donc d'autre but que de te rapporter toujours plus de bénéfices ?

— Exactement. Améliorer le sort de mes employés les rend plus productifs.

— Et ce texte que tu essaies de faire passer au Parlement, qui punirait tout employeur faisant travailler des enfants en usine, c'est aussi pour des motifs financiers ?

Zachary haussa les sourcils.

— Comment es-tu au courant de cette histoire ?

— Je t'ai entendu en parler à M. Cranfill, l'autre jour, répliqua la jeune femme, faisant allusion à l'un des politiciens que fréquentait Zachary. Pourquoi cela te gêne-t-il tant de reconnaître tes bonnes œuvres devant les autres ?

Il haussa les épaules d'un air indécis.

— Ça ne me servirait à rien. Et peut-être même que ça me nuirait. Tu sais comment sont les gens.

Holly se souvint d'un récent article dans le *Times* où les efforts de Zachary pour éduquer les fils de ses ouvriers avaient été tournés en dérision. On le moquait de vouloir insuffler de l'intelligence à des brutes, dans l'espoir, sans doute, d'encourager la lutte des classes.

— Tout ce que j'entreprends est sujet à controverse, reprit-il. Bientôt, mon patronage finira par constituer un obstacle aux causes que je voudrais défendre.

— C'est vraiment injuste, murmura Holly, songeant soudain qu'elle n'avait jamais évoqué ces sujets avec George.

Du reste, c'était à peine si elle était consciente des problèmes de la société, à l'époque. Il ne lui était jamais arrivé, par exemple, de se soucier que des enfants de quatre ou cinq ans puissent être employés au fond des mines. Ou que la plupart des logements ouvriers fussent insalubres.

— Ce que j'ai pu être aveugle et égoïste, reprit-elle en posant la tête sur l'épaule de son mari.

Zachary se tourna pour lui embrasser le front.

— Toi ? Mais tu es un ange.

— Tu crois ? répliqua la jeune femme d'un ton désabusé. J'ai fait si peu pour aider les autres… Alors que toi, en revanche, tu as fait beaucoup. Et tu n'as même pas droit à la reconnaissance que tu mérites.

— Je ne cherche pas de reconnaissance particulière.

— Alors quel but poursuis-tu ? Que veux-tu exactement ?

Zachary attira la jeune femme sur ses genoux et lui caressa les cuisses.

— Je pensais que c'était assez clair…

Pour être tout à fait honnête, Zachary était loin d'être un saint. Au besoin, il n'hésitait pas à manipuler les gens pour obtenir ce qu'il désirait. Holly en fit la découverte amusée le jour où arriva à la maison leur invitation à la partie de campagne donnée par le comte et la comtesse de Glintworth. Les Glintworth évoluaient dans les cercles les plus huppés de la bonne société. Logiquement, Holly et Zachary n'auraient donc jamais dû figurer sur leur liste restreinte d'invités. C'était donc que Zachary avait manœuvré pour arriver à ce résultat. Et l'enjeu était de taille : dès lors qu'ils seraient reçus à une réception donnée par les Glintworth, plus personne ne pourrait écarter les Bronson des cercles mondains.

Holly avait apporté leurs deux cartons d'invitation à Zachary qui se trouvait dans le salon de musique, où Rose s'entraînait à jouer sur le petit piano qu'elle s'était vu offrir pour son anniversaire. Pour l'instant, la fillette n'était capable d'en tirer qu'une horrible cacophonie, mais Zachary prétendait adorer ce bruit.

— Un valet vient d'apporter ceci, annonça la jeune femme en lui montrant les cartons.

— Qu'est-ce que c'est ? demanda Zachary, confortablement assis dans un fauteuil à côté du piano dont Rose s'évertuait à frapper les touches en cadence.

— Une invitation chez les Glintworth. N'y serais-tu pas pour quelque chose ?

— Que veux-tu dire ?

— Nous n'aurions pas dû être invités. Glintworth est le plus grand snob de la terre. Il n'aurait jamais condescendu à nous recevoir chez lui, même pour nous montrer comme ses chaussures brillent.

— À moins que Glintworth ne désire un service que je puis lui rendre.

— Écoute ça, oncle Zach ! C'est mon air préféré, s'écria Rose en massacrant une nouvelle partition.

— Je t'écoute, princesse, l'assura Zachary, avant d'expliquer à Holly : Tu ne tarderas pas à t'apercevoir, mon amour, que même ceux qui nous boudaient ostensiblement seront bientôt obligés d'en rabattre. Trop d'aristocrates, aujourd'hui, sont mêlés à mes affaires ou rêveraient d'y être mêlés pour ne pas désirer mon... amitié. Une amitié qui se paie, bien sûr.

Holly était horrifiée.

— Zachary, ne me dis quand même pas que tu as obligé le comte et la comtesse de Glintworth à nous inviter à leur partie de campagne ?

— Je leur ai laissé le choix, répliqua-t-il, indigné. Mais les finances de Glintworth sont en mauvais état. Et il a besoin de capitaux pour entretenir ses propriétés. Depuis un moment, il se montrait très désireux d'investir dans mes affaires. J'ai fini par lui répondre que je n'y étais pas opposé, mais qu'en échange, je ne serais pas insensible à ce qu'un homme de son prestige me donne une démonstration publique d'amitié. J'en déduis que lord Glintworth aura convaincu sa femme de nous inviter à leur petite réception campagnarde.

— Autrement dit, tu leur as laissé le choix entre nous inviter, ou la ruine.

— Ce n'était pas aussi brutal que cela.

— Oh, Zachary, décidément, tu es un pirate !

Il sourit tranquillement.

— Merci.

— Ce n'était pas un compliment, figure-toi. Je parie que si quelqu'un se noyait sous tes yeux, tu lui extorquerais une promesse avant de lui jeter une bouée.

Zachary haussa les épaules, philosophe.

— Ma chérie, c'est tout l'avantage de posséder une bouée.

Ils allèrent donc à cette partie de campagne, où ils furent reçus avec une courtoisie mesurée. Les choses étaient claires : ils n'étaient pas franchement bienvenus dans cette société huppée, mais personne non plus ne chercherait à les en déloger. Zachary avait vu juste. Les intérêts financiers d'une grande partie de la noblesse étaient désormais trop intimement liés à ses propres affaires pour qu'on se risque à lui déplaire. C'était bien beau de posséder des châteaux et de vastes terres, comme l'aristocratie en avait l'apanage. Sans argent pour restaurer et entretenir ces immenses domaines, la ruine guettait. Or, l'argent, aujourd'hui, venait du monde de l'entreprise et c'étaient des gens comme Zachary Bronson qui bâtissaient les fortunes modernes. Quoi qu'il leur en coûtât, les nobles étaient bien forcés de l'admettre.

Holly quant à elle n'avait cure de ce que les plus récalcitrants pouvaient dire dans le dos de Zachary. Ou sur elle-même, en racontant qu'elle ne l'avait épousé que pour son argent et qu'elle s'était mésalliée en s'unissant à quelqu'un d'un rang si inférieur au sien. Elle ne s'était jamais sentie aussi heureuse de sa vie, et il lui semblait que chaque jour qui passait son bonheur augmentait.

À son grand soulagement, Zachary prenait davantage le temps de vivre. Même s'il travaillait toujours beaucoup, il n'était plus, comme par le passé, constamment sur la brèche. Paula aussi se félicitait du changement. Désormais, Zachary savourait ses huit heures de sommeil, au lieu de n'en prendre que cinq. Et il passait ses soirées tranquillement à la maison.

Durant l'été, il accompagna souvent Holly et Rose en pique-nique et il acheta même un petit cottage à Brighton, sur la côte, pour que toute la famille profite de séjours au bord de la mer. Quand ses amis plaisantaient sur la rapidité avec laquelle lui, l'ancien débauché, s'était transformé en bon père de famille, Zachary répondait, tout sourire, qu'il ne trouvait pas de plus grand plaisir dans la vie, désormais, que de couler des heures paisibles en compagnie de sa femme et de sa fille. Holly était la première surprise de tant de dévotion, mais elle en retirait beaucoup de joie, et même de la fierté lorsque les autres femmes lui demandaient, sur le ton de la plaisanterie, la recette de sa potion magique pour rendre les maris si aimants.

Parfois, le soir, ils recevaient à dîner des avocats, de riches marchands ou des politiciens, et la conversation, animée, tournait autour de sujets qui fascinaient Holly. Jamais, au cours de son mariage avec George, elle n'avait entendu parler aussi clairement de politique, de finances, d'économie.

Puis, quand leurs invités s'étaient retirés, Zachary portait la jeune femme jusqu'à leur chambre et lui faisait l'amour tendrement en lui chuchotant dans le noir qu'il l'aimerait pour l'éternité.

— Pourtant, je ne suis pas unique, lui répliqua-t-elle un soir. Tu aurais pu rencontrer beaucoup d'autres femmes mieux que moi. Plus titrées, plus riches, plus belles.

— Es-tu en train de me dire que tu aurais préféré que j'en épouse une autre ?

Elle rit.

— Bien sûr que non ! Mais simplement que je ne vaux peut-être pas le prix que tu sembles m'accorder.

— Il n'y a que toi et il n'y aura jamais que toi, Holly. Je ne peux pas rêver femme plus merveilleuse. Parfois, je suis si heureux de t'avoir trouvée que cela m'angoisse. C'est un peu comme d'être le roi de la montagne.

Holly se rappelait ce jeu de son enfance dont il lui avait parlé un jour.

— Maintenant que tu es arrivé au sommet, tu crains que quelqu'un ne t'en déloge, c'est cela ?

— C'est un peu cela, oui.

Elle comprenait ce qu'il ressentait. C'était pour la même raison qu'elle avait d'abord refusé de l'épouser : pour ne pas risquer, un jour, de le perdre et de ne pouvoir surmonter son chagrin.

— Alors, apprenons à savourer l'instant présent, murmura-t-elle. Et ne nous soucions pas de demain.

*
* *

Holly avait décidé de s'investir dans l'une des nombreuses causes que soutenait financièrement Zachary. C'était une association d'entraide pour les orphelins et elle trouva beaucoup plus intéressant de se joindre au travail des dames de l'association plutôt que de se contenter de leur donner de l'argent. Ces femmes organisaient, plusieurs fois dans l'année, des ventes de charité, mais elles se battaient aussi pour obtenir des politiciens qu'ils encouragent la construction d'orphelinats par les pouvoirs publics, ou pour dénoncer le travail des orphelins dans les usines.

Un jour, pour donner plus de poids à leur argumentation, un petit groupe de femmes de l'association décida d'aller visiter l'une de ces usines où étaient employés des orphelins. Devinant que Zachary n'approuverait sans doute pas cette démarche, Holly choisit de ne pas l'en avertir.

Bien qu'elle se fût préparée à un spectacle fort déplaisant, elle fut choquée par la misère qui s'étalait sous ses yeux. L'usine était sombre et insalubre, et nombre d'enfants qui y travaillaient n'avaient même pas dix ans. La vision de ces pauvres créatures, maigres et le visage livide, odieusement exploitées par des adultes sans scrupules la bouleversa. Ces malheureux enfants travaillaient douze à quinze heures par jour, et en contrepartie de ce labeur harassant, c'était tout juste s'ils recevaient de quoi se vêtir et se nourrir.

Les dames de l'association se rendirent dans les ateliers et interrogèrent les enfants, jusqu'à ce que leur présence soit découverte par l'un des directeurs. Elles furent promptement mises à la porte, mais elles avaient eu le temps d'apprendre tout ce qu'elles désiraient savoir. Déstabilisée par ce qu'elle avait vu, mais plus que jamais résolue à se battre pour que cesse ce scandale, Holly rentra chez elle et rédigea le rapport de leur visite qui serait présenté quelques jours plus tard au bureau de l'association.

Malheureusement, le lendemain, Zachary apprit tout de la bouche d'un de ses amis – dont la femme avait également fait partie de l'expédition. Comme si cela ne suffisait pas, l'ami en question l'informa que l'usine était localisée dans un quartier particulièrement mal famé de la ville.

La réaction de Zachary surprit Holly. Il n'était pas seulement fâché. Il était hors de lui. Aussitôt rentré à la maison, il l'appela et laissa éclater sa colère.

— Nom de Dieu, Holly ! Je n'aurais jamais imaginé que tu puisses te conduire de manière aussi écervelée ! Sais-tu seulement que cette usine est si délabrée qu'elle risquait de s'écrouler sur vos têtes ? Et je ne parle pas du voisinage. J'en ai la chair de poule rien que de penser à toutes les crapules qui rôdent dans le coin. Des ivrognes, des repris de justice, des escrocs sans foi ni loi… Est-ce que tu as seulement une idée de ce qui aurait pu t'arriver si l'un de ces voyous s'en était pris à toi ?

— Je n'étais pas seule et je…

— Parlons-en, de ta compagnie. Une petite escouade de ladies armées de leurs ombrelles. Vous ne vous seriez pas défendues longtemps.

— Les quelques hommes que nous avons croisés avaient l'air très gentils, riposta la jeune femme. D'ailleurs, tu as grandi dans un quartier comme celui-là.

— Mais si je t'avais croisée, moi, à cette époque, je t'assure que tu aurais passé un sale quart d'heure. Ne te fais pas d'illusions, Holly. Il n'y a rien de bon à attendre de ces types. La plupart sont perdus pour la société. C'est vraiment une chance qu'il ne te soit rien arrivé.

— Tu exagères, voulut protester Holly, ce qui ne fit qu'accroître la colère de Zachary.

Il continua de pester contre son inconscience, au point que la jeune femme commençait à avoir mal aux oreilles.

— J'en ai assez entendu comme ça, finit-elle par s'emporter à son tour. La morale de cette histoire, c'est que je ne peux rien faire sans d'abord t'en avertir. Tu me traites comme une gamine et tu te comportes en dictateur.

L'accusation était injuste, mais Holly en avait vraiment par-dessus la tête. Le coup, en tout cas, porta. Car soudain Zachary, oubliant sa rage, redevint silencieux.

— Aurais-tu emmené Rose là-bas ? demanda-t-il au bout d'un moment.

— Bien sûr que non ! Ce n'est qu'une fillette et je…

— Tu es toute ma vie, la coupa-t-il. S'il t'arrivait quoi que ce soit, je serais perdu.

Tout à coup, comme Zachary l'en avait accusée, la jeune femme se sentit irresponsable. Certes, elle avait agi pour une bonne cause et ses intentions étaient louables. Cependant, elle savait, avant d'y aller, que visiter cette usine n'était pas forcément très prudent. C'était pour cette raison qu'elle n'en avait pas parlé à Zachary. Ne sachant que répondre, elle fixait, mal à l'aise, un point invisible sur le mur.

Zachary soupira lourdement.

— Je ne te dirai plus rien, si tu me fais une promesse.

— Laquelle ?

— De ne plus aller dans un endroit où tu n'oserais pas emmener Rose.

— Cela me paraît raisonnable, admit la jeune femme. Je te le promets.

Zachary hocha la tête, satisfait. Holly se fit la réflexion que c'était la première fois qu'il exerçait son autorité maritale. Mais il l'avait fait différemment de George. Dans les mêmes circonstances, George aurait exigé qu'elle quitte l'association, au prétexte qu'une vraie lady se contentait de donner l'obole, et ne s'engageait pas activement pour l'émancipation des pauvres. Zachary, sous ses dehors impérieux, lui laissait en réalité beaucoup d'indépendance.

— Je suis désolée, s'excusa-t-elle. Je ne voulais pas te causer du souci.

— Tu ne m'as pas « causé du souci ». Quand j'ai appris ce que tu avais fait, rétrospectivement, j'étais mort d'inquiétude.

Quoique leur querelle fût terminée, Holly sentit, au dîner, qu'une certaine tension persistait entre eux. Et même après. Pour la première fois depuis qu'ils étaient mariés, Zachary ne vint pas la rejoindre dans son lit. Elle dormit mal, se tournant et se retournant sans cesse, s'éveillant même plusieurs fois au cours de la nuit, pour constater, dépitée, qu'elle était toujours seule.

Le lendemain matin, elle se réveilla exténuée, et découvrit que Zachary était déjà parti à son bureau londonien. Elle se terra dans la maison, sans énergie et sans appétit, une bonne partie de la journée, et finit par se demander si elle n'avait pas contracté quelque maladie durant sa visite à l'usine.

Finalement, elle monta dans sa chambre faire une sieste en milieu d'après-midi, rideaux fermés. Cette fois, elle dormit bien et quand elle se réveilla, elle découvrit Zachary assis près de son lit. Elle se redressa sur un coude.

— Quelle… quelle heure est-il ? demanda-t-elle d'une voix ensommeillée.

— Sept heures et demie.

Réalisant qu'elle avait dormi plus que prévu, la jeune femme voulut s'excuser.

— Seigneur, J'espère que je n'ai pas mis tout le monde en retard pour le dîner ? Mais j'avais tellement sommeil…

Zachary l'obligea gentiment à se recoucher.

— Tu as la migraine ?

Holly secoua la tête.

— Non, j'étais seulement très fatiguée. J'ai mal dormi, la nuit dernière. Je te voulais… Enfin, je voulais ta compagnie…

Il rit du lapsus. Puis, se relevant, il se débarrassa de sa veste, qu'il laissa tomber sans façon sur le sol, avant de s'attaquer à sa cravate.

— J'ai commandé qu'on te monte ton dîner dans la chambre, dit-il.

La cravate avait suivi le même chemin que la veste, puis la chemise. Et maintenant, Zachary s'attaquait à son pantalon.

— Mais j'ai insisté pour qu'on ne le fasse que tout à l'heure, ajouta-t-il, avant de rejoindre sa femme dans le lit.

Durant les jours qui suivirent, Holly se sentit à nouveau fatiguée, alors qu'elle dormait pourtant bien la nuit. Et bien qu'elle s'efforçât de faire bonne figure devant Rose ou les domestiques, elle avait de nombreuses sautes d'humeur au cours de la journée. Le médecin de famille fut appelé en consultation, mais ne décela aucun symptôme anormal.

Zachary faisait montre d'une grande patience. Quand il devint évident que Holly avait perdu l'énergie de faire l'amour, malgré l'envie qu'elle pouvait en avoir, il imagina d'autres façons de partager leurs moments d'intimité. En prenant leur bain ensemble, par exemple. Un second médecin fut consulté, puis un troisième. Tous constatèrent la fatigue de la jeune femme, sans pouvoir lui donner de nom.

— Je ne comprends pas pourquoi je me sens si faible, se lamenta Holly, un soir que Zachary lui brossait les cheveux, après le bain. Je n'ai aucune raison d'être malade, et d'ailleurs j'ai toujours été bien portante.

— J'ai l'impression que le pire est passé, voulut la rassurer Zachary. Tu avais l'air mieux, aujourd'hui.

Et tout en continuant de brosser ses boucles, il parla de toutes les choses qu'ils feraient dès que la jeune femme serait complètement rétablie : des sorties au théâtre, à l'opéra, des voyages à l'étranger… Cette nuit-là, Holly s'endormit dans ses bras, un sourire aux lèvres.

Mais le lendemain, son état avait empiré. Elle avait de la fièvre et des frissons, et se sentait à peine la force de parler. Zachary et Paula ne quittèrent pas son chevet de la journée, mais elle n'était pas en état de converser avec eux. Elle avait l'impression que sa fièvre augmentait d'heure en heure, comme si un grand feu intérieur allait la consumer tout entière.

On appela un quatrième médecin. C'était un jeune homme blond, extrêmement beau, qui ne devait pas avoir trente ans. Ayant été habituée à voir des praticiens aguerris, dont les cheveux blancs témoignaient de leur longue expérience, Holly se demanda si ce Dr Harrington lui serait d'un quelconque secours. Cependant, il l'examina avec une attention extrême qui lui redonna confiance. Il laissa une potion à prendre matin et soir, et commanda qu'on prépare un bouillon en cuisine, car la malade avait besoin de reprendre des forces. Puis il s'entretint un moment en privé avec Zachary, avant de prendre congé.

— Ce médecin me plaît, murmura Holly, quand Zachary fut revenu auprès d'elle.

— Le contraire m'aurait étonné. J'ai même failli le mettre dehors, quand j'ai vu à quoi il ressemblait. C'est uniquement son excellente réputation qui m'a retenu de le faire.

Holly était trop faible pour avoir envie d'attiser la jalousie de son mari.

— D'accord, c'est un beau garçon – pour qui aime le genre Adonis. Qu'a-t-il dit ? Quel est son diagnostic ?

— Ce n'est qu'une mauvaise grippe, répliqua Zachary d'un ton neutre. Avec du temps et du repos, tu seras…

— C'est la typhoïde, le coupa Holly, qui savait maintenant à quoi s'en tenir.

Et, montrant une tache rose qu'elle avait sur l'avant-bras, elle ajouta :

— J'en ai aussi une sur le ventre, et d'autres sur la poitrine. Exactement comme George.

Zachary contempla un long moment le bout de ses souliers, comme s'il réfléchissait intensément. Mais quand il releva les yeux, Holly y lut une angoisse si terrible qu'elle éprouva le besoin de le rassurer. Tapotant le matelas à côté d'elle, elle lui fit signe de venir la rejoindre, puis elle passa un bras sur ses larges épaules.

— Ne t'inquiète pas, chérie. Je vais m'en sortir.

Il frissonna, mais se reprit très vite et la regarda en souriant.

— J'y compte bien.

— Envoie Rose à la campagne, pour la protéger. Ainsi qu'Elizabeth et ta mère.

— Elizabeth et Rose vont partir dès demain matin. Mais Paula veut rester pour te soigner.

— C'est trop dangereux. Il y a risque de contagion. Fais-la partir, Zachary.

— Nous autres Bronson avons une santé de fer, répliqua-t-il fièrement. Aucune épidémie ne nous a jamais atteints. Pas même le choléra. Alors ce n'est pas toi qui vas nous rendre malades !

— Il n'y a pas si longtemps, j'en aurais dit autant de moi. Je n'avais jamais été malade de ma vie. Alors, pourquoi maintenant ? J'ai soigné George de bout en bout et je n'ai rien attrapé à l'époque.

Le rappel de son défunt mari fit pâlir Zachary, et Holly, devinant qu'il redoutait qu'elle connaisse le même sort que George, s'employa de nouveau à le rassurer.

— Tu vas voir, je ne vais pas tarder à me rétablir. J'ai juste besoin de repos. Réveille-moi quand le bouillon sera prêt. Je le boirai jusqu'à la dernière goutte.

Mais la fièvre monta de plus belle et Holly se mit bientôt à délirer, perdant toute notion du temps. Parfois, cependant, elle avait conscience de la présence de Zachary à ses côtés et elle s'agrippait désespérément à son bras, dans le vain espoir de puiser un peu de sa vitalité. Hélas, Zachary ne pouvait pas lui donner sa force, ni même la protéger de la fièvre. C'était à elle de se battre et, à son grand désespoir, la jeune femme sentait sa détermination faiblir. Comme si toute son énergie était consumée par la fièvre. George avait dû connaître cela, lui aussi, et Holly lui pardonnait, à présent, de s'être laissé glisser dans la mort. Elle-même était bien près de renoncer à lutter. Seul le fait de penser à Rose et à Zachary la retenait de sombrer complètement.

Cela faisait maintenant trois semaines que Holly était alitée. Trois semaines d'enfer pour Zachary. Le plus pénible était encore ces moments où la jeune femme, émergeant de son délire, redevenait soudain lucide pour quelques minutes. Elle lui souriait, lui reprochait de ne pas assez manger ni dormir, l'assurait qu'elle irait bientôt mieux, car la fièvre typhoïde ne durait jamais plus d'un mois. Mais à peine Zachary commençait-il à entrevoir une lueur d'espoir et à se persuader qu'effectivement la jeune femme allait mieux, elle retombait dans un accès de fièvre pire que les précédents.

Un jour, une domestique qui lui apportait son repas sur un plateau prit la liberté d'y ajouter le quotidien du jour. Zachary y jeta un œil en avalant distraitement le contenu de son assiette et fut presque surpris de voir que le monde continuait à tourner comme si de rien n'était, alors qu'une tragédie se déroulait sous son toit.

La maladie de Holly, pourtant, était loin de passer inaperçue. Dès que la nouvelle s'en était répandue dans Londres, les lettres avaient commencé d'affluer. C'était à croire que toute la bonne société s'était donné le mot pour adresser ses vœux de prompt rétablissement à la jeune femme. Même des aristocrates qui avaient accueilli la nouvelle de son remariage avec dédain s'empressaient aujourd'hui de lui témoigner leur affection. Plus Holly s'enfonçait dans la maladie et plus sa popularité grimpait. «Quelle bande d'hypocrites!» songeait Zachary, amer, en voyant les fleurs et les cadeaux s'accumuler dans la chambre de la malade. Malgré le risque de contagion, certains s'offraient même pour rendre visite à la jeune femme. Zachary les éconduit tous, sauf un, le seul dont il espérait la venue : lord Blake, comte de Ravenhill.

Zachary ne le considérait pas comme un ami – il n'oublierait jamais qu'il avait été son rival pour la main de Holly. Cependant, il éprouvait de la gratitude pour lui depuis que Holly lui avait raconté qu'il l'avait encouragée à écouter son cœur, plutôt que les volontés de George. Ravenhill aurait pu, s'il l'avait voulu, rendre le choix de la jeune femme plus douloureux. Or, il s'en était abstenu. Ce qui rendait Zachary un peu mieux disposé à son égard.

Ravenhill lui serra chaleureusement la main, mais en voyant ses traits ravagés, il pâlit brusquement.

— Mon Dieu... murmura-t-il, comprenant que Holly allait vraiment très mal.

— Vous pouvez monter la voir, si vous voulez.

Ravenhill baissa les yeux.

— Je ne sais pas si j'ai envie de supporter cela une deuxième fois.

— Faites comme vous le sentez, lui répondit Zachary, avant de s'éloigner.

Il ne voulait surtout pas échanger la moindre platitude sur l'état de santé de sa femme, et encore moins se faire plaindre. D'ailleurs, il avait prévenu sa mère, Maud et le reste de la maisonnée que quiconque serait surpris à pleurnicher devant lui serait mis dehors sur-le-champ.

Ne se souciant pas de savoir ce qu'avait finalement décidé Ravenhill, Zachary erra un moment dans la maison, jusqu'à ce que ses pas le conduisent dans la salle de bal. Il resta un moment sur le seuil de la pièce, à se remémorer leurs cours de danse et comment il profitait de ces occasions pour serrer Holly dans ses bras.

Au bout d'un moment, il s'accroupit sur le plancher et ferma les yeux. Il était épuisé et cependant, la nuit, il n'arrivait pas à trouver le sommeil tant il était dévoré d'angoisse. Il ne retrouvait un peu de quiétude que lorsque venait son tour de garde. Il s'asseyait alors au chevet de Holly et se rassurait en vérifiant qu'elle respirait toujours.

Zachary n'aurait su dire combien de temps il resta ainsi, prostré sur le plancher de la salle de bal. C'est une voix qui le tira soudain de ses ruminations.

— Bronson ?

Zachary releva la tête et aperçut Ravenhill à la porte. Le comte était très pâle.

— J'ignore si elle va mourir, dit-il. Elle n'est pas aussi émaciée que l'était George. Mais je pense qu'elle va faire une crise et que vous feriez mieux d'appeler un médecin.

Zachary s'était déjà relevé avant que lord Blake ait terminé sa phrase.

Holly fit un rêve étrange. « Je vais mieux », songea-t-elle avec étonnement en découvrant qu'elle ne souffrait plus. Elle aurait voulu partager cette bonne nouvelle avec Zachary mais, bizarrement, elle se trouvait seule, dans une sorte de brouillard glacé qui lui rappelait les bords de mer en hiver. Elle ne savait trop où aller, mais des bruits, au loin, l'attiraient : un clapotis d'eau ? Des oiseaux qui pépiaient ? La jeune femme voulut en avoir le cœur net. Elle marcha droit devant elle, et plus elle avançait, plus le brouillard se dissipait. Finalement, elle arriva au bord d'un étang d'un bleu limpide, entouré de vertes collines, avec des fleurs exotiques à foison. Tout était merveilleux et Holly avait l'impression de retrouver l'innocence de l'enfance. « Quel joli rêve ! » se dit-elle.

— Ce n'est pas précisément un rêve, lui répondit une voix amusée.

La jeune femme se tourna, intriguée, dans la direction d'où venait cette voix familière. Un homme marchait à sa rencontre. Il la regardait de ses yeux bleus inoubliables.

— George !

Le visage de Holly avait pris une teinte cireuse, sa respiration était saccadée et ses yeux à demi entrouverts semblaient fixer l'infini. Vêtue d'une chemise de nuit blanche, les draps ne couvrant que ses jambes, elle faisait penser à une petite fille perdue dans un grand lit. «Elle se meurt», songeait Zachary avec hébétude. Il était incapable de penser à ce qui pourrait se passer ensuite. Si l'amour de sa vie le quittait, lui même n'attendrait plus rien de l'existence. Assis dans un recoin de la chambre, il attendait que le Dr Harrington ait terminé d'examiner la jeune femme. Paula et Maud étaient également là, faisant leur possible pour masquer leur chagrin.

Le médecin revint vers Zachary.

— Si vous le souhaitez, monsieur Bronson, je peux l'aider à passer plus facilement.

Zachary n'avait pas besoin de plus ample explication. Il avait compris que Harrington lui proposait d'administrer à la jeune femme une drogue qui la plongerait dans un sommeil apaisé jusqu'à ce que la fièvre typhoïde ait terminé son œuvre. Au même moment, la respiration de la jeune femme se fit plus lente, mais aussi plus bruyante.

— C'est le début de l'agonie, murmura Maud, horrifiée.

Zachary crut qu'il devenait fou.

— Sortez ! cria-t-il au médecin, puis, se tournant vers Paula et Maud, il répéta : Sortez tous ! Laissez-moi seul avec elle.

Il fut presque étonné de constater qu'ils s'exécutaient sans broncher. Paula sortit la dernière, un mouchoir sur la bouche pour étouffer ses sanglots. Zachary verrouilla la porte derrière elle, puis il revint près du lit et, s'asseyant sur le matelas, il serra la jeune femme contre lui.

— Je te suivrai dans l'au-delà s'il le faut, lui murmura-t-il à l'oreille. Mais ne compte pas te débarrasser de moi. Je te retrouverai où que tu sois, au Ciel comme en Enfer.

Il continua de lui parler ainsi sans relâche, alternant imprécations contre les anges et les démons et suppliques déchirantes pour que la jeune femme ne l'abandonne pas. Et quand il fut à bout de paroles et de forces, il se laissa tomber sur le lit, sans lâcher Holly.

C'était bien George, mais il n'avait plus tout à fait la même apparence que de son vivant. Il semblait encore plus jeune. Et tout son être irradiait une sorte de lumière surnaturelle.

— Bonjour, ma chérie, lui dit-il, amusé par l'étonnement de la jeune femme. Tu ne pensais donc pas que je viendrais te chercher?

Quoiqu'elle fût contente de le revoir, Holly eut un mouvement de recul.

— George? Comment se fait-il que nous soyons de nouveau réunis? Je...

Elle s'interrompit brusquement. Elle venait de comprendre qu'il n'y avait qu'une seule explication à ce prodige : elle avait à son tour perdu la vie. Cette découverte ne la fit pas pleurer mais la plongea dans une morne affliction.

George s'était approché jusqu'à la toucher. Il la regardait avec émotion.

— Tu n'étais pas encore prête, c'est cela?

— Non, répondit-elle sans hésiter. George, ai-je le choix? Je voudrais retourner en arrière.

— Dans cette prison qu'est le corps humain, où tout n'est que douleurs et souffrances? Pourquoi ne me suivrais-tu pas? Tu verras, il y a des endroits mille fois plus beaux que les bords de cet étang.

Et tendant le bras vers l'horizon, il ajouta :

— Laisse-moi te les montrer.

La jeune femme secoua la tête avec véhémence.

— Non, George. Tu m'offres le paradis, mais je… j'ai retrouvé quelqu'un. Et il doit m'attendre.

— Je suis au courant.

— C'est vrai ? s'exclama Holly, stupéfaite de voir qu'il ne semblait pas lui en vouloir. George, je voudrais le revoir. Et Rose, aussi ! Ne m'en veux pas. Il faut que tu comprennes que je ne t'ai pas oublié, mais que… que je l'aime.

— Je comprends, répliqua-t-il avec un sourire. Et je ne t'en veux pas, Holly. Profite de la vie avec lui tant que tu le pourras.

Et sur ces mots, il tourna les talons. Holly le regarda s'éloigner, avant de réaliser qu'elle avait plein de questions à lui poser.

— George !

Il s'arrêta et se retourna, un sourire tranquille aux lèvres.

— Dis à Rose que je pense à elle.

Puis ce fut tout. Il avait disparu.

Holly ferma les yeux et se sentit sombrer dans un abîme vertigineux. À mesure qu'elle s'enfonçait, elle avait l'impression de renouer avec la douleur. Ses membres lui pesaient à nouveau, la fièvre la faisait à nouveau souffrir. Après ce moment de béatitude, c'était très pénible de retomber dans la maladie, cependant, elle accepta son sort avec gratitude. Car cela signifiait qu'elle avait gagné le droit de vivre un peu plus longtemps auprès de l'homme qu'elle aimait.

Quand elle rouvrit les paupières, le visage de Zachary était penché au-dessus d'elle. Dans les yeux sombres brillant de larmes, une expression d'étonnement émerveillé vacilla.

— Holly, balbutia-t-il, transfiguré. Holly, tu… tu es restée avec moi !

Holly réussit à sourire, quoique cela lui demandât beaucoup d'efforts.

— Oui, murmura-t-elle.

Épilogue

— Plus haut, maman ! Plus haut !

Holly déroula un peu plus de corde et le cerf-volant monta à l'assaut du ciel. Puis, Rose, qui marchait à côté d'elle, s'empara de la corde et courut derrière son nouveau jouet. Holly se laissa alors tomber dans l'herbe et offrit son visage aux rayons du soleil.

Elle avait à peine fermé les yeux que Zachary se matérialisait à ses côtés.

— Holly ? Ça va ?

Il avait couru depuis la maison et était essoufflé.

— Tu nous épiais derrière les fenêtres de ton bureau ? devina la jeune femme.

— Je t'ai vue tomber, expliqua-t-il en s'agenouillant près d'elle. Tu n'as rien ?

La jeune femme roula dans l'herbe.

— Attrape-moi et tu verras !

Zachary éclata de rire et la rattrapa. Mais il hésitait encore à la serrer trop intimement contre lui. Cela faisait maintenant six semaines que Holly avait vaincu la fièvre typhoïde, et sa convalescence s'était merveilleusement bien passée. La jeune femme se sentait en pleine forme, désormais. Et avec la santé, était revenu le désir pour son mari.

Mais Zachary, sur ce chapitre, se montrait pour une fois le plus timoré. C'était à peine s'il osait la toucher, comme si elle était une poupée fragile qui pouvait se briser au moindre geste. Quoi qu'il la désirât visiblement – là-dessus, Holly ne se faisait aucune inquiétude –, il n'avait pas une seule fois tenté de lui faire l'amour au cours de ces six semaines. Pourtant, il n'y avait aucun danger. Avec beaucoup de tact, le Dr Harrington avait même expliqué récemment à la jeune femme qu'elle était désormais en état de reprendre «toutes ses activités conjugales». Mais puisque Zachary semblait convaincu qu'elle n'était toujours pas complètement rétablie, Holly en avait conclu que c'était à elle de prendre le taureau par les cornes.

— Embrasse-moi, murmura-t-elle. Il n'y a personne, à part Rose. Et elle est trop occupée par son cerf-volant pour prêter attention à nous.

Zachary hésita, avant de tendrement effleurer les lèvres de sa femme. Holly passa la main derrière sa nuque, pour l'attirer davantage à elle, mais il lui prit gentiment le poignet, pour se libérer.

— Il faut que je retourne à mon bureau, marmonna-t-il en soupirant. J'ai du travail.

Zachary se releva, coula à la jeune femme un regard d'amoureux torturé, puis repartit vers la maison.

Holly le regarda s'éloigner, partagée entre l'amusement et l'exaspération. Il devenait urgent de faire quelque chose. Elle ne voulait pas attendre davantage pour refaire l'amour avec son mari. Mais encore fallait-il réussir à convaincre Zachary qu'elle était maintenant en parfaite santé.

Zachary rentra chez lui, heureux de retrouver sa maison, après une longue journée passée à son bureau de Londres. La meilleure façon qu'il connaissait de se détendre était de faire l'amour à Holly. Mais pour l'instant, ce plaisir lui était toujours interdit. Il savait que la jeune femme ne le repousserait pas s'il tentait de l'approcher, mais elle semblait encore si pâle et si fragile qu'il craignait qu'elle ne tombe à nouveau malade s'il la fatiguait trop.

On était mardi. Le soir de la semaine où les domestiques avaient congé. Cependant, la maison semblait particulièrement calme et déserte. Traversant le hall, Zachary jeta un œil dans la salle à manger et constata que le souper froid que la cuisinière laissait traditionnellement chaque mardi avant de sortir n'avait pas été servi. Ou alors, était-il possible que toute la famille ait déjà dîné et se soit retirée ? Zachary tira sa montre de sa poche et vit qu'il n'était qu'un peu plus de 8 heures. C'était bien tôt, pour une extinction générale des feux. Et cependant, personne n'était en vue. Comme si la maison avait été abandonnée de tous ses occupants.

De plus en plus intrigué, Zachary se dirigea vers l'escalier. C'est alors qu'il la vit. Sur la première marche. Une rose écarlate qui semblait l'attendre. Il la ramassa, puis gravit l'escalier. Il en trouva une autre sur la sixième marche, et encore une autre, sur la douzième. Levant les yeux, il constata qu'une succession de roses lui ouvrait le chemin.

Un sourire aux lèvres, il ramassa scrupuleusement chaque rose, sans se presser. Quand il eut terminé sa collecte, il se retrouva devant la porte de sa propre chambre, une dernière rose pendue à la poignée au moyen d'un ruban. Comme dans un rêve, Zachary poussa le battant et pénétra dans la pièce.

Un souper aux chandelles pour deux personnes attendait sur une table dressée devant la cheminée. Holly, vêtue d'un déshabillé de soie noire, se tenait à côté. Elle le regarda approcher sans dire un mot.

— Où sont les autres ? demanda Zachary, la gorge nouée.

Holly prit une rose sur la nappe et l'agita comme une baguette magique.

— Je les ai tous fait disparaître.

Puis, avec un sourire ensorceleur, elle ajouta :

— Que désires-tu en premier ? Le souper... ou moi ?

Elle vint lentement vers lui. Zachary, pétrifié, lâcha sa brassée de roses, qui tomba par terre en dessinant une corolle écarlate à ses pieds. Holly vint se lover contre lui et il ne put se retenir de refermer ses bras sur elle. La mousseline de son déshabillé était si fine qu'il sentait pratiquement sa peau sous ses doigts. Il avait beau lutter pour garder son sang-froid, un désir violent lui cognait aux tempes. La jeune femme l'aviva encore en portant délibérément la main à son entre-jambe, pour caresser son sexe durci à travers l'étoffe de son pantalon.

— Je suppose que cela répond à ma question, mur-mura-t-elle d'une voix amusée, tandis qu'elle s'atta-quait à la ceinture de son pantalon.

— Holly… Je crains… de ne pas pouvoir me contrô-ler.

— Alors, ne te contrôle pas.

Il tenta encore de résister.

— Si je te redonnais de la fièvre, je…

Holly lui pinça gentiment la joue.

— Chéri, quand comprendras-tu que c'est ton amour qui me donne de la force ?

Zachary ne résista pas davantage. Dans un gémis-sement d'amour fou, il s'empara des lèvres de sa femme et l'embrassa avec ardeur, en même temps qu'il la poussait vers le lit. Puis, après s'être sommai-rement déshabillé, il s'allongea sur elle. Holly voulut se débarrasser à son tour de son négligé mais Zachary, dans sa fièvre, ne lui en donna pas le temps. D'une main experte il lui retroussa son vêtement et la pénétra d'une seule poussée. La jeune femme étouffa un gémissement et s'agrippa à lui, ses ongles s'enfon-çant dans le dos de son amant à mesure que leur étreinte se faisait plus passionnée. Leur plaisir explosa à l'unisson et Zachary recueillit avec ferveur le cri de jouissance de Holly, ses lèvres tout contre les siennes.

Ils restèrent ensuite un long moment tendrement enlacés, savourant leur bonheur de s'être retrouvés. Puis Zachary roula sur le côté et s'empara d'une rose posée sur la table de nuit, pour en caresser le ventre de la jeune femme.

— Petite sorcière, murmura-t-il. Tu savais que je voulais encore attendre un peu, mais tu es finalement parvenue à tes fins.

Holly le gratifia d'un sourire triomphal.

— Tu ne sais pas toujours ce qui est le mieux pour moi.

Zachary enfouit la main dans sa chevelure et l'embrassa avec fougue.

— Et qu'est-ce qui est le mieux pour toi ? demanda-t-il, lorsque leurs lèvres se furent descellées.

— Toi. Le plus possible.

Les yeux emplis d'une adoration muette, Zachary la contempla longuement.

— Dans ce cas, je crois que je vais te donner satisfaction, murmura-t-il.

6085

Composition
CHESTEROC LTD

Achevé d'imprimer en France
par MAURY-IMPRIMEUR
le 20 décembre 2009.

Dépôt légal décembre 2009.
EAN 9782290020944
1er dépôt légal dans la collection : août 2002

ÉDITIONS J'AI LU
87, quai Panhard-et-Levassor, 75013 Paris

Diffusion France et étranger : Flammarion